Fangs for the Memories
by Kathy Love

あなたの牙に首ったけ

キャシー・ラヴ
みすみあき・訳

Flora Books

フローラブックス

あなたの牙に首ったけ

主な登場人物

ジェイン・メアリー・ハリソン……ニューヨークにやってきた若い女性。人間《モータル》。

リース・ヤング……ヴァンパイア。第五代ロスモア子爵。

セバスチャン・ヤング……リースの末の弟。〈カーファックス屋敷〉の共同経営者。ヴァンパイア。

クリスチャン・ヤング……リースのすぐ下の弟。ヴァンパイア。

ライラ……クリスチャンの愛人。ヴァンパイア。

エリザベス・ヤング……ヤング家の末娘。

I

「ハーイ、あんた、クリスマスの景気づけに軽くどう？」建物の壁にもたれているふたりの女リースはうらぶれたバーの前の歩道で立ちどまり、
を見やった。ふたりは煙草を吸っていた。赤い唇のあいだからもれる煙が、白い息と混じり合って凍りつく夜の大気にゆらゆら立ちのぼる。どちらもすり切れた冬コートの前を大きく開けて、小さなぴったりした服を着た貧弱な体をこれ見よがしにしていた。ひとりのほうは寒さでぶるぶる震え、それでもリースをなんとか誘おうと必死に色目を使っている。

たしかに最悪のクリスマスイヴであることは否定しないが、とリースは思った。

「一杯やりに来ただけだ」ふたりにそう言い、頭をわずかに振ってバーの扉を示す。

「まあ、そんなこと言わずに、お願い、ハニー」誘ったほうの女がなおも言い張った。

「やどり木もあるよ」煙草を投げ捨て、よいしょっと壁を押してまっすぐ立つと、リースに向かってプラスチックの小枝を振った。

模造の枝だという事実を指摘しても仕方あるまい。「すまないが、結構だ」

「じゃあ、一杯飲んでからならいいでしょ？　ハンサムさん、あたし、あんたを待ってるわ」女は笑みを浮かべ、手に持った偽物の緑葉で彼のジャケットの折り返しを撫でおろした。

リースは何も答えずに女の横を通り過ぎ、ぼろぼろのクリスマスリースが飾ってある窓のない扉を押し開けた。そのまま、バーの煙っぽい暗がりに滑り込もうとしたが、ふと立ちどまり、振り返ってふたりの娼婦を眺めた。

ふたりとも若い。彼の感覚が正しければまだ十代後半、だが、どちらも年を取ってやつれて見える。彼と逆だ――見かけは若いが、いにしえの存在である彼とは。

衝動に駆られて、リースはポケットに手を突っ込み、財布を取り出した。

近くにいたほうの女が彼の動きに目を留め、舌の先をちょろっと出して、不自然な赤い唇を物欲しそうになめた。壁に寄りかかっていた女も一、二歩近づき、彼の手元を凝視して、黒い瞳を貪欲そうに輝かせている。

いや、逆ではない、リースは思った。自分と女たちはまったく同じだ。どちらも飢餓感に支配され、かつては想像もしなかった生活を余儀なくされている。ただひとつの違いは、その苦しみが、女たちは肌に刻まれるが、自分の場合は外からは見えず、内側に巣くっているということだ。

リースは一瞬ためらったが、それから、すぐに金を抜いた。同情心から金をやるくらいどうということない。そういう季節なのだ。辛い教訓を忘れなければいいだけだ。

リースは二枚の紙幣を取り出した。「今夜は暖かい場所に泊まったらいい」

近くにいたほうが、彼の手から紙幣を奪いとった。お札の金額に気づいて、目をまんまるくする。「ありがと、旦那さん」そう叫ぶなり、同僚のほうに走り寄った。「行こう、親友、パーティしよう！」

ふたりは、すり切れたハイヒールの踵を鳴らして走り去った。欲求が満たされたとたんにリースは厄介払い。

その点もリースの同類たちとまったく同じだと考えて、彼はうんざりした気持ちになった。渇望が満たされたとたんに、関心はすぐ次に移る。

リースはバーに入り、後ろ手に扉をばたんと閉めた。即座に青と赤のネオンが発するおぼろげな輝きに包まれる。カウンターの端のスツールに座り、スコッチウイスキーをストレートで注文した。

「会計はあとでまとめますか、旦那」

リースはうなずき、強い酒をぐっとひと口飲み込んだ。グラスを置いてから、体をひねり、バーの中をざっと見渡した。小さなスペースはかなりこみ合っている。なんだかんだいっても、クリスマスイヴだからだろう。

酒のほうに体を戻して琥珀色の液体をのぞき込んだ。室内の人々には、彼がぼんやりしているように映っているはずだ。こうしているほうが、実際に見ているよりも、まわりで起こりつつあることがよくわかる。

二、三個向こうのスツールに座っているふたり組は常連だ。水割りを飲み、フィルターなしの煙草を吸っている。近いほうに座っている男が妻が出ていったことをこぼしている。もちろん、妻が何年も殴られ続けたあげく、ついに出ていく勇気をかき集めたことはおくびにも出さない。

バーの隅にいる女は、安っぽい香水とヘアスプレーの匂いをまとっている。だれかを待っているところだ――愛人だろう。味が感じられるほど強い渇望を全身から発散させている。とはいえ、その渇望が男に対するものか、男がくれる麻薬に対するものかはリースにもはっきりわからない。

ビリヤードで遊んでいる四人組は友人同士で、ぐでんぐでんに酔いながら祝杯をあげている。クリスマスだからではなく、そのうちのひとりが、ついさっき刑務所から出てきたというのが祝杯の理由だ。当の男は見かけは少年のようで、その童顔の陰に邪悪な心を巧みに隠している。模範的な振る舞いで首尾よく出所し、これからその模範囚の仮面をはずそうというわけだ。

つまりここには、クリスマスイヴの晩にみすぼらしいバーに集うあらゆる種類の人たちがいる――家族も愛も人生も持たない人たちだ。道に迷った者、飢えている者、暴力を振るう者。

そして、そこに自分もいる。飢えにさいなまれ、今にも崩壊しそうな自分が。

グラスの残りを飲みほして、バーテンダーにおかわりの合図をした。

飲めば多少なりとも知覚がにぶる。普通の人間のようにアルコールに影響されることはないが、外界との遮断をしやすくなる。感覚が麻痺すれば、自分の内側にこもることができる。とはいえ、結局のところ、酒では彼の望み、つまり、荒れ狂う飢餓感の解消はかなえられない。この飢餓感を癒すものはただひとつしかないし、それですら、ただの応急処置にすぎない。魂をむしばむ激しい苦痛を一時的に軽減するだけだ。

リースは大声で笑い出しそうになった。魂だって？　ああ、そうさ、そんなものは大昔に失っている。

バーテンダーがおかわりを置いた。大きくひと口含み、目を閉じていぶした香りを堪能したとき、首の後ろにちくちくと刺すような気配を感じた。

スツールに座ったまま姿勢を変え、部屋にどんよりこもった絶望の臭気を一瞬にしてさわやかなものに変えた存在を探す。

彼女は戸口に立っていた。身長一五〇センチほどの姿はあまりにも場違いだ。彼女はとても小さく見えた。黒髪に大きな瞳。まるで妖精のようだ。部屋をゆがめて照らすネオンの中でさえ、リースはその瞳の色が緑だと断言できた。美しい深緑色。

〝凍れる荒れ地に迷い込んだ無邪気な小妖精〟。リースは自分の思いに呆れて、片方の眉を上げた。今夜は空気中に何か漂っているに違いない。空想にふけったことなど、これまで一度もない。それに、と、リースは苦々しく思った。今この場所にいる別世界の生き物といえば自分じゃないか。

さらにグラスをあおりながら、リースはグラスの縁越しに見守った。小柄な女は明らかに不安そうな表情を浮かべて店の中を見まわしている。それから、驚いたことに、背筋をぐっと伸ばし、カウンターに向かって歩いてきた。

リースの隣のスツールによじ登るように座り、バーテンダーが注文を取りに来るのを待った。だが、実際に注文する段になると、何が欲しいかわからないようにしばしためらった。

それから、テキーラショットを頼んで、またもやリースを驚かせたが、注文するときに語尾がわずかに上がった様子は、まるで、テキーラショットが実在の飲み物かどうかわかっていないようだった。

リースは見かけは自分のウイスキーに没頭しながら、実は彼女に意識を集中し続けていた。不安そうなだけでなく、不幸な様子だったからだ。ひしひしと伝わってくる苦痛と怒り、そして……絶望。だが、こうした強い感情でさえも、彼女本来の香りを隠せはしなかった。陽光に温められた花のような甘いみずみずしい香り。これほど汚れのない、純粋な人間《モータル》の香りを嗅いだことがあっただろうか。少なくとも、成人の人間《モータル》ではありえないことだ。

だが、次の瞬間、彼女の新鮮な香りが別な匂いに覆われた。すえたビールの匂いや煙草の煙ではどうしても遮断できない匂い。ひとりひとりのまわりに綿菓子のように渦巻いている匂い——誘惑に駆られながらも、あまりにも強い甘さに嫌悪感を覚えずにはいられない匂い。

ごくりと唾をのみ込み、彼女の存在だけに意識を集中させた。別な匂い、つまり血の匂いに対する反応は抑制できる。常にそうしているからだ。今夜はいつもより多少難しいだけで、普段でも、摂取しようといったん決めればこういう状態になる。

だが、摂取はもっとあとになってから——大勢の中から一番悪い奴を選び出すのだ。今夜は難しくないだろう。ざっと見まわしただけでも、たいていの奴は芯まで悪辣で道を見失っている。救済を得ることはありえない——自分と同じように。

だが、この女がいる。なぜここにいるのだろう？　ここに来るような女でないことは、超常能力を使うまでもなくはっきりしている。着ているのは緑色のウールのスカートと対《つい》の上着。中には、飾り気のないあっさりした白いブラウス。履きやすそうな革のパンプス。

服装は地味で実用的だが、野暮ったいわけではなかった。スカートからのぞくふくらはぎは形がよく、ちらりと見えた太腿もほっそりしている。だが、何よりもリースを魅了したのは顔だった。いわゆる美しい顔ではないが、造作のひとつひとつがとても愛らしい。ふっくらした唇、すっきりした小さな鼻と大きな瞳。その瞳だけで、魔法にかけられたような気持ちになる。

リースは眉をひそめた。この二百年間、ここまで興味をそそられた人間《モータル》はいなかった。彼女がこの場にまったくそぐわないことが気になっているせいだろう。あるいは、彼女のせいで、かつて自分が属していた場所――人々が善良で親切で愛し合っている場所を思い出したからかもしれない。

バーテンダーが戻ってきて、テキーラショットと、ライムのスライスを入れた別のショットグラス、塩を入れた容器を女の前に置いた。

女は困惑した様子で目の前に置かれたものを見つめた。さっと周囲を見やり、一瞬リースにも目を留めたが、すぐにそらした。

そのあとすぐに、グラスからライムを取った。顔をしかめて切れ端を見つめ、それから酒のグラスにそれを搾り始めた。

そのとき、男の手が彼女の手をつかんでその動きをさえぎった。

「やあ」少年のような顔の元服役囚が言う。「どうやって飲むか教えてやろうか?」

彼女はまたためらった。警戒心を抱いているのがリースにははっきり感じられた。賢い娘だ。だが、女はすぐに背筋を伸ばしてうなずいた。「ええ、お願いします」

元服役囚が手を上げて、バーテンダーに同じショットを注文する。

リースは元服役囚がテキーラショットの正統的飲み方を実演するのを見守った。なめる。塩。なめる。テキーラ。それからライム。女もそっくりに真似たが、違っていたのは、ぺっぺっと吐き出し、ライムに詰まってむせたことだ。

「悪くない」咳き込みが止まるのを見はからって男が言う。女をなめまわすように見ている。リースには、その言葉が飲み方だけでなく、彼女そのものについて言っているのがよくわかった。

元服役囚の視線が彼女の脚をさまよう。欲望が暴力と混じり合い、男の親しげな感じのいい表情のすぐ下で震えている。

リースはわき起こる苛立ちを抑えつけた。この苛立ちは男に対してだけでなく、女に向けられたものでもある。なぜここにいるのか？　ぴかぴか光るクリスマスツリーの前で家族と一緒にクリスマスキャロルを歌っているべきなのに。ちくしょう、家族とともにもう一度あのときを過ごせたらどんなにいいだろう。

元服役囚が指を鳴らし、もう二杯、テキーラを注文した。

リースは座り直した。止めるべきだ。だが、そうはせずに、ウィスキーを飲んだ。あの娼婦たちのことを思い浮かべる。今年の分の善行はもうすませた。どうせ、年末まであと数日しかない、もう充分だ。

「おい、ジョーイ、ひと晩中、そのひよっこをくどいてるつもりかよ。こっちに来いよ」

ジョーイは女に照れたように笑いかけた。この男は、リースの同類たちと同じように危険な偽善者だ。「悪いな、あのゲームに金賭けてんだ」

女はうなずいた。「かまわないわ。教えてくださってありがとう」

ジョーイの笑みが深まり、冷酷さの混じった欲望で瞳がきらりと光った。「どうってことないさ。それにほら、あんただって、おれに教えられるものがあるかもしれないだろ?」

「そうね」女が同意した。彼の言葉が何をほのめかしているのかまったく気づいていない。ジョーイが仲間のところへ戻るのを見ながら、リースは、この元服役囚をクリスマスの晩餐《ばんさん》にすることに決めた。

バーテンダーが、ジョーイの注文した二杯のテキーラを持って戻ってきて、女の前に置いた。

彼女はいらないと言おうとするように口を開けたが、声は出さず、うんざりしたようなため息をついて、人差し指と親指のあいだをなめた。その濡れた部分に、かなりの量の塩を振りかける。

リースは、彼女の小さなピンク色の舌が現れて肌をなめるのを見つめて、突然、飢餓感とは関係のない欲望に襲われた。長いあいだで初めてのことだ。

女はグラスに口をつけ、金色の液体をなんとか飲みくだしてぶるっと震え、それからライムに手を伸ばした。

そこで初めて、目の隅で、リースが見つめているのに気づいたらしい。ライムを口に入れたまま、彼のほうを向いて顔をしかめた。そして、今度はそれほど用心する様子もなくリースをにらんだ。

「何を見てるのよ？」口からライムの切れ端を取り出して、問いただした。

リースはライムの汁できらめいている唇から目をそらして首を振った。自分の飲み物に意識を戻す。だが、体は、依然として彼女のその唇で唇を吸われたらどういうふうに感じるかを気にしていた。

今夜のぼくはいったいどうしてしまったんだ？


ジェイン・メアリー・ハリソンは自分が信じられなかった。まったくの他人に向かってどなるなんて。そんな不作法なことは、これまで一度もしたことがない。だが、それはつまり、大都会に来たことがなかったせいだろう。あるいはバーに。あるいはテキーラを飲んだことがなかったから。ああ、たった一日でなんと変わってしまったことか。

そして、なんてひどい一日だったことか。まだニューヨークに一日しか滞在していないのに、そのあいだに就くはずだった仕事を失い、そのせいで借りる予定になっていたアパートも失った。不動産屋のオフィスを出た直後に引ったくりにあってバッグを盗まれ、それから六時間近く、警察署であらゆる種類の恐ろしい人々と並んで、非常に冷淡な警官が調書をまとめるのを待った。テキーラショットを試してみるには、抜群にいいタイミングだろう。

今日という日は新しい人生の始まりで、冒険に満ちて楽しいはずだった。これまでのところ、冒険という意味では充分だが、楽しみについてはあまりにも不充分だ。

とにかく、ほんの少しでも楽しみを得ようとジェインは決心していた。なんといっても、今夜はクリスマスイヴだ。それに、トラベラーズチェックをスーツケースにしまっておくという慎重さがあったことだけでもありがたいことだ。とりあえず困窮したわけではない――今はまだ。

ジェインは自分の前にある、なみなみと注がれたショットグラス一個と、空《から》のショットグラス三個を眺めた。貴重なお金を四杯のテキーラに消費しなければならないのか？　そのうち三杯は自分が注文したものでもないのに。

ジェインはため息をついた。まあ、仕方がない。少なくとも、ジョーイは感じがよかった。ニューヨーク市《ビッグアップル》に来てから出会った人たちの中で一番感じがいい。ビリヤード台にもたれて狙いを定めている彼をちらっと見た。彼はキュートといってもいいくらいだ。それに誘いかけていた――少なくとも、ジェインはそうだと思った。

隣に座っている暗い感じの男にさっと目を走らせた。彼はなんの誘いもかけてこない。

というより、ジェインがバーに入ってから、冷たい視線を投げてくる以外に何もしていない。彼はキュートとはとてもいえない。子どものときでも、キュートという言葉を使われたことはなかったはずだ。いいえ、この男性ははっとするほど、そして、威圧的なほど美しい。こんな人は見たことがない——完璧だ。

長い髪が広い肩にかかっている。長い髪にうっとりしたことなんてなかったが、この男性だとてもすてきに見える。つややかで豊かで、黒貂《セーブル》につやつやした金糸が交じっているような色合いだ。

横顔からでも、美しい顎の線と彫刻のような唇、鼻がわずかに広がる尊大な感じを見てとることができた。だが何よりも圧倒されたのは、炉火がきらめいているようなウイスキー色の独特な瞳だった。あまりにも美しく、あまりにも鋭く——まるで捕食動物のようだ。

信じられないほどゴージャス。

ジェインはもう一度彼を盗み見た。黒いタートルネックセーターを着て黒いズボンを穿き、ジェインと負けず劣らず場違いのように思えるが、もちろん同じ理由ではない。こうした場所に来るには裕福すぎるように見えるのだ。洗練されすぎている。だが、その美しさと優雅さの陰に何か危険な雰囲気が感じられた——野生動物の本能のようなものが、その不思議な瞳に宿っている。

ジェインはくすんと鼻を鳴らした。どうかしている。あまりにも大変な一日だったので、神経がまいっているに違いない。この男が危険を及ぼす唯一のものは女性の心だろう。この瞳の輝きから見ても、彼が多くの女性の心を引き裂いていることは確実だ。

ジェインは自分の前のなみなみと注がれたショットグラスを眺めた。喉はいまだに焼けつくようにひりひりしているが、体の中にはなだめるような心地よいぬくもりが広がり始めていた。こんなわずかな量でこれほどリラックスした気分になれるとは考えてもいなかったが、ひどい一日を送ったあとにはそれも必要だろう。

塩入れに手を伸ばした。

三杯目がなめらかに喉を下りていったので、ジェインは誇らしい気持ちでにっこりした。これまで酒を飲んだことがないのに、まるでいっぱしの酒飲みになったみたいだ。

自分の前にグラスをきちんと列に並べ、次に何をするか決めようとした。ホテルには戻りたくなかった。だが、ここにいて、非常にくつろいだ気分というわけでもない。

それに加えて、なぜか、横に座っている男を見つめたいという強い衝動を抑えることができなかった。ジェインはもぞもぞと身動きして、またちらっと男を盗み見た。おそらく、彼に謝罪をするべきだろう。

「おやおや、ベイビー」ジョーイがふいに横に現れてジェインを驚かせた。「おれのテキーラを飲んだのか」

ジェインは申し訳なさそうに、並んでいる空のグラスを見やった。「ええ。ごめんなさい」

「そうか、じゃあ、もう一杯ずつ頼もうぜ」

「もう充分飲んだんじゃないか？」深いしゃがれ声が脇から聞こえた。

ジェインははっとして、自分とはなんの関わりもない美しい男を見つめた。彼は顔を近づけて、あの独特の燃えるような瞳でジェインの瞳をのぞき込んだ。

「おいおい、てめえは自分のことやってりゃいいんだよ」ジョーイが苛立った声で言った。それから急に優しいおだてるような声になって、ジェインに話しかけた。「こんな奴にこれらの楽しみを台無しにさせないでくれよ、ベイビー？」

ジェインは美しい男から視線を引きはがしてジョーイを見た。「ええ」そう答えたが、あやふやな口調になっているのが自分でもわかった。

突然、大きな音で音楽が鳴り響いた。金髪の女性が、角に置いてあるジュークボックスにコインを入れたのだ。ふたりの大男にはさまれていることと、がんがん鳴るドラムの音と、体を駆けめぐるアルコールが相まって、頭がくらくらし始めた。

「ここにテキーラ二杯頼む」ジョーイがバーテンダーに声をかけるのが聞こえた。

ジェインは立ちあがった。脚がふらついている。美しい男がジェインの腕をつかんで倒れないように支えた。彼の手は強くて、上着越しでもとても心地よく感じられた。目がまわる。

「大丈夫か？」男が尋ねた。

ジェインはうなずき、深く息を吸った。「ちょっと新鮮な空気が必要なだけ」

男が立とうとしたとき、ジョーイがジェインのもう一方の手をつかんだ。「ベイビー、おれが連れていってやる」

ジェインは美しい男のほうを見た。彼の手はまだジェインの腕を支えていたが、いくら優しい持ち方をされても、彼は強そうだった。それに、その瞳の奥で燃えているものが何かまったくわからない。わかっているのは、彼の感触から逃れる必要があるということだけ。なぜなら、触れられているだけで、体の中でおかしなことが起こっているような気がするから。

ジェインは男の手から腕を引き、ジョーイの導くままに扉のほうに向かった。

戸口をくぐりながら、肩越しにちらりと振り返った。美しい男はあの捕食動物のような瞳でジェインを見つめていた。

2

凍るような外気を肌に感じ、肺に吸い込んだだけで、めまいはずいぶん軽くなった。両目を閉じたまま顔を空に向ける。さらに何度か深呼吸を繰り返すと、ほとんどめまいも感じなくなった。

「よくなったか？」ジョーイが尋ねた。すぐそばに立っている。

ジェインは目を開き、感謝をこめてほほえみかけた。「ええ、普段は飲まないから」

ジョーイはジェインから離れてバーの脇を入る路地をのぞき込んだ。「この先に石段がある。そこで少し座ろうぜ」

ジェインは彼の視線を目で追った。路地は長くて暗いトンネルになっていて、中央にひとつだけついた裸電球がコンクリートの階段に薄暗い光を投げかけている。階段の脇に置かれたごみ入れから生ごみがあふれ出しているのが見えた。

「このままホテルに戻ったほうがいいと思うわ」はっきりと言った。

「ホテル？」

ジェインはうなずいた。「ええ、昨日の午後に着いたばかりなの」

ジョーイが驚いた顔をした。「へえ、偶然だな、おれも昨日着いたんだぜ。前にはここに住んでたんだが、しばらくいなかったんだ」

ジェインはほほえんだ。

「来いよ、数分座るだけだから」

しばらくためらったが、最後には彼のチャーミングな笑顔に説きふせられた。

コンクリートの段は冷たく、なんだかよくわからないものでまだらに汚れていたので、ジェインは壁に寄りかかるほうを選んだ。ジョーイは階段に関して、ジェインと同じ不安はまったく感じていないようだった。

ふたりはしばらく黙っていた。

「それで、ここに戻ってくる前はどこに住んでいたの？」ジェインが尋ねた。

「ジャージーのある場所さ」

「まあ、ニュージャージーには行ったことがないわ」

彼は立ちあがると、ジーンズのポケットに両手を突っ込み、空き缶を路地の奥に蹴り込んだ。金属音がふたりを取り巻くコンクリートの壁に響きわたる。「気に入ってたとは言えねえな。そこでの生活はすごく縛られてたからな」

それは理解することができた。「わたしはメインで育ったの。とても美しい州だけど、わたしの育った街はとても小さくて、息が詰まりそうだった。最初からどういう人間か決めつけられて、それが一生ついてまわるのよ。どうやっても振り払えない」

ジョーイが近づいてくるのを見て、ジェインは改めて、彼が大男であることを意識した。少年のような顔立ちのせいで、どちらかといえば痩せていると思い込んでいたが、実際には大柄で筋骨たくましい体型だ。

「そうそう、それだよ。おれもだ。決めつけられていた」彼がまた近づき、十センチも離れていないところまで迫った。「なあ、ベイビー、あんた、すごくきれいだぜ」

「そんなことないわ」ジェインは否定したが、寒いのに体がほてるような気がした。ジョーイのことはまったく知らないが、それでも誉められるのはうれしい。これまで、男の人に誉められたことなど一度もなかった。

「長いあいだ、あんたのようにきれいな女に会ってねえからな」

またそのお世辞で胸が熱くなった。彼のことをまったく信用していなくても、誉め言葉が耳に心地よかった。

彼がまた少し近寄った——ジェインに触れてはいなかったが、触れたがっていることは明らかだった。

誉められるのはうれしいが、キスをしたいとは思わない。よく知らない男だし、ジェインは軽々しくそういうことをするタイプの人間ではない。

とはいえ、新しい人生を始めるためにニューヨークに来たのだ。ささやかな興奮を見つけるために。

見知らぬ人とキスをすることを本気で考えている？ いいえ、とんでもないこと。だが、そのとき、美しい男のことがふいに頭に浮かんだ。彼とならキスしたいと思うかも。

いったい自分は何を考えているのだろう。よっぽど酔っぱらっているに違いない。ジェインはくすくす笑った。

「なんだ？」ジョーイが尋ねながら、壁に片手をついた。ちょっとでも動いたら彼に触ってしまう。

酔いが一気に醒めた。関心を持っているような印象は与えたくない。壁に背中をつけたまま少し横にずれる。

「なんてひどい一日だったかを考えただけ」たぶん、話し続けていれば、彼も察知するだろう。

「へえ、そうなのか？」彼がまた近づいた。

唾をのみ込んだ。今すぐここを離れるべきだろう。彼の目に浮かんだ何かにジェインは恐怖を感じた。

「何があったんだ？」彼の何気ない問いかけに、ジェインは自分が考えすぎだったと判断した。仕事とアパートのこと、そして警察署で過ごした何時間かについて語る。

「ひでえな。おれも警察は嫌いだ。めちゃくちゃ長くいたからな」

「そうなの？」

彼はうなずいた。また一歩近づき、片手をジェインのウエストに当て、下に滑らせて尻をつかんだ。

ジェインが飛びあがると、彼はくっくっと笑った。「臆病なんだな、おい？」

ジェインはまた唾をのんだ。自分の手に余る状況だ。アルコールや男性や都会の生活に対処する方法はまったく知らない。知っているのは、悲しみにくれている家族たちの慰め方と葬儀の手配だけだ。そして、会葬者はお尻を触ることなんて絶対にしない！

「あなたに誤った印象を与えてしまったみたい。もう中に戻らなければ」

彼は手をどけようとしなかった。「そんなことないさ、ベイビー。いろいろすばらしい印象を与えてくれてるぜ」

彼の指がスカートの裾を握った。

ジェインはパニックで息が詰まりそうになり、必死で深呼吸をして気を落ち着けようとした。

「あの――ほんとに中に戻らなければ。バーで横にいた人――わたしの彼なの。ただ、彼にやきもちを焼かせようと思っただけ」藁をもつかむ思いだった。彼のことしか頭に浮かばなかったのだ。

ジョーイの指が止まった。じわっと安堵感が広がる。だが、彼は肩をすくめた。「ベイビー、あんたのことが心配なら、そもそもおれとなんか行かせねえはずだ」

唇を強引に押しつけられた。

必死にもがいて彼の胸を押しやると、彼は唇を離したが、空いている手でジェインの首をがっしりつかんで、ジェインの体を無理やり壁に押しつけた。

息を求めてあえいだが、まったく空気が入ってこない。死んでしまう。

そのとき、抑えつけている力が少しゆるみ、ジェインは必死で息を吸い込んだ。

「おい、よく聞け、ベイビー」声がこわばり、少年のような顔がゆがんでいる。「おれは三年間女を抱いてねえ。だから感じがよかろうが悪かろうが、乱暴だろうがどうでもいい。どっちにしろおまえとやるつもりだからな」

目の前に黒い斑点が見えた。気絶するわけにはいかない。そうなったからといって、この男がやめるとは思えない。

裾に当てられた手が正面にまわり、スカートを引きあげ始めた。

話し続けなければいけない。ちょっとでも時間をかせがなければ。

「さ、三年は、な、長いわね」声がかすれ、震えて、自分の声ではないように聞こえる。

彼がうなった。「ムショにゃ女はほとんどいねえからな」

一瞬の間を置いて、ジェインの脅えきった脳が彼の言ったことを理解した。この男は刑務所に入っていたのだ！　恐怖がジェインの体を貫いた。前にもこういうことをやったことがあるのだ。人を殺したこともあるかもしれない。

ジェインは意志の力を総動員して、できるだけ冷静でいようとした。「なんで――な、なんで服役したの？」

「いろいろだ。あんたの言ってた、決めつけられるって奴さ。不当容疑だ」請け合うようにジェインに向かってにやりとしたが、その少年っぽい笑みはいまや邪悪さに満ちていた。

ジェインはごくりと唾をのみ、息を求めてあえいだ。「ひどいことだわ」

「そうさ。だから、あんたのこのスカートの下にあるものを使って、いい気分を取り戻そうってわけだ」

スカートがウエストまで上げられて、ジェインの目の前にまた黒い斑点が現れた。気を失ってしまう。ジェインは目をぎゅっと閉じて、必死に息を吸おうとした。

そのときふいに、首を強く締めつけていた手がなくなり、息ができるようになった。ジェインは肺いっぱいに息を吸い込んだ。

目を開けた。ジョーイはいなかったが、見まわしてどこにいるか確かめることはしなかった。ただ、通りまで、バーまで戻らなければという一心で、何も見ずに走り出した。

そのとたんに、固いものに激突した。

がっしりした腕にとらわれて、悲鳴をあげる。

「しーっ」低いしわがれ声がした。「大丈夫だ」

目をしばたたいて見あげると、あの美しい男に抱えられていた。思わず抱きつく。安堵のあまり、胃がむかむかして、吐き気がこみあげてきた。

彼は唐突にジェインを横抱きに抱えあげ、向きを変えて路地を歩き出した。通りに出ると立ちどまったが、ジェインを抱いたままだった。

「大丈夫か？」

ジェインはうなずいたが、何も言わなかった。心臓が痛いほど高鳴り、荒い息遣いがおさまらないせいで声が出なかったのだ。

彼はそのまま広い胸にジェインを抱いていた。彼の両腕はとてもがっしりしていて、安心できる気がした。

だいぶたって気分が落ち着いてくると、ようやく自分が重たいに違いないと思い当たった。「もう立てるわ」

彼は気がすすまない様子だったが、ジェインを下ろして立たせてくれた。片手はウエストを支えたままで、まるでジェインが気絶するのを心配しているようだ。

気絶はしないはず――しないつもり。

「どうもありがとう。あな――あなたが止めてくれなかったらどうなったか、考えただけで恐ろしいわ」

彼はかすかにうなずいたが、何も言わなかった。ジェインをじっと見おろしている。琥珀色の瞳からは何も読みとれない。少ししてから、彼は着ていた高価そうな革のジャケットを脱いだ。「さあ、これを着て」

ジェインは首を振った。「自分の上着があるから、大丈夫」

彼はジャケットをジェインに押しつけた。「ぼくは平気だから、着なさい」

そのぶっきらぼうな優しさが心にしみた。それなのに、あの童顔のジョーイのほうがましだと考えたとは。

ジェインはジャケットを受けとり、袖を通して身を覆った。体がぶるっと震えた。彼の大きな体を包んでいたことを考えると、このジャケットは奇妙なほど冷たい。

「住まいは近くか？」

「ええ、数ブロック歩いたところのホテルに泊まっているの」

彼はうなずいた。「そこまで送っていこう」

ジェインは感謝のほほえみを浮かべかけたが、すぐに不安な顔で路地を見やった。

彼女の考えを読んだように、男は言った。「奴はずっと前に逃げていった。腰抜けだ」

ジェインはもう一度暗いトンネルをのぞき込み、それから通りを身振りで示した。「こっちよ」

リースは、この小さい人間《モータル》と一緒に歩き出す前に、もう一度意識を集中させた。元服役囚の腰抜けはまだ路地の奥にいて意識を失っている。頭を上げて息を深く吸い込んだ。この腰抜けの匂いを記憶に刻んで、意識を回復して逃げ出したとしても見つけられるように。この腰抜けを夕食にしようと決めているのは、自分のためと同時にこの女のためでもあった。

だが、実際には、彼女の甘い妙なる香りで、腰抜けの汚れた悪臭がわからないほどだった。これほど魅惑的な匂いのする人間《モータル》には出会ったことがない。

そして、彼女の声も匂いと同じくらい気が散るものだった。「何かまずいことでも?」

リースはもう一度深く息を吸い込み、とりあえず元服役囚が逃げても追えるだろうという確信を得てから、女のほうを向いた。

彼女はリースを見つめていた。透き通るような肌が街灯の光を受けてきらめいている。両目を大きく見開き、底なし沼のような緑色の瞳に不安をたたえている。

ふたたび、彼女の甘いすばらしい香りがあたりを満たした。この人間《モータル》は本当に善良なのだ。まったく信じられない。

リースは咳払いをした。答えが意図したよりぶっきらぼうになる。「いいや。ホテルはこっちだな」示された方角を指さした。

彼女がうなずき、ふたりはひび割れたコンクリートの上を歩き始めた。

おそらく、この天性の善良さのせいで、この女が困ったことになっているのが感じとれたのだろう。バーに座っていたのに、突然、室内が彼女の匂いでいっぱいになったのだ。彼女が最初に現れたときの匂いとは違った。花のような温かな香りは変わらなかったが、激しい気持ちがこもっていた。そして、すぐあとに、その感情の全部がはっきり伝わってきた。絶望、恐怖、苦痛。

初めてのことだった。これまで、近くにいない人間《モータル》の感情を読めたことはない。実際に、いくらか距離が離れていてもつながることができるのはセバスチャンだけだ。彼は弟だし、しかも同じヴァンパイアだ。

リースはジェインを見やった。彼の黒いジャケットにくるまったこの妖精は、ハロウィーンでヴァンパイアに扮した子どものように見える。だが、ヴァンパイアではない。だから、彼女と関わりを持つべきではない。

だが持ってしまった。

「あの人に二度目に話しかけられたとき、あなたに謝罪しようとしていたの」

その唐突な言葉に、リースは眉をひそめた。「謝罪？」

ジェインはうなずいた。彼のことは見ずに、自分たちの前の歩道だけを見つめている。

「あなたにとても失礼なことをしたから」

「失礼？」

ちらっと彼を見あげた。「あなたに向かってどなったわ」

どなったか？

「何を見ているのかって聞いたでしょ？」彼女が説明した。

リースは首を振り、唇の端を引きつらせてかすかに笑みを浮かべた。「あれはどなったうちに入らない。都会ではただの挨拶だ」

ジェインはそっと笑い、それからふいに押し殺したように泣き出した。足を止め、両手で顔を覆った。肩が激しく震えている。

リースはただ脇に立ち、心がよじれるような泣き声を聞きながら、彼女のひどい苦しみを感じていた。その苦しみが彼の心にまでしみ込んできて、押しつぶされそうな気がした。この女を慰めたいと自分が思っていることに気づいていたが、どうすればいいかわからなかった。だれかを慰めたことなどない——もう長いあいだ。そっと注意深く、リースは女の肩に手を触れた。「しーっ、大丈夫だよ」

ジェインは涙をぬぐった。取り乱した自分に苛立ちを感じたようだ。「ごめんなさい」心もとない笑みをリースに向けた。「新しい出発になるはずだったの。すべてを売り払って出てきたから。自宅も、家族でやっていた仕事もすべて。新しいすばらしい人生を始めるために。でも、今日一日が終わって、とんでもない間違いを犯したことがわかったわ」

リースは何を言ったらいいかわからなかった。この女は人生のことを話しているが、リースにはそういうものはないからだ。「きっと、明日はうまくいくよ」なんともまずい慰め方だ。

彼女は一瞬リースを見つめ、すすりあげながらも笑みを浮かべた。そして、爪先立ちをして両腕を彼の首にまわし、温かくてやわらかな唇を彼の頬に押し当てた。

もし心臓が鼓動を打っていたら、その瞬間に止まったはずだ。人に抱擁されるぬくもりを、こうした触れ合いの優しさを最後に感じたのはいつのことだろうか。だが今、リースが感じているのは優しさとも違った。それに近い感情でもなかった。荒れ狂うような、燃えるような熱い欲望が、彼の氷のような体を貫いたのだ。

リースはこの女が欲しかった。彼女の熱い中に自分を埋めたかった。彼女を味わい尽くしたかった。悲鳴をあげさせたかった。牙でそうさせることを言っているのではない。もちろん、オーガズムを迎えたときの彼女がどんな味かも知りたかったが。

ペニスがそそり立ち、牙が露出した。

リースは首にまわされた腕を乱暴に振りほどき、女の体を遠ざけた。

「ごめんなさい」彼女はすぐに謝った。だが、目に浮かんだ傷ついた表情は隠しようがない。

リースは歯のあいだにさっと舌を走らせて、牙が引っ込んでいることを確認した。「いや、ぼくはただ……」何を言えるというのか？　今この歩道できみに突っ込むか、咬むか、そのどちらもやってしまうことを避けたかっただけだ、とでも？　「ただ、きみにぼくがあの腰抜けと同じような男だと思ってほしくなかっただけだ」

妖精はにっこりして、首を左右に振った。「あなたがさっきの男と同じなんて一度も思ってないわ。あの人は凶暴な怪物よ。あなたはわたしを救ってくれたわ」

くそっ、リースの真実を知ったら、彼女はあっという間に逃げ出すだろう。

「歩いたほうがいい」この女から離れなければいけない。ふたりのあいだに距離を置いて、彼女に感じたつながりを断ち切らなければならない。どうしてつながったのかもわからないが、危険であることははっきりしている。人間《モータル》との結びつきは、いかなるものであっても、双方に苦しみしかもたらさない。だからこそ、これほど努力して、近づかないようにしているのだ。自分と同じように空っぽな奴ら以外は。

女は不安げにあたりを見まわし、しっかりした歩調でリースの早足に合わせて歩き出した。

ホテルはなんの特徴もない、真四角なみすぼらしい建物だった。小さなロビーにすり切れた絨毯《じゅうたん》が敷かれ、ぼろぼろのソファが置いてある。

リースの視線に気づいて、女が顔をしかめた。「ここには二、三日しか滞在しないつもりだったの。でも、こうなっては、もう少し長くいることになりそう」彼の眉間の皺が深まったのを見て、つけ加えた。「せいぜい一週間くらいだけど」

リースはうなずいたが、彼女をここに残していくのは気が進まなかった。とはいっても、自分と一緒にいるよりは、ここのほうが安全だ。緑色の瞳をのぞき込みながら、いつまでも触れないでいられるとは思えない。彼女に対する渇望は刻々と強まっていく。しかも、欲望であることに違いないが、この感情には、何か別なものが混じっているような気がする。ぬくもり、あるいは気遣い、愛情、そんなものに対するあこがれだろうか。そうしたものを望むことは、リースにとって危険を意味する。

「わかった。では、幸運を祈っているよ」リースは言った。

彼女の唇がわずかにゆがんだ。笑顔というよりは絶望的な泣き顔のように見えた。「ええ、あなたが言ってくれたように、たぶん、明日はうまくいくと思うわ」

そう言って手を振ると、がたついたりきしんだりしているエレベーターのほうへ歩き出した。それから、突然足を止めた。

リースは期待がわき起こるのを感じた。もう一度戻ってきて、自分に触れてくれるのだろうか。そのあとに二度と会わなければ、問題ないのではないだろうか。

「忘れるところだったわ」彼女はリースのジャケットを脱いで差し出した。「あなたのジャケット」

リースは進み出てジャケットを受けとった。

「あなたのお名前は?」

突然尋ねられて、リースはぎょっとした。「リース。リース・ヤングだ」まったく皮肉な名字だ。

彼女がほほえんだ。「ありがとう、リース・ヤング」

リースはうなずいたが、女が壊れそうなエレベーターに乗った瞬間に呼びかけた。「きみの名前は？」

「ジェイン・ハリソン」

エレベーターの銀色の扉が閉まり出した。ジェインが片手を当てて扉を止めようとしたが、旧式な機械は反応しなかった。さようならという声が、ちょうど閉まった扉にさえぎられてくぐもって聞こえた。

「さようなら、ジェイン・ハリソン」名前を聞かなければよかったとリースは思った。名前を知らなければ、忘れるのもずっとたやすかったはずだ。

3

ジェインは部屋のドアを閉めて鍵をかけ、チェーンロックを滑らせて正しい位置にはめ込んだ。急いでダブルベッドをまわって薄汚れた窓に近寄り、目の粗いベージュ色のカーテンを開ける。ちょうど間に合ってリースが角を曲がって姿を消すのを見ることができた。ため息をついてカーテンを引いた。今夜は悪夢のようだったが、思ったほど体は震えていない。手足は力が入らないし、心臓の鼓動も少しばかり不規則だが、それが恐怖のなごりなのか、リースに抗しがたい魅力を感じたせいなのか、はっきりわからなかった。

こんなのばかげている。襲われて、レイプされそうになったのだ。もしかしたら、殺されていたかもしれない。なのに、リースのことばかり考えている。もちろん、彼はジェインのヒーローだ。それに、彼がもしあそこにいなかったら、と考えるよりはずっといい。

これほどまでに彼に惹かれるのはそのせいだろう。こういうことを示す言いまわしはなんだったかしら。英雄崇拝？

女性ならだれだって彼に魅了されるだろう。リースのような美しい男性に毎日会えるわけではない。とはいっても、自分は一目惚れするようなタイプではないし、これからの人生のことを考えれば、男にうつつを抜かしている余裕などない。

ジェインは上着のボタンをはずしてベッドの上に置いた。パンプスを蹴って脱ぎ、裸足でバスルームに入る。熱いシャワーを浴びよう。そうすれば、分別を取り戻せるだろう。

栓をひねって水を出し、洗面台の上の鏡を眺めた。部屋のほかのものと同様に、この鏡も古くて変色している。だが、自分の姿を見るのには充分だ。

下唇が、あまりに乱暴にキスされたせいで、少し腫れている。肌の色は普段より青白いが、特に傷は見えない。

くしゃくしゃの髪を撫でつけると、後頭部に痛みを感じた。そっとその場所を指で探ると、小さなこぶができていた。あのひどい男に首をつかまれたとき、コンクリートの壁にぶつけたのだろう。それでも文句は言えない。もっとずっとひどいことになっていたはずなのだから。

ブラウスのボタンをはずし始めて、喉の赤みに気がついた。襟を開け、顔を近づけてじっくり眺める。赤くなっているだけだ。あざにもならないだろう。

ブラウスのボタンを全部はずし、ベッドに置いた上着の脇に放り投げた。赤いあとはおそらく、喉を締められたときに、ネックレスの鎖が肌にすれたものだ。

シャワーのお湯の温度を確かめ、それからはっと動きを止めた。鏡を振り返り、鏡の曇りをぬぐう。

ネックレスがなくなっている。

「まあ、どうしよう」金の鎖がまだついていて、ただ鏡に映っていないだけのような気がして首に手をやった。だが、なかった。なくしてしまった。

ジェインは蓋の閉まったトイレに腰掛けた。両目から涙があふれ出す。いくら最悪中の最悪の日だとしても、これはひどすぎる。ネックレスには両親の結婚指輪が通してあって、ジェインは常に肌身離さず身につけていた。両親を身近に感じることができる唯一のものだったからだ。

あの男が喉をつかんだときに、鎖が切れたに違いない。バスルームから走り出てベッドの周囲を見まわした。洋服に引っかかったのかも。でもなかった。ネックレスもない。指輪もない。

バスルームの鏡をもう一度眺めて首を調べた。この擦り傷は明らかに鎖でできたものだ。ということは、このホテルとバーのあいだのどこかに落ちているはず。

ジェインは一分間、頭の中で議論を戦わせた。明朝まで待って、捜しに行くべきだ。だが、指輪が歩道に落ちたとすれば、今この瞬間にもだれかが拾ってしまうかもしれない。

待てなかった。あのバーの近くに行きたくはないが、行かねばならない。ふたつの指輪を見つけなければならない。

ジェインはシャワーを止め、急いでブラウスと上着を身につけた。ぶ厚い冬のコートを着込み、スニーカーを履く。

チェーンロックをはずしてしばしためらった。もしバーのあたりにまだジョーイがいたらどうしよう。

バスルームに走って戻り、洗面用具入れをかきまわした。旅行用のヘアスプレーを見つけて、その缶をコートのポケットに突っ込む。催涙スプレーではないが、苦境に陥ったときには役立つだろう。

リースは暗い路地に入っていった。腰抜けはまだそこにいた。意識を失ったままだ。目を覚まさせたかった。このくそ野郎にジェインが味わったのと同じ恐怖を味わわせてやりたい。違うのは、だれも助けに来ないということだけだ。

男はリースが置き去りにしたところにいた。姿勢すら変わっていない。かがみ込んでジャケットをつかみ、ぐったりとした男を引きあげようとしたとき、地面で何かがきらりと光った。男を放して手を伸ばし、そのきらきら光るものをつまみあげる。繊細な金の鎖だ。留め具は壊れていたが、ふたつの指輪は抜け落ちずに細い金にからみついている。

手の中に金のぬくもりを感じた。すでにわかっていたが、一応鼻のそばまで持ちあげる。このネックレスはジェインのものだ。彼女の匂いがしたのはもちろんのこと、どういうわけか、触れただけで彼女に抱きしめられているかのように感じ、文字どおり骨まで温まった。ただの装飾品にすぎないのに。

リースは手のひらにのせたふたつの指輪を眺めた。結婚しているのだろうか。あるいは、結婚していたのだろうか。あんなに優しくて愛らしい女性がそばにいたらどんなだろうか。リースは歯をくいしばった。やめろ！　なんの意味もない。考えるだけ無駄だ。とりあえず、ジャケットのポケットにネックレスを押し込んだ。

意識のない男に関心を戻した。男をつかんで地面から持ちあげる。ぬいぐるみのように揺さぶると、男はうめいて意識を取り戻した。

ジョーイは一瞬、何がなんだかわからないようだった。それからリースを見た。両目が腫れあがっている。何か言おうとするように口を開けた。悲鳴をあげようとしたというほうがあたっているかもしれない。

リースはそのまま向きを変えてジョーイをコンクリートの壁に強く叩きつけた。ジョーイがうめく。

「自分がやったことをそのままやられるのはどんな気分だ、え？」

「おめえはなんだ？」

リースはにやりとして、唇をゆがめ、二本の長いとがった牙をむき出しにした。「おまえが地獄に行くのを手伝ってやる者だ」

ジョーイを引き寄せて、首に歯を食い込ませる。血が体に勢いよく入ってきたが、リースは味のことは考えなかった。ただ、ジェインの甘い香りと純粋無垢な緑色の瞳を思った。彼女の触れた手の優しさを思った。そして、彼女に対する自分の欲望を思った。

腰抜けはほんの数秒間もがいていたが、すぐにくずおれた。

リースは摂取するときに人間《モータル》を殺さない。食料源として、不正直か邪悪な人間しか使わなかったが、それでも、獣同然の自分に、悪人たちを裁く権利はないと信じていたからだ。だが、今夜は違った。その信念は脇にのけておくつもりだった。

ところが、男の心臓の鼓動が弱まり出した最後の瞬間に思わず身を引いた。ジェインのような誠実で親切な人間を傷つけたこの男を許すことはできないし、激しい憤怒を感じていたが、それでも殺すことはできなかった。

腰抜けを地面に落として、後ろに下がる。この男にうんざりし、自分にもうんざりしながら、手の甲で口をぬぐった。

「おやおや。たいした見せ物じゃないかね?」

洗練されたなめらかな声が聞こえ、リースははっとした。くるりと振り返る。ヴァンパイアに気づかれずに近づけるのはヴァンパイアだけだ。

「よう、リース」

リースは一瞬声が出なかった。出せなかった。入ったばかりの血の熱に衝撃が入りまじり、血管を駆けめぐる。

「クリスチャン？」目の前にいるのが弟であるとわかっていながら、信じられなかった。この真ん中の弟にはずっと会っていなかった——百年以上。

「そうだ」

リースは彼に近づいて抱きしめようとしたが、弟の言葉を聞いて立ちどまった。

「まだ殺せないのか？　こんなお粗末な人間《モータル》でも」

リースは眉をひそめ、腕を脇に下ろした。「なんだって？」

クリスチャンはふたたび意識を失っている男に近づいた。男を見おろし、唇をかすかにゆがめ、リースを振り返った。

「ここに来たのは報告するためだ。あんたはこれを聞いてうれしいだろうが、ライラが立派に、そして本当に死んだ」

リースはうれしいとは思わなかった。ライラを憎んではいたが、彼女の死がクリスチャンにどう影響するかがわかっていたからだ。クリスチャンはあの女ヴァンパイアを全身全霊で愛していた。ヴァンパイアに真実の愛などというものがあるとすればだが。

「クリスチャン、気の毒に思うよ」

弟がユーモアのかけらもない笑い声をたてた。「あんたが？　本当かね？」

「おまえが彼女に対してどう感じていたか、よくわかっている」

「ふーむ」クリスチャンがうなずき、ゆっくりした歩みでリースの周囲をまわり始めた。「それなら、彼女をベッドに連れ込んだときに、おれがどう感じたかもわかっていたのか？彼女の血をあんたが何度も飲みほして狂気に追いやったことや、彼女が何度も死の直前まで行かせられたせいで正気を失ったことに対して、おれがどう感じていたかも、当然わかっているんだろうな」

ライラの色情狂的傾向は自分の責任ではない、と思わず舌の先まで出かかった。だが、そう言ってもさらにクリスチャンを傷つけ、リースがライラを本当に望んでいたと思わせるだけだ。実際には、リースがライラを欲したのは一度だけだった。そして、彼女の本性を知ったのだ――強欲で利己的で暴力的なヴァンパイアであることを。

自分がしたことをクリスチャンに理解してもらおうと何度試みたことか。ライラが家族を傷つけ、呪いをかけたことに対する報復だったのだと。ライラは彼女自身がしたことを身をもって償うべきだったのだと。

だが、クリスチャンはリースの言うことを決して信じようとしなかった――ひと言たりとも。それでも、リースはもう一度説明しなければならないと思った。嘘をついてまで慰めてもなんにもならない。

「クリスチャン、おまえを傷つけたかったわけじゃない。ライラを罰したんだ――おまえのために。それから、セバスチャンと、特にエリザベスのために。ぼくたち家族全員を破滅させたことに対してだ」

「ああ、あんたは前もそう言った」

「真実だ」

「いいや、真実は、エリザベスが肺病だったということだ。弱りすぎていてクロスオーバーできなかった」

クリスチャンが今でもライラの嘘をうのみにしていることが信じられなかった。ライラは彼らの妹を殺した。怒った腹いせに殺したのだ。リースから欲しいものを得ることができなかったのを怒ったのだ。

「好きなように信じていればいい、クリス。だが、ぼくはおまえに真実を告げている。今までもずっとそうだった」

クリスチャンがリースの正面に立った。「まあ、今はもうどうでもいいことだ。ライラは死んだのだから」

リースはうなずいた。彼女がいなくなれば、ずたずたになったきょうだい関係を修復できるかもしれない。

クリスチャンが通りに向かって路地を戻り始めた。

リースは彼のあとを数歩追った。「こんな状態は終わりにしないか?」

弟が振り返り、まるでその問いかけを思案しているように頭を傾げた。「そうだな。今夜で終わりにしてもいいかもしれないな」そう言うなりリースに飛びかかってきた。目にも留まらぬ速さだった。リースは構えることさえできずに突き飛ばされ、気づくと建物の壁に激しく叩きつけられていた。衝撃でコンクリートのかけらがばらばらと降り落ちる。

喉を押さえつけている手を引きはがそうとしたが、クリスチャンはびくともしなかった。普通の状況ならば、リースとクリスチャンの力はほぼ同じだ――同時期に同じヴァンパイアによって創り出されたからだ。だが、今夜のクリスチャンは激怒している。行き場のない怒りによって、瞬間的ではあれ、驚異的に強くなっている。

リースは弟の両手をつかんだ。

リースを凝視するクリスチャンの目は真っ黒だった。虹彩が全体に広がり、白目がほとんど見えなくなっている。普段は薄い色の瞳がいまや空虚な暗黒と化していた。

「一八五年前にこうすべきだった」クリスチャンの声がさらに低く、さらにしわがれて動物のうなり声のように聞こえた。

リースはもがいたが、弟はためらいもせずにリースの喉に食らいつき、最初のひと噛みで肉を半分ほど引き裂いた。

残忍な攻撃だったが、ほとんど痛みを感じなかった。なんとか振り払おうともがき続けたが、それも首の脇をもう一度噛まれるまでだった。リースは血と活力が自分からどんどん流れ出ていくのを感じた。

クリスチャンはただ思い知らせてやろうとか、自分の能力を見せつけようとか、リースを辱めようと考えているのではなかった。

違う。リースは朦朧《もうろう》とし始めた意識の中で思った。かつてあれほどかわいがっていた弟は、兄を殺すつもりなのだ。

ジェインはためらっていた。足から足に重心を移し、指の爪を噛む。歩道を注意深く捜し、排水溝まで全部見たが、まだ指輪は見つかっていなかった。

仕方なくバーのほうへ戻りながらも、勇気はどんどん萎えていた。バーの入り口に近づく勇気はとてもない。路地など論外だ。

爪をもう一度長く噛んでから、両手を脇に下ろして胸を張った。見つけなければならない。脅えたという理由で両親の指輪を失うことになったら、自分を決して許せないだろう。とにかくここまで来たのだから、やるしかない。ジェインは気分を楽にするために、ポケットに手を入れてヘアスプレーの筒を取り出した。自分の前にその小さな缶をかかげ、地面を調べながら、バーの入り口に近づいていく。

入り口に着いたとき、音が聞こえた。はっと身を硬くして、スプレー缶を握りしめる。また音がした。だれかが喉を詰まらせているような音――いや、あえいでいるのか。心臓がばくばくする。ジェインは息を止めた。音は路地から聞こえてくる。

後ろを向いて走り去ることを考えたが、足が麻痺したように動かない。またあえぎ声が聞こえ、かすかに、もがいているような音がした。路地にいるひとりか、あるいは何人かの人に聞かれることを恐れて、ジェインはゆっくり静かに息を吸った。

ぜいぜいとあえぐ音が続いている。自分が出した声でないことはたしかだ。それから、何も聞こえなくなった。

頭をかしげて耳をすました。ただの乱闘のあととは思えない緊張した不穏な静寂に満ちている。この沈黙が意味するのは、もがいていただれかが意識を失ったということだ――あるいは死んだか。

ジョーイが別な女性を襲ったのだろうか。ただここに立って、ほかの女性が傷つけられる音に耳をすましているなんて、耐えられない。

でも、もしかしたら空耳かもしれない。疲れきっているせいで過剰反応して幻聴が起きているのだ。

ジェインはあたりを見まわした。通りにはだれもいない。バーの明かりも消えている。今が何時かまったくわからなかったが、かなり遅いに違いない。

自分を落ち着かせるためにもう一度息を吸って、ヘアスプレーを体の前に構え直した。用心しながら、路地に近づく。建物の角から身を乗り出してのぞき込んだ。

路地は空っぽに見えた。暗闇が広がり、あの裸電球の小さな光だけが裏階段を薄暗く照らしている。ジェインはほっとして壁に寄りかかった。

そのとき、見えた。かすかな動き、動く影、そして男の顔。

必死に目をこらした。知らない男の顔ではない。リースだった。頭が不自然な角度で垂れさがり、目は閉じられている。

また影が動き、路地にもうひとり男がいることに気づいた。ジェインのほうに顔を向けたが、暗い光の中では顔の輪郭しか映らず、目鼻立ちはわからない。背格好から判断するかぎりジョーイではないようだ。

影になった男がリースを放すと、リースは地面にくずおれた。

ジェインはリースの倒れた姿を見つめた。吐き気がこみ上げる。リースは大丈夫なはずだ。だが、そうではないらしいという恐ろしい感覚はあまりに強かった。

「さてさて、愚かな人間《モータル》がいわゆる〝まずい時にまずい場所に来合わせた〟というわけか」

ジェインは目をしばたたいた。リースの横にいたはずの男がすぐ目の前に立っている。リースに意識を集中していたせいで、こちらにやってくるのに気づかなかったのだろうか。

「リ、リースに、な、何をしたの？」

男がもう一歩近づいた。街灯の光が彼の顔を映し出した。

恐怖におののいていても、この男の息をのむような美しさに気づかないわけにはいかなかった。金色の濃淡になったブロンドの髪、淡い色の瞳。

「リースの知り合いか？　それはおもしろい。あの男が人間とつき合っているとは思わなかった――しかもこんなにかわいい、小さくて純粋な人間《モータル》とは」

ジェインはそっと首をかしげた。なぜジェインのことをモータルと呼ぶのだろうか。不良グループの隠語か何かかしら。死ぬことができるという意味？

逃げることさえ思いつかないうちに、男の手が伸びてきてジェインの腕をつかんだ。手を引っ込め、舗道に足を踏んばったが、なんの意味もなかった。鉄の手かせをかけられたようにいとも簡単に路地に引きずり込まれた。

「リースがどうなっているか、見ようじゃないか」うれしそうにさえ見える。

男はうつ伏せに倒れているリースのところまでジェインを引っぱっていった。リースの頭は相変わらず不自然な角度に曲がっていたが、それがなぜか、ようやくジェインも見ることができた。首に大量の血があふれ、喉が引き裂かれてぱっくり開いている。

ジェインは自由なほうの手で口を覆った。とはいえ、震える指ぐらいでは、悲鳴や喉にこみあげてきた胆汁はとうてい抑えられなかった。

男がジェインの手首をつかんだまま、大声で笑った。

ジェインは恐怖と悲しみに駆られて思わず膝をついたが、すぐにぐいっと引っぱりあげられ、男のほうを向かせられた。肩に痛みが走ったが、その苦痛さえほとんど意識しなかった。

「不幸なことに、きみはぼくの兄を見てしまった」残念そうな表情で首をかしげる。「このまま行かせるわけにはいかないな」

その瞬間にいとも簡単に男の顔が変化した。薄暗い光のせいでゆがんで見えるのだとジェインは思った。あるいは、恐怖のあまり、目の機能がおかしくなっているのか。だが、そのとき男が笑い、かみそりのようにとがった長い牙がきらめくのが見えた。悪夢のようだがこれは現実だ。この男が何者かわからないが、やはり現実だ。そして、本気でジェインを殺そうとしている。

ジェインはまた悲鳴をあげた。さらにもう一度。男が笑う。

がっしりつかまれてびくともしない手首を、ジェインは死に物狂いで引っぱった。そして、ふと気づいた。つかまれている手にまだ小さなスプレー缶を持っている。

怪物が顔を下げ、邪悪な牙をむき出しにしてジェインに迫ってくる。ジェインは自由なほうの手で缶をつかみ、目を狙って〝エクストラファームホールド〟の霧を吹きかけた。

怪物が悲鳴をあげた。まるで手負いの獣があげる不気味な遠吠えのようだ。男はジェインの手首を放し、両手で顔を覆った。

ジェインは一瞬たりとも無駄にしなかった。振り返って走り出す。しかし、通りにたどりつくことさえできなかった。暗闇に取り囲まれ、殺虫剤《レイド》を噴霧された虫のように地面にくずおれた。

セバスチャンは傷を負った兄の脇に立った。一見、野獣に咬み裂かれたように見える。だが、セバスチャンには、その咬み傷がヴァンパイアの襲撃によるものであることがはっきりわかった。とはいっても、襲撃者の正体を特定することは難しい。このヴァンパイアが、彼、あるいは彼女の痕跡が残らないように隠蔽《いんぺい》する魔術をかけているからだ。

セバスチャンはひざまずいてリースの胸の上に手のひらをかざした。すでに一度チェックしたが、もう一度確認せずにはいられなかった。念のために。

まったく動きのない胸から、かすかな波動が伝わってくる。リースは大丈夫だろう。危機一髪だったが。

セバスチャンは片手で顔をぬぐった。まだ震えがおさまらない。経営するナイトクラブで、おいしい食事が好きなだけでなく、おいしい食事になることも好きな魅力的な人間《モータル》と、すてきなディナーをともにしていたときに、リースの痛みを感じたのだ。

いや、ただ痛みを感じただけではない。その痛みを味わった。セバスチャンは首に手を当てた。そのときほど強烈ではないが、今もまだずきずきしている。

彼とリースは常につながっている。血縁のヴァンパイア同士では珍しくない。しかし、ここまで鮮明な交信を受けたことはなかった。それだけ強く感じたのが幸いだった。おかげでセバスチャンはリースのもとに急行できた——そして救った、のかどうかはよくわからないが。

セバスチャンはリースの近くに横たわっている雄の人間《モータル》を見やった。リースは彼を摂取し尽くしたらしい。これはリースの通常のやり方ではない。飲みほすことは決してしないのだ。この男は命を取りとめるだろうが、しばらくはかなり辛い時期を過ごすことになる。

セバスチャンは立ちあがり、路地の中ほどにうつ伏せに倒れている人間《モータル》の女性に近寄った。意識を失っているが、傷は受けていない。女性のまわりに記憶の魔術の気配が漂っている。おそらく、リースを襲撃したヴァンパイアが、今夜ここで起こったことを思い出せないように、彼女の記憶を消したのだろう。だが、何よりもセバスチャンを驚かせたのは、この女性を覆っているリースの匂いだった。

普段のリースは、この女性のような健全な人間と関わろうとしない。だが、彼女の肌に残っているのは、リース自身の匂いだけでなく、彼の欲望の強い匂いだ。今夜、この路地で、いったい何が起こったんだ？　まあ、自分も刺激的なクリスマスイヴを過ごしていたわけだが。

セバスチャンはかがんで女性を抱きあげ、肩にかついだ。それから兄のところに戻り、バランスを取りながら、もう一方の肩に兄を乗せた。

影に姿を変えて移動できるのが思いがけず役立つのはこういうときだ。意識を失った男女を両肩にぶらさげて街中をさまよえば、さすがに何人かは驚くだろう。いくらニューヨークであっても。

クリスチャンはバーの屋根の上に立ち、末の弟がリースと雌の人間《モータル》をかつぎ、影になって消え失せるのを見おろしていた。

クリスチャンは歯ぎしりした。兄を殺す唯一のチャンスを、あの愚かな人間《モータル》が台無しにした。今後、リースが警戒を解くことはないだろう。不意打ちでなければ、リースを倒すことはできない。

クリスチャンは空を見あげた。太陽がまもなく昇る。ライラを殺した太陽が。

いや、リースがライラを殺したのだ。彼の行為が結果を見るまでに百年かかっただけだ。ライラがついにあきらめて、自分の存在を終わらせるまでに。クリスチャンとふたりで寝ていたベッドから起きあがり、昼間の焼けつくような日光の中に出ていった。

リースには必ず仕返しをする。まだどうやればいいかはわからない。だが、これまで忍耐強く待ってきた。必要とあらばいつまででも待ってやる。

4

リースは伸びをした。くそっ、筋肉がすごく痛いぞ。昨日は、馬に乗ったんだったかな。疲れすぎているのか、睡眠を取りすぎたせいか、どうも思い出せない。

まあ、それはどうでもいいことだ。ベッドに寝ているんだし、ベッドは気持ちよくて暖かい。この、気持ちよくて暖かい……。

リースははっと起きあがってベッドを共有している女性を見おろした。

おやおや、体がこれほど疲れきっている理由はこれか。だが、昨夜女性とベッドをともにした覚えはない。泥酔したのかな。クリスチャンとふたりでまた賭博場に行ってばか騒ぎをやらかしたのだろうか。

リースは眉をひそめた。この女性はそういう種類の女だろうか？　娼婦は絶対に家に連れて帰らないと決めているのだが。妹のエリザベスはたったの十七歳だし、そもそも品位を欠くことだ。

リースはかたわらの女性に目を戻した。自分の知っている娼婦とは似ても似つかない。

顔が少し向こうを向いているが、それでも、口紅もせず、そういう女性たちが顔中に気前よく塗りたくるさまざまな化粧もまったくしていないことは見て取れた。

頭をかしげて片方の眉を上げ、女のつやつやした黒髪とすべすべの小さな手、そして短く整えられた爪を詳細に眺めた。みずみずしい清潔な香りに包まれている。

娼婦にしては、あまりにも清潔すぎる。

この女はいったい何者だ？

リースは一瞬ためらい、上掛けを持ちあげた。はっと息をのむ。

女は三枚のピンク色をした薄い三角形以外は裸だった。そのうちの二枚は小さな、だがすばらしい形に盛りあがった胸を覆い、三番目は両脚のあいだを隠している。透けている生地越しに黒い巻き毛の存在がわかった。

たしかに娼婦ということもありうる。この見かけと香りから判断して、彼女のためにかなりの金額を支払ったに違いない。

まったく、クリスチャンの奴！　ぼくがばかなことをしでかさないように見張ってくれるはずなのだが。

だが待てよ。昨晩の記憶がこれほどぼんやりしているのは、来るべき結婚を祝うために、または忘れようとするために、外出したからではないか。

野蛮なアメリカ人との婚約。リースは脇に横たわる愛らしい女性を眺めた。筋骨たくましいアメリカ人の妻の脇で満たされずに寝なければいけない夜には、このすてきな思い出が彼を温めてくれるだろう。そのくらい許されるはずだ。

この小柄な娼婦は本当に美しい。

リースは手を伸ばして女の胸に触り、小さくてなまめかしい衣装の薄い生地越しに透けている乳首をいじった。乳首はすぐに硬くなり、貪欲に彼の指を突いた。

リースはほほえんだ。なんて魅力的な女性なのだろう。

頭をひょいと下げて、硬くなった乳首をなめ、軽く吸った。もう片方の乳首に移り、深く口にくわえ込む。

女が頭を枕にすりつけるように動かし、ため息ともつぶやきともつかない声をもらした。リースは身を引き、上半身を起こした。自分の技を自賛し、とがった乳首と濡れた生地を通してはっきり見えるバラ色の乳輪の眺めを楽しんだ。この下着はまさにお恵みだ。

彼女の顔に視線を戻した。こちらを向いている。リースは女の愛らしさに心を打たれた。ふっくらした唇と丸みのある頬のせいでまるで天使のように見える。手元に引きとめておけないのはとても残念なことだ。いや、それもいいではないか。愛人を持つのは一般的なことだし、これまでは必然性を感じなかっただけのことだ。両親のように幸せな結婚をしたいと思っていたせいでもある。とはいえ、その両親のせいで今回の苦境に陥ったわけだが。よりにもよってアメリカ人とは！　なんといまいましいことだ！　だが、両親に敬意を払うためにその女性と結婚するしかないだろう。両親の思い出のために。

まあ、思い出にひたっていればいいわけだ。あるいは何かほかのことに集中するか。

ベッドの共有相手に視線を戻した。顔は天使のようだが、体はあまりに罪深い。片手を伸ばして腹を撫で、肌の熱さとやわらかさに感嘆する。

キスをしたくなるような唇から、ささやきの混じったため息がまたこぼれた。

リースはにやりとして指をさらに下に滑らせた。肌がこれほど熱いなら、あそこに入れたときにどんな感じがするかは想像するに余りある。三角形の布に指を滑らせて、薄い生地を通して弾力のある巻き毛の小さな茂みの感触を楽しんだ。

今回は軽いうめき声がもれ、もっと親密な接触を求めるように太腿が開いた。

彼女の広げた太腿のあいだにうずくまる。透き通った生地は細く紐のように伸び、愛らしい丘を覆う役目を果たしていない。麝香《じゃこう》の香りが熱く芳しく立ちのぼっている。

リースは歯をくいしばった。いまだかつて、これほどの興奮を感じたことがあるだろうか？　ひとりの女性をここまで欲するとは。

彼女の顔を見あげただけで欲望がさらに強まり、彼女のことしか考えられないほどだった。彼女の中に入りたかった。奥深くまで自分のものを挿入し、燃えるような熱に包まれる心地よさを体の隅々にまで感じたかった。

彼の一部は、眠っているうちにこの女性をものにするというアイデアに興奮を覚えていたが、別な一部は、瞳を見つめながら彼女を満たすことを望んでいた。あの大きい緑の瞳の中に自分を欲する彼女の欲望が浮かぶのを見たかった。

リースははっとした。だれかも覚えていないのに、なぜ彼女の瞳が緑色だと思うのだろう。奇妙だ。だが、この答えられない疑問に長く気を取られているわけにはいかなかった。

彼女が脚を動かし、すすり泣くような声をもらしたからだ。

リースはほほえみ、目の前の喜びに意識を集中した。

三角形の布が両腿のあいだで狭まって紐のようになっている部分をなぞる。絹の布地ときめやかな巻き毛が手をくすぐった。湿り気が指先に熱く感じられ、彼は薄い布地を押しのけてピンク色の濡れた部分をほれぼれと眺めた。そっと襞《ひだ》を分け入り、彼を待ち受けている小さなつぼみに指を押しあてる。

女はあえぎ、唇を開いた。両目は閉じられたままだったが、両脚は彼女の熱さに入り込む許可を与えるかのように、さらに大きく広がった。リースはそれを受けて、彼女を撫で、丸くなぞった。指を離して、信じられないほどきつい中に指を一本差し入れ、すぐにまたつぼみに戻る。

女は大きくうめき、ヒップを小刻みに動かして彼の手に押しつけた。

その体が懇願しているものを与えようと、リースは一定の速さと圧力で愛撫を繰り返し、ついに叫び声をあげるまで触り続けた。

「リース、おお、リース！」

ああ、なんてすばらしいんだ。このまま彼女を放さない。

リースがジェインの上に覆いかぶさって、両手と口で愛撫してくれていた。彼の感触は天にも昇るような心地よさで、ジェインはただただ幸せな気持ちだった。彼がそこにいる。真っ暗な空っぽな場所にとらわれて、いくらもがいても表面に浮上できなかったジェインを連れ帰ってくれた。

この新しい場所に。うーん。この場所はとてもすてき。すばらしい感覚と興奮に満ちている。リースを独り占め。

彼の唇がジェインの胸を這い、乳首を唇に含んでぐいと引っぱり、ぎゅっと締めつけた。ジェインの全身を快感が貫く。

彼の手は大きくて、ジェインの肌をがっしりと包み込んだ。お腹を、それから、お尻を撫でられる。欲望の波に溺れてしまいそう。

そのとき彼の指が探しあてた。ジェインが一番触れてほしいと思っている場所を。彼に触れてほしい場所を。彼が指をこすりつけ、丸く滑らせ、ずっと、ジェインが爆発するまで愛撫し続けた。

息をのみ、激しくあえぎ、そして長い快感の波の中でついに恍惚感がゆっくりと引いていくと、ようやくジェインは目を開けた。

「ああ、すごい」息をついた。こんな夢、いまだかつて一度も見たことがないわ。

「ぼくもだ」豊かなかすれ声が聞こえた。

ジェインははっと顔を上げて、驚きの声をあげた。リースがひざまずいている。真っ裸で。ジェインの広げた脚のあいだに。

「おはよう」彼は挨拶をすると、笑みを浮かべた。

ジェインは恥ずかしさのあまり、彼から飛びのき、ヘッドボードにさえぎられるまで退却した。それからベッドを這いおりて、開いている扉の中に、バスルームであることを祈りながら駆け込んだ。ばたんと締めた扉にぐったり寄りかかる。

自分はいったい何をしてしまったのだろう？　なぜリースと一緒にここにいるのだろう。思い出そうとしたが、何も思い出せない。はっきりした記憶で一番新しいのは、路地でリースに救われたときの記憶だ。ホテルまで歩いて送ってもらった。それから両親の結婚指輪をなくしたことに気づき、捜しに出かけた。それからあとは……。

ここにいた。そしてオーガズムを感じた。リースが与えてくれたオーガズム。

そのことを考えただけで膝ががくがくしてくずおれそうだった。

ちょっと、どうしたというの？　ふたりのあいだに何が起きたか、心配しなくてはいけないというのに。でも、まったく思い出せない。

最後までいったのだろうか。また、膝ががくがくして、お腹の奥底で欲望がうごめいた。本当にどうかしてしまったのだろうか。思い出せないからといって、彼とどんな夜を過ごしたかを想像して興奮を感じるなんて、とんでもないことだ。絶対おかしくなったに違いない。

そうだ、これは気がおかしくなったせいだ。そう自分に言って聞かせながら、本当にそうだろうかと恐ろしくなった。

扉を軽く叩く音に、ジェインは跳びあがった。

「大丈夫か?」

ジェインは息を深く吸った。「ええ、すぐに行くわ」

両目をぎゅっと閉じた。リースはわたしのことをどう思っただろうか。もちろん、第一級の自堕落女だと思われたことは間違いない。

リースはベッドの端に座っていた。彼女を愛人にするためには、数百ポンドの費用と、街中に家が一軒必要だろう。だが、どんなに金がかかっても、彼女を放したくない。彼女は第一級の女性だ。

リースはベッド脇の小テーブルに目をやって、懐中時計を捜した。黒い磨きあげられたテーブルの上に懐中時計はなく、あったのは金の指輪が二つと一本のネックレスだった。

小さいほうの指輪は、取りあげてみるととても小さくて、今、別室にいる女性のような小柄な人にしか合わないと思われた。もうひとつの指輪を手に取った。ずっと大きくて太くて、男っぽい感じだ。このふたつの指輪はなんとなく覚えがある。別室にいる女性と関係があるはずだということだけは覚えている。

手のひらの上で大きいほうの指輪を何度もひっくり返して、思い出そうとしているうちに、表面に刻まれた文字に気づいた。

〝Rへ――永遠にあなたのもの、Jより〟

胸がきゅっと苦しくなった。この指輪はぼくに対するものだろうか。ゆっくりと、その金の指輪を指に滑らせた。するっと入ったがゆるいわけではない。サイズはぴったりだ。

リースは数秒間指輪を見つめていた。それから、閉まった扉まで歩いていき、さっと開けた。

女は悲鳴をあげて両手で体を隠そうとした。

リースは彼女の慎み深さを無視したが、この反応が本物であることを確信していた。十分前ならば、この仕草を見て、高級娼婦の彼を誘惑する手管だと思っただろう。だが、今は異なる事実を知っている。

「ぼくたちは夫婦かな？」リースはそう尋ねて、二つの指輪の小さいほうを差し出した。

5

ジェインの頭にまず浮かんだのは〝ノー！〟という返事だった。だが、すぐに、自分でもはっきりわからないことに気づいた。覚えていないのだ。どうやら彼も同様らしい。

ニューヨークも、ラスベガスのように終夜営業の教会があるのだろうか。聞いたことはないが、今この瞬間には、なんでもありのような気がした。

「わたし――は、そ、そんなことないと、お、思うけど」

ジェインはリースを眺めた。上半身は裸のままで、硬い筋肉がくっきり盛りあがっている。ありがたいことにズボンは穿いている。さもなければ、ジェインは言葉を発することさえできなかっただろう。とはいえ、ズボンのウエストを締めていないので、V字に引きしまった平らな腹部とふわっと渦を巻いて下方に続いている毛ははっきり見えている。

視線を無理やり上げて、彼の顔を見た。寝ていたせいで髪はくしゃくしゃ、目は真剣そのもので、ジェインをじっと見つめている。

彼はふと眉をひそめ、顔に理解の表情を浮かべた。「きみは、ジェイン・ハリソンだ」

ゆっくりと区切り、まるで確かめるような、記憶の裏側のどこかからその名前を引きずり出しているような、そんな言い方だ。

ジェインはうなずいた。まさか、わたしが覚えていることさえも覚えていないなんて、そんなことあるだろうか？　ふたりに何が起こったのだろうか？　どうして、ふたりとも昨晩のことをまったく覚えていないのだろうか？

「そうだ。この目もさめるような緑の瞳は覚えている」リースが断言した。「きみはぼくの婚約者だ」

ジェインは彼を見つめた。なんのことを話しているのだろう。それに、なぜ急にイギリス訛りになったのだろう。ホテルに歩いて送ってくれたときは訛っていなかったはずだ。

「アメリカから来たジェイン・ハリソンか？」

ジェインはまたうなずいた。いちおう事実だ。でも、それなら、リース自身はどこから来たというのだろう。

「もっと早く気づくべきだった」リースが一歩近づき、ジェインの髪に触れて、乱れた巻き毛に指を滑らせた。

「きみの髪――短いな。しゃれている。アメリカで流行っている髪型かな？」

ジェインはリースに警戒の目を向けた。「え？」

彼はしばらくジェインを眺め、それから決断するようにうなずいた。「気に入った」

答えを思いつく前に、彼が目の前にしゃがみ込んだので、ジェインはあわてて小さすぎる下着を両手で覆った。

それに気づいて、彼が彫刻のような唇をゆがめてかすかに笑みを浮かべた。たしかに、今さら慎み深くしても遅きに失した感はある。

リースがそっと手を伸ばしてジェインのふくらはぎに触った。笑みが消えて驚きのような表情に変わる。

触れられたとたんにジェインの全身がかっと熱くなった。彼の指に触れられると肌がちりちりとしびれて、その長い魔法のような指が、自分の体のほかの場所にも触れたことを思い出さずにはいられない。唇を噛んでうめき声を抑えているあいだも、彼の手は膝まで這いのぼり、また下りてきてくるぶしに触れた。

リースはジェインを見あげた。驚きの表情がはっきり浮かんでいる。「アメリカ人は脚を剃るのか？」

「女性だけね」言ってから訂正した。「ええと、男性で剃る人も少しはいるかもしれないけれど」

彼はそれについて考えているようだったが、しばらくしてようやく理解したというようにうなずくと立ちあがった。「クリスチャンとセバスチャンを捜してこよう。たぶん、昨夜ぼくたちに何が起こったか、弟たちが思い出してくれるだろう」そう言ってバスルームを出ていった。

ああ、なんと、まさか、ほかにも関わっている人がたくさんいるという意味だろうか？　ジェインはそうでないことを心から祈った。でも、なぜジェインがここにいて、なぜリースが奇妙なしゃべり方をしているのかを、その弟たちが解明してくれるかもしれない。

「クリスチャン！」リースが寝室から廊下に出るか出ないかのうちに呼んだ。「セバスチャン！」

ジェインはすぐには追っていかなかった。部屋の隅の椅子に、ブラウスとスカートがたたんで置いてあるのを見つけたからだ。ほっとして服を身につける。

リースがまた叫ぶのを聞いて、急いであとを追った。

廊下に出たところで、ジェインは悲鳴をあげそうになった。長い廊下に並んだ扉のひとつからちょうど出てきた金髪の男性に激突しそうになったのだ。

「あの叫び声、なんとかしてくれよ」しわがれ声がいかにも眠そうだ。

ジェインは返事をしなかった。彼の姿にあまりにびっくりしたせいだ。

この男性はリースより若く見えた。リースより短い髪が寝癖でめちゃくちゃに突っ立っている。瞳はリースと同じようなはしばみ色だが、あの燃えるような琥珀色の独特な輝きは共有していないようだ。リースより痩せているというのがなぜわかったかというと、黒い絹のパジャマのズボンしか穿いていなかったからだ。幅も背丈もリースほどではないが、雰囲気はリースと似ている。

「やあ」彼は、ジェインの凝視を気にする様子もなく言った。「セバスチャンだ。リースの弟さ」手を差し出し、先ほどリースがジェインに見せたのとまったく同じようにほほえみを浮かべた。

「ジェインよ」つまり、この人とリースは血がつながっているわけだ。よほどすばらしい遺伝子を受け継いだ家族に違いない。

「叫んでいるのは、ぼくの、頭がおかしい兄貴だな?」

ジェインはうなずきながら、セバスチャンが、どの程度の頭のおかしさを言っているのだろうといぶかった。

「セバスチャン」リースが廊下を大股で歩いてきた。彼の視線がまだ握り合っていたジェインとセバスチャンの手に留まった。彼の目が細められたので、ジェインは罪悪感を覚えて、握られていた手を急いで引っ込めた。見たとおりの軽薄な女だと思われただろうか。ジェインはリースに、セバスチャンに言い寄っていると思われたくなかった。

だが、リースはジェインを疑う代わりに、セバスチャンに険しい目を向けた。「ぼくが用心すべきなのか。おい、自分の女を共有する趣味はないぞ」

彼が所有権を主張するのを聞いて、ジェインの下腹がかっと熱くなった。だが、すぐに自分を戒める。ここで喜ぶべきじゃない。何がどうなっているのかまったくわかっていないのだから――しかも、リースの振る舞いは明らかに普通ではない。

「特にこの女性は、ぼくの妻でありおまえの義姉《あね》であるという可能性が高いのだからな」リースはつけ加えて、その考えがうれしいかのようにジェインを見おろしてほほえんだ。

絶対に普通じゃない。

セバスチャンが振り向いてジェインを見つめた。

ジェインは弱々しくほほえんだ。

セバスチャンが眉をひそめて兄に視線を戻すのを見て、ジェインは最初の印象を訂正した。彼もリースと同じくらい真剣な表情をしている。「リース、いったいなんの話だ?」

「こちらはジェイン・ハリソン」リースはジェインの横に立った。「ぼくが婚約したレディだ」セバスチャンの反応がなかったのでつけ加えた。「アメリカから来たんだ」

それでも弟が何も言わないのを見て、リースはジェインを振り返った。

「申し訳ない。セバスチャンは家族の中では社交的なほうなんだが。どうも、今日は――」

「まったくいかれてる」セバスチャンがふさわしい言葉を提供する。

リースは弟に戸惑ったような視線を投げた。「いかれてる?」繰り返した様子は、まるでその言葉を聞いたことがないようだったが、ジェインに向かってすまなそうにほほえんだ。「弟は社交的なんだが、軽はずみなことを言うたちでね」

セバスチャンは何も言わなかったが、その表情を見れば、先ほど本人が言ったとおりの状態であることははっきりわかった。眉が真一文字になり、金褐色の瞳が大きく見開かれ、たしかに――いかれているように見える。

これはいい兆候かもしれない。もしリースがもともと正気じゃないというなら、セバスチャンがこれほど仰天するはずはない。そうでしょ？　ジェインはそう信じたかった。

「リース」セバスチャンがようやく声を発した。「ジェインはきっと、何か食べたいだろう。ええと……お茶。お茶と燻製ニシン《キッパー》。ぼくがジェインをダイニン……食堂に連れていって、お茶をいれるよ。そのあとで、兄貴とぼくでこれについて話そう。ええと、この……すばらしいニュースについて」

リースはしばらく考えてからうなずいた。ジェインの頬に指で優しく触れる。親指がジェインのふっくらした下唇に接近する。「それでもかまわないだろうか？　弟は見かけによらず無害なんだ」

ジェインはうなずきながら、リースの大きな手に顔をこすりつけたい衝動と闘った。まったく、われながら情けない。正気じゃないのは、たぶん自分のほうだ。

リースはセバスチャンを見やった。「もちろん、レディの前でどういう服装をすべきかわかっているとは言えないが」そう言ってから、自分の身体に目を落とした。「それに関しては、ぼくも同様らしい」

セバスチャンは相変わらず当惑しながらも、思いやりをこめた目つきで言った。「きみのそばでは行儀よくするように努力するよ、ジェイン」

リースは、いい考えだというようにうなずいたが、リース自身は同じ約束をする気はまったくないらしかった。

「きみとセバスチャンがうまくやってくれることを願うよ」

「食堂はこっちだ」セバスチャンが廊下の向こうを指し示した。

ジェインはあとについていきながら、一度だけ肩越しに振り返った。リースが廊下の真ん中に立ってジェインを見つめていた。琥珀色の瞳が光って、欲望と、驚きのようにも思える表情をたたえている。

またジェインの内側がかっと熱くなった。

とんでもないことだ。リースに対してこんなふうに反応するべきではない。彼は知らない人なのだから。なぜふたたび出会った――しかもベッドに一緒にいた――のか、思い出せないのだから。

たしかに、リースほど美しい男性を見たのは初めてだが、だからといって分別を失うのはもってのほかだ。分別のある女は、正気とは思えない男性と関わりを持ったりしない。もちろん、助けてくれたときには、そうは見えなかった。ホテルに送っていってくれたときもだ。正気じゃないというのがどういうことか、ジェインはよく知っている。

ジェインの心を読んだかのように、セバスチャンが言った。「普段の兄貴は、あれほどおかしくはないんだが」

ジェインは大きな部屋に案内された。壁は黒い板張りで、ふたつある窓は、ワイン色のビロードのカーテンに隠れている。凝った造りの二基のシャンデリアが部屋を照らしており、その下に長い重厚な黒い木製のテーブルと美しい木彫りの椅子が十二脚置かれ、椅子の背もたれとクッションにもワイン色のビロードが使われていた。

部屋に入ると、セバスチャンは扉を閉めた。

先に入って室内を見まわしていたジェインは、セバスチャンを振り返った。「そもそも、お兄さまのことはよく知らないの。でも、昨晩わたしの命を救ってくれたのよ。ほかのことはほとんど覚えてないんだけど、あのときは絶対おかしくなかったわ」なぜはっきりそう断言できたかと言えば、正気とは言えない人とずっと暮らしてきたからだ。ジェインの父親は病的とまではいかなくてもかなりの変人だった。

「兄貴がきみの命を救った？」

「ええ、わたし、見る目がなくて、信頼すべきじゃない人を信じてしまって。リースがその人を悪人だと見抜いてくれて幸運だったわ。あとを追いかけてきてくれて……」ジェインは大きく息を吸った。思い出しただけで、リースへの感謝の気持ちで胸がいっぱいになる。「リースが、その男がひどいことをするのを止めてくれたの。そして、わたしが泊まっているホテルまで歩いて送ってくれて、それから帰っていったわ」

「そのあと、兄貴はまたホテルに戻ったのかな、それとも、きみが出ていって兄貴に会ったのかな」

ジェインは首を振った。「そこが問題よね。もう一度会った記憶はないの。たしかにホテルを出てバーに向かったわ。でも、リースには会わなかった。少なくとも、思い出せる範囲では」ジェインはわけがわからなくなって顔をしかめた。「でも、会ったはずよね」

「ああ、きみは兄貴と一緒だった。つまり、そうじゃなければ、きみは今ここにいないはずだろ?」

なるほどそのとおりだが、そう言ったときのセバスチャンの言い方がなぜか気になった。もっと何か知っているように感じたのだ。

でも、そのとき向けられた笑顔がとても感じがよかったので、ただの思い過ごしかもしれないと考え直した。彼はジェインの言葉に相槌を打っただけなのだろう。

「まあいいや。さあ、キッチンに案内しよう」セバスチャンが食堂を通り過ぎて、次の部屋にジェインを案内した。「紅茶と砂糖はあるはずだ。もしかすると、パンと、バターかジャムか何かもあるかもしれない」

ジェインはうなずきながら、自分の家のキッチンに何があるかよくわからないなんて奇妙だと思った。自分では料理をしないのかもしれない。または家で食事をしないとか?

「自分で適当にやってくれるかな。ぼくはリースと話してくるよ。何か答えを引き出せるはずだ。少なくとも、兄貴がなぜあんなふうに振る舞っているかは見当がつくだろう」

ジェインはうなずきながら、呆然とキッチンを見まわした。この二日間の状況のあまりの奇怪さに、ふいに押しつぶされそうになったのだ。

「大丈夫、うまくいくよ、ジェイン」

ジェインは無理やり笑みを浮かべて、キッチンを出ていくセバスチャンを見送った。彼の慰めの言葉がありがたかった。彼にとっても奇々怪々のはず。リースの振る舞いに非常にショックを受けているのは明らかだ。

後ろ手にキッチンのドアを閉めるなり、セバスチャンはにんまりした。

今夜もまたおもしろい晩になりそうだ。

リース、あのだれとも関わらない、陰気で無愛想なあのリースが、人間《モータル》の命を救ったとは。信じられない！

リースが固く守ってきた基本方針は、〝決して人間《モータル》とは関わらない〟だ。例外は食料源にするときだけで、その場合も常に社会の屑《くず》だけを選んでいる。

セバスチャンはぶるっと身を震わせた。わけもなく〝屑〟という言葉を使っているわけではない。彼らは樽底の澱《おり》のような味がする。凶悪犯罪を働くたびに生命力が腐敗していっているかのように、薄汚れて、悪臭を放つ犯罪者たち。
だが、ジェインは凶悪犯罪に手を染めているわけではない。ひとつたりともだ。その事実は彼女の匂いを嗅げば歴然としている。彼女は健全そのものだ。リースが絶対に関わるはずのないタイプの人間《モータル》だ。だが、リースは関わった。いや、互いに関わり合っている。セバスチャンはその匂いを嗅ぐことができた。ふたりとも、相手に対して制御できないほどの欲望を感じている。

セバスチャンはうれしくなって、またにんまりした。まったく、あの陰気な兄貴《ブラザー・グリム》が性衝動に突き動かされるとは、だれが想像しただろう。セバスチャンは、リースが悲嘆のあまりセックスをあきらめたものと信じていた。だが、違ったらしい。リースはただふさわしい女性を求めていたのだ。

だが、ジェインとはいったい何者だ？　セバスチャンの歩みが遅くなり、笑みが消えた。すごいぞ、リースがロマンチックな感情を抱くとは。しかし、ジェインの話だけでは、昨晩あの路地で何が起こったのかはっきりしない。

路地にいた雄の人間《モータル》がジェインを襲った奴だったことは容易に推測できる。だからこそリースはその男に牙を立てた。わからないのは、リースを襲った人物とその理由だ。急にリースが奇妙な振る舞いをし始めたのもわけがわからない。リースは、ジェインを自分の婚約者だと思っている。そして何度か笑みを浮かべた。普段のリースは絶対に笑わない。

説明できないことが多すぎる。何もかもが理屈に合わない。セバスチャンは、リースが欲望によって引き起こされた幻覚症状から覚めて、なんらかの説明をしてくれることを期待した。

リースはすぐに見つかった。図書室にいたからだ。本と楽譜を並べたこの巨大な部屋は、アパートの中でもリースのお気に入りだった。椅子に座ってクッションにもたれ、脚を組んでいつになくリラックスしている様子だ。すでにふたつのグラスにスコッチが注がれ、テーブルに置かれている。

「やあ、来たな」入っていくなり、温かな満面の笑みを向けられた。「祝杯をあげたいと思ってね」

セバスチャンはあっけにとられた。この笑顔を最後に見たのはいつだっただろう。リースがクロスオーバーしてから見ていないことはたしかだ。リースが祝杯？　リースにとっての祝杯とは、ただふさぎ込むことを意味していたはずだが。

「ジェインはお茶を飲んでいるのか」

「ああ、彼女は大丈夫だ」

「そうか」リースは立ちあがり、部屋を横切って、一方の壁をほぼふさいでいる大きな石の暖炉に近づき、オレンジ色の燃えさしに薪をくべた。

「なんてすてきな女性だろう。そう思わないか？」

「ジェイン？　ああ、そうだな」セバスチャンは兄をじっくり観察した。なぜこんな大げさな話し方をするのだろう。それに、この露骨なイギリス訛りはなんだ？　兄も自分ももう何十年も前に訛りは失ったはずなのに。

リースは振り返ってスコッチを手に取った。そして、もう一度暖炉に戻り、炉棚に片肘をついてもたれた。金色の液体をひと口すすり、ため息をつく。「この結婚を大変喜んでいると言わざるを得ない。アメリカ人との縁談を調えたことを父から申し渡されたときには、激怒したどころではなかったが」

セバスチャンも覚えていた。だが、その出来事は二百年近く前に起こったことだ。なるほど、だからリースはこんなふうに振る舞ったり話したりしているのか？　十九世紀のイギリスに戻ったと勘違いしているのだろうか？

「大柄な女性が一日中鋤を押して畑を耕している構図を思い描いていた」リースが言うのを聞いて、セバスチャンは少しのあいだ、なんの話をしているのかわからなかった。

「社会的な品位に欠ける粗野な女性だろうと」リースが続けた。「だが、父と母への敬意から結婚しなければならないと思っていたのだ」

セバスチャンは笑い出しそうになった。なるほど、たしかにそれはリースが結果的に回避することになった女性のことだ。あのアメリカ人の婚約者に関するリースの描写は正しい。セバスチャンは名前が思い出せなかった——バーサ、たぶんそうだったかな。たしかに彼女は大柄で粗野で、まったく魅力のない女性だった。

もっと早くバーサのことを思い出せばよかったと思うほどだ。リースがヴァンパイアになったことを嘆いたときに――しょっちゅうだったが――あの巨大バーサと人生をともに生きて、その腕に抱かれて死んだかもしれないぞと言えたのに。

ここでジェインがだれかという謎と、昨晩、路地で何が起こったかという謎に引き戻された。ジェインは何もわかっていない。リースからも手がかりは得られない。それは、彼が古きよきイギリスに戻って、非常に幸せそうだというのと同じくらい明白だ。

セバスチャンはリースに意識を集中した。身体的に悪いところは何も感じられない。大怪我をした首さえも完治している。では、この奇行はいったいなんだ？　実際のリースは苦悩が大きすぎて正気を失うことさえできない。彼の苦しみに比べれば、狂気など戯れにしか思えないほどだ。

「クリスチャンとエリザベスはどこにいる？　ジェインを紹介したい。ふたりともジェインを好きになるだろう」

セバスチャンはこの言葉で、リースの目下の苦境をおもしろがってばかりはいられないと悟った。どういう理由にしろ、過去二世紀のことを忘れているわけだ。そして、痛ましい出来事はすべて、そのあいだに起こっている。エリザベスの死。クリスチャンによる、自分たちふたり、特にリースに対する憎悪。

きょうだいを失ったことでリースは打ちのめされたが、なんとか生きのびた。セバスチャンのかつて知っていたリースに戻ることはなかったが、とにかく前進し続けた。ふたたびそのすべてを失うことになったら、もう一度生きのびられるとは思えない。

待てよ。もし、エリザベスの死を覚えていなくて、クリスチャンとの不和も覚えていないのならば、当然、自分がヴァンパイアであることも覚えていないだろう。自分が不死の怪物であると思う理由はないはずだ。

「セバスチャン」リースがぴしゃりと言った。「何をそんなにぼんやりしているんだ。ぼくの言ったことが聞こえただろう？　エリザベスとクリスチャンはどこにいるんだ？」

「あのふたりは……地所の屋敷に行っている」セバスチャンは急いで言った。「ええと、あそこの名前は、えっと」

「ロスモアか？」

そうだった。「そうだ。ほら、クリスチャンがエリザベスを連れていったじゃないか。エリザベスの友だちがパーティを開くというので」

リースが顔をしかめた。思い出そうとしているようだ。「エリザベスはしょっちゅうパーティに出ているからな。全部はとても把握できない」

セバスチャンはスコッチをひと口飲んだ。非常に奇妙な展開だ。ヴァンパイアが記憶喪失になるのが可能かどうか不明だが、リースの症状はまさにそれだろう。

リースが歩いていき、なめし革のソファの脇に立つフロアランプをつけた。セバスチャンはリースから目を離さず、電気というもの自体に反応するかどうか見守った。電気が発明されたのは自分たちがヴァンパイアになってから五十年後で、一八〇〇年代にはまだ存在していなかった。

だが、リースは反応しなかった。静かに座って自分のグラスに酒を注ぎたし、セバスチャンにデカンターを上げてみせた。

「ああ、頼む」セバスチャンは言った。今起こっていることを把握するためには、あと一、二杯ひっかける必要がありそうだ。リースに彼の正体を告げる言葉が舌の先まで出かかった。言うのをためらったのは、ひとえに、リースが落ち着いて満足しきった様子だったせいだ。この何世紀か、まったくなかったことだ。もうしばらく、このまま忘却の至福にひたらせておいたほうがいいだろう。少なくとも、リースに何が起こったのか、セバスチャンがはっきり理解するまでは。

リースはため息をついてゆったりと椅子の背にもたれた。「ジェインは期待していたよりもずっとすばらしい女性だ」

「ああ、たしかに」

「ただ、白状すると、彼女がどうやってここに来たのか思い出せないのだ。とにかく昨晩のことがまったく記憶にない」

「記憶にないのは、昨晩のことだけじゃないようだけどね」セバスチャンは皮肉っぽい口調で言ったが、すぐにごまかした。「クリスチャンがエリザベスと旅立つ前に、クリスチャンと兄貴とふたりで結婚の前祝いに出かけたんだ」

リースはうなずいて、この説明を受け入れた。クリスチャンはきょうだい三人の中で一番の放蕩者《ほうとう》だ。リースがすべて忘れるほど何日も続けて飲んだとすれば、クリスチャンに誘われたことは間違いない。

ふたりはしばらく無言で酒を飲んでいた。セバスチャンはまず何をすべきかを考えた。彼のナイトクラブに集うヴァンパイアたちに聞いてみるべきだろうか。ひとりぐらい、この症状について知っているヴァンパイアがいるかもしれない。もちろん、街にいる悪党ヴァンパイアに関する情報も必要だ――リースを襲撃したヴァンパイアを特定するために。

「前祝いなのか？」唐突にリースが尋ねた。「ジェインとぼくは結婚していないのか？」

セバスチャンは首を振った。「ああ。ジェインは昨日ここに着いたばかりだ」

「そうなのか。つまり、船で着いたばかりという意味だな。それなのに、ぼくは彼女をまっすぐベッドに引き入れて、彼女の名誉をおとしめたのか？　酔っていたのだろうが、それにしてもまずかった」

セバスチャンは返事に詰まった。これはかなりきわどいぞ。

「彼女も異論はなかったように見えたが」

リースが憂えるように首を振った。自責の念で琥珀色の瞳が陰る。「婚約者に対してすべきことではなかった。とにかくできるだけ早く結婚式を挙げたい。ぼくが欲情した酔いどれのならず者だったからといって、彼女の名誉をおとしめることがあってはならない」

〝欲情した酔いどれのならず者?〟昔はほんとにこんな言葉使いで話してたっけ。

「セバスチャン」リースの声が、奇妙なイギリス英語に関する考察からセバスチャンの注意を引き戻した。「ぼくはジェインを独り占めにするつもりだ。彼女とともに幸せをつかむために」

最初に不審に思ったのはリースの使った奇妙な言葉だった。〝彼女を独り占めにする?〟だが、直後に、セバスチャンの関心はリース本人に引き戻された。圧倒的な欲望がどっとあふれ出てきて部屋を満たしたからだ。その欲望はすぐに悲惨な、胸が張り裂けんばかりの喪失感に取ってかわり、その重さで部屋全体の空気がよどんで、セバスチャンは押しつぶされそうになった。

あっけにとられて、兄に意識を集中する。この感情の波はすべて、リースから発せられたものらしい。

リースは前を見ていたが、視線は遠くをさまよい、忘我の境地にいるようだった。

セバスチャンはどうしたのかと声をかけようとした。だが、言葉を発する間もなく、突然連射砲を浴びたように映像が頭の中を流れ始めた。まさにスライドショーのようだった。

エリザベスの姿。そして、クリスチャン。過去のさまざまな出来事。

今はもう失われた人々の幻影が走馬灯のように脳裏をぐるぐるまわり、悲しみに圧倒されて、セバスチャンは窒息しそうになった。

そして、もうこれ以上耐えられないと思った瞬間、セバスチャンの脳と感情が、あまりの負荷に炸裂し、悲しみが消滅した。彼の心に最後の映像がひらめいた。ジェイン。それから、その映像も消え去った。

室内の空気がさっと軽くなり、リースのジェインに対する欲望の匂いがかすかに残った。セバスチャンは唖然とした。いったい全体、今のはなんだ？　脳裏に映像が流れ込んだのは、リースが襲撃されたときに起こったことと似ている。セバスチャンはまたもや、リースが感じていることを感じたのだ。

セバスチャンは兄を見やった。リースの視線はもう遠くを見つめておらず、唇はぎゅっと結んでいるものの、唇には笑みらしきものが戻っている。

「説明できないのだが」それを聞いて、セバスチャンは一瞬、リースがたった今起こったことについて言っているのかと思ったが、そうではなかった。「たしかにジェインは会ったばかりだが、手放してはならないことだけははっきりわかる。彼女を手に入れなければならない」

リースの言葉と、たった今脳裏をよぎった映像、そしてその映像を取り巻いていた喪失感を思い浮かべて、セバスチャンはふいに、リースの混乱した頭の中で何が起こっているのか理解した。

リースはジェインを望んでいる。だが、ヴァンパイアのままでは、人間《モータル》に愛情を持つことを自分に許すことができない。ヴァンパイアになったことで失ったものがあまりにも多く、あまりにも傷ついているせいだ。

だが、もし昔に戻ることができれば――すべてを失う前、ヴァンパイアになる前に戻れば、ジェインを手に入れることができると無意識に判断したのだ。

リースがあの小さな人間《モータル》に感じているつながりが非常に強いことは、セバスチャンも最初からわかっていた。だからこそ、彼女をここまで連れ帰り、リースのベッドに入れることまでした。リースが彼女の存在を身近に感知することで、ひとりで寝ているよりも深く心身が休まり、傷が早く癒えると思ったからだ。だがリースがどの程度までジェインを欲しているかについてはわからなかった。

だが、今わかった。

二百年間継続させてきた自分の正体を忘れてしまえるほど、ジェインを欲している。リースは自分がヴァンパイアであることを無理やり忘れて、ライラが現れる前の時期、まだクロスオーバーする前の時代に、頭の中だけで戻ったのだ。

このアパートや、近代的な設備に対してまったく反応しないのは、おそらくそのせいだ。

こうしたものが十九世紀に存在することに疑問を持ったとたんに、せっかく作り出した幻想の世界が崩壊してしまうからだ。

セバスチャンは、自分の理論を実験してみることにした。

サイドテーブルに置かれたスタンドを指さした。「これはなんだ?」

リースはその照明機器を見やってから、弟に呆れたような視線を投げた。「電気スタンドだ」ゆっくり言ってきかせるような言い方は、まるで、記憶を失ったのがセバスチャンであるかのようだ。

「では、これは?」壁面の棚にはめ込まれた最新設備のステレオセットを指す。

「CDプレイヤー」

「じゃあ、こっち」壁を身振りで示した。

「温度自動調節器《サーモスタット》だ。おい、このおもしろくもなんともない二十の質問ゲームに、何かの意味があるのか?」

「いや、ただ、兄貴はこういうすばらしい物をジェインにあげることができるんだと言いたかっただけさ」セバスチャンは言った。「ロンドンで、この時代、とりわけ大変な時代に、花嫁にこれほどしてやれる男はあまりいないだろ」

リースはセバスチャンを一瞬見つめ、首を振って、セバスチャンが気がおかしくなったと思っていることをはっきり示した。

気がおかしくなってなどいないぞ。最高に冴えているさ、と、セバスチャンは思った。リースは、自分が受け入れられない過去だけを抑圧しているのだ。愛するものを失ったことについてだけ。エリザベス。クリスチャン。自分の人生。

自分の推論に満足したとはいえ、兄の苦しみの程度を知って、セバスチャンは衝撃を受けずにはいられなかった。リースが、自分がヴァンパイアである現実をいつまでも許容できないことは知っていた。だが、兄が抱えている苦悩や罪悪感を実感するまでにはいたっていなかった。ようやく理解した。リースは常に家族の長という立場だったから、エリザベスとクリスチャンを失ったのは、家族全員を失ったのと同じだったのだろう。

セバスチャンは兄を見まもりながら、彼のために何が一番いいことなのかを考えた。そして、悩んだ末に結論に達した。リースに妹や弟を返してやることはできないが、ジェインと一緒にいられるよう支援することはできる。あの小さな人間《モータル》をリースが愛せるように、機会を提供してやればいい。なんといっても、ジェインはリースの心を溶かすのに成功したのだ。永久凍土に埋もれていたあの心を。

6

　ジェインはダイニングテーブルに向かって座り、紅茶をすすりながら、どうするべきか決めようと努力していた。すぐに暇乞《いとまご》いをすることを何度も考えたが、できなかった。リースが大丈夫かどうかわからないまま、ただ立ち去ることはできない。それに、昨晩何が起こったかも知りたかった。

　トーストをかじったが、食欲はまったくなかった。皿を取って、こぢんまりした独立型のキッチンに運んだ。キッチンは一方の壁がつややかな黒い大理石のカウンターになっており、望みうる調理器具がすべて揃っている。ステンレスはすべてぴかぴかに磨かれ、きわめて現代的なデザインだ。だが、その贅沢なキッチンはほとんど使われていないように見えた。食器戸棚は空っぽで、多少なりとも物が入っているのは冷蔵庫だけだ。

　それほど奇妙なことではないかもしれないと、ジェインは思った。リースやセバスチャンが熱心に料理をしている姿は想像できない。ふたりとも多忙な仕事の合間に軽くすませるタイプなのだろう。

ただひとつたしかなのは、このきょうだいが金持ちだということだ。バーで最初にリースを見たときの印象は正しかった。この家は、教養高く、洗練されていると大声で主張しているようだ。ジェインが育った家とは似ても似つかない。ジェインの家はヴィクトリア朝様式の古色蒼然たる古家で、しかも、その古ぼけた部屋の半分は葬儀会場になっていた。ジェインはダイニングルームに戻った。ここはキッチンとはまるで違う。この部屋にいると、時を越えて古きイギリスの荘園屋敷の巨大な食事室にいるような錯覚を覚える。

食堂にあるいくつかの扉のうち廊下とつながっている扉が開き、セバスチャンが入ってきた。奇怪な振る舞いをしているのが実の兄であることからすると、セバスチャンは非常に落ち着いて見える。

「まず、喜んでもらえると思うが、きみはまだ兄貴と結婚していないことがわかった」

ジェインも、自分ではとりあえず、結婚していることはありえないと結論を出していたが、どういうわけか、彼の言葉に期待していたほどの安堵感は感じなかった。

だが、ジェインが自分の反応が鈍いことをおかしいと思う間もなく、セバスチャンが淡々と言葉を継いだ。「兄貴は記憶喪失で、自分が十九世紀のイギリスの子爵だと信じているらしい」

「なんですって?」

「つまり」セバスチャンがジェインの向かい側に座った。「今の人生についてほとんど思い出せないんだ」

それを聞いてジェインが眉をひそめたのを見て、急いでつけ加えた。「今の、というのは正しい言葉じゃないな。兄の現実の人生という意味だ」

ジェインはうなずいた。記憶喪失を扱ったテレビ映画を見たことがあるが、それはあくまで作り事だった。それとも、作り事じゃなかったのかしら。だって、これは映画と同じくらい奇妙だもの。「それが記憶喪失の典型的症状？」

セバスチャンが肩をすくめた。「記憶喪失にもさまざまな症状があるらしい」

リースの問題に関してセバスチャンが見せる無頓着な態度に、ジェインは改めて驚いた。イギリスの子爵？　心配しなければならない事態に思える。「お医者さまに診ていただかなくていいのかしら？　これは大変なことじゃないの？」

セバスチャンが少しそわそわしたような気がしたが、目の錯覚かもしれない。「昔からかかっているかかりつけの医者がいてね。もう電話をした。リースの状態を説明したら、それは記憶喪失だと言っていた」

「診察もしないで？」

「医者が言うには、実際にできる治療は何もないそうだ」

「でも、頭を打ったのかもしれないわ。内科的な処置が必要かもしれないじゃない」医者が電話で話しただけでそのような診断を下すなんて、ジェインには信じられなかった。

「診察に来ることになっている。明日だ。リースが外出してまで病院に行くべきじゃないと医者は言うんだ。つまり、リースは自分が別な時代に生きていると思っているので、現代の車や超高層ビルを見て動揺するだろう？　さらに混乱することは間違いない」

たしかに筋は通っている。それに、このきょうだいはお金持ちだから、医者に往診を頼むことなどなんでもないのだろう。

「そのお医者さまが、リースがよくなると考えているならいいけれど。病状がいつ改善するか、だいたいの目安は教えてくれた？」

セバスチャンは首を振った。「いや。よくなるはずだが、何週間か、あるいは何カ月か、かなりかかるらしい」

リースのことを考えて胸がいっぱいになった。混乱した気の毒な彼。そんな状態で生活するとは、なんて恐ろしいことだろう。ジェインの父親は完全に妄想の世界にいるというわけではなかったが、ジェインの母親が生きていると信じたいあまり、母がいるように振る舞い、母に向かって話していた。それを見ているだけで、心が張り裂けそうになった。

もちろん、リースは失った人々を呼び戻そうとしているわけではないだろう。それでも、ジェインの心はやはり同じように激しく痛んだ。

「わたし、彼が本当に気の毒だと思うわ、セバスチャン」

「ああ、きみならそう思ってくれるだろうね」セバスチャンが心温まる笑みを浮かべた。

ジェインはため息をつき、立ちあがろうとした。行かなければ。リースがいつかはよくなることがわかった今、ここにぐずぐずしている理由はない。激しい落胆に襲われたが、それがなぜかもはっきりわからなかった。

「ジェイン」セバスチャンが腕を伸ばして、ジェインの手をつかんだ。彼の指がジェインの小さな指を包み込む。だが、リースのように大きくて力強い感じは受けなかった。「リースを常に見守る必要がある。医者は、衝撃を受けるようなことがたくさん転がっているから、リースを厳重な監視下に置いておくことが大事だと言うんだ」

ジェインはセバスチャンが何を言わんとしているのかわからないままうなずいた。

「実は、このアパートの真下でナイトクラブを経営しているんだ。夜、ぼくらはいつもクラブにいる。とても繁盛していて、リースの助けがないとなると、ぼくはますます忙しくなる。リースを監視して、なおかつクラブを運営するというのは不可能だ。そこできみの出番だ。ここに滞在してリースの世話をしてもらえないだろうか？」

ジェインは目を見張った。わたしにここにいてもらいたいということ？　このきょうだいと？　リースと？

「ほか——ほかのだれかに頼めるでしょう？」リースを世話するなんてできない。今朝の出来事のあとでは、目を見ることすらできないのに、立ち居振る舞いのすべてを見ているなんてとんでもない。それに、どっちにしろ、わたしにリースのような男性の世話ができるわけがない。彼はあまりに力強くて、影響力がありすぎる。

「つまり、大事なことは、リースが今もきみと婚約していると信じていることだ」セバスチャンが言った。「だから、一緒にいるには最適だ。リースは何も疑わない」

たしかにそのとおりだ。でも、リースはなぜ、わたしと恋愛関係にあると思い込んでいるのだろう。目を覚ましたとき、一緒に寝ていたからかもしれない。そういう関係だと思ってもらえてラッキーだったと思うべきだろう。娼婦か何かだと決めつけられてもおかしくなかったのだから。

「そ――そんなこと言われても」ジェインはつかまれた手を引っ込めた。この人たちのことは何も知らない。見も知らぬふたりの男たちの家に転がり込むわけにはいかない。

「きみの助けが本当に必要なんだ」セバスチャンが言った。

「もしリースがどうしても出かけたいと言ったら、どうやってアパートから出ていくのを止められるかわからないわ」なぜ、こんなことを尋ねているのだろう？　なぜ、ここにい続けることなど考えているのだろう？

セバスチャンの唇の端がかすかに上がった。「きみはリースを思いどおりにあやつれると思うよ。兄貴はきみに惚れ込んでいる」

そう言われても、胸のつかえはなくならなかった。逆に、その言葉によってふたたび肌にちりちりとしびれが走った。

どうかしてる。

「それに、報酬も払うよ、もちろん」セバスチャンがつけ加えた。「ホテルに泊まっていると言ってたよね？　ここならただで住める」

ジェインは周囲を見まわした。お金のことが片づくまで、滞在する場所が必要だ。わずかに残っているトラベラーズチェックが、新しい銀行カードとクレジットカードが届くまでもつかどうか、ジェインは自信がなかった。安定した仕事と新たなアパートを見つけるまでのつなぎと考えれば、悪い話ではないかもしれない。

セバスチャンに目をやると、彼はじっとジェインを見守っていた。

そうはいっても、ジェインはこの男たちを知らない。もしかしたら、連続殺人犯かもしれない。ジェインの身に奇妙な出来事が起こったのはすべてこの二日のあいだだ。

いいえ、セバスチャンもリースも殺人狂には見えない。もちろん、自分に人を判断する目がないことは実証済みだけど。

「それに」セバスチャンがさらに決定打を繰り出した。「リースはきみが助けを必要したときに、きみのそばにいた」

あのときリースはジェインのあとを追ってきて、命を救ってくれた。連続殺人犯が、わざわざ人の命を救うだろうか。あとで自分で殺すために？　はっきりわからないが、そんなことはなさそうだ。しかも、ジェインの中の何かが、リースに対して揺るぎない信頼を抱いていた。

少しためらったのち、ジェインはそっと言った。「わかったわ」

嘘のできばえに、セバスチャンは自己満足にひたった。とっておきの切り札、つまりリースがジェインを救ったという事実を目の前に突きつけて、ジェインが苦痛の表情を浮かべるのを見たときでさえ、良心の呵責を感じることはなかった。まあ、たしかに微妙な罪の意識は感じたが、それだけの価値はあった。リースにはこの女性が必要だ。

それに、なんと、彼女もリースを望んでいる。会話のあいだ中、圧倒されるような願望の火花が飛んできていた。リースの名前を口にするだけで、ジェインからあこがれの想いがあふれ出てくる。くそっ、ぼくにも、こんなに愛らしくて、恋いこがれてくれる女がいたらいいな。いや、待てよ。実際いるじゃないか、たくさん。

だが、セバスチャンが女性に関する自分の成果をうっとり思い出している暇はなかった。ジェインが座ったまま背筋を伸ばし、堅苦しい声で言ったからだ。「お引き受けします。ただし、一週間だけ。それだけあれば、あなたは、リースを世話する人を見つけられるでしょうし、わたしも自分の住む場所を見つけるわ」

一週間？　セバスチャンは顔をしかめた。リースがこの女性の心をしっかりとらえるには、一週間では足りないだろう。はがゆい気持ちで、異議を唱えようと息を吸い込んだとき、家中を漂う欲望の匂いが鼻に入ってきた。やれやれ、一週間は結構長い。もしふたりがそれ以上必要とするならば、そのときに考えればいいだろう。とにかく今は、ジェインがここにいてくれる。それで充分だ。ジェインなら、リースをアパートに引きとめておけるだろう。セバスチャンに必要なのは、だれが、なぜ、リースを襲撃したかを探る時間だ。襲撃者がもしリースを狙っているのだとしたら、今の状態のリースは格好のカモだ。とりあえず今できる最善の処置は、リースを安全な場所に引きとめておくことだろう。

「一週間でもすごくありがたいよ」

ジェインがうなずいた。セバスチャンがごり押ししなかったことに安堵している様子がはっきりと見て取れた。

だが、セバスチャンに安堵している暇はない。ヴァンパイアの特性をなんとかしなければならないからだ。ヴァンパイアとして生きるのは簡単だが、自分がヴァンパイアだという自覚のないヴァンパイアが生きていくのは厄介だ。リースは、太陽の下を数歩歩くだけで存在そのものを断つことになる。あるいは、定期的に飢餓感をやわらげておかなければ、彼が一回噛みついただけでも、激しすぎてジェインの命を奪ってしまうだろう。

「リースを見守っているのは非常に簡単だ」セバスチャンは言った。思っていることとは矛盾するが、ジェインを怖がらせたくない。「絶対に気をつけなければいけないのは、たった三つだ」

ジェインが緑色の瞳を見開いて聞いている。

「リースは太陽光アレルギーなので、直射日光の下には絶対に出られない。普段は特に問題ないんだ。ぼくたちは夜中に働いていて、昼間は寝ているからね」おおむね真実だ。

「曇った日なら外に出ても大丈夫なの？」

「ああ。でも完全に曇っている日だけだ。彼にとって太陽光は劇薬のようなものなんだ」

ジェインはまたうなずいた。

「それから、非常に強い食物アレルギーがあるので、普段からタンパク飲料《プロテインドリンク》しか摂取しない」

「何も食べないっていうこと？」ジェインは半信半疑の様子だった。

「食べるが、非常に限られたものだけだ。ほとんど受けつけない。しかも、リースはアトキンス式栄養管理を信奉していてね。どうも、それでうまくアレルギーをコントロールできるらしい」セバスチャンは両手を上げて、そのこと自体が信じられないよというようなそぶりをした。「ちゃんと尋ねたことはないんだけどね」

「でも、リースはそのことを覚えているかしら？」

「どうかなあ。でも、ぼくたちでそのまま続けるようにしてやったほうがいいと思うんだ。リースは長いあいだそれだけで生きている。せっかくの栄養管理を台無しにしたくない」

ジェインはうなずいたが、鼻にわずかに寄った皺が、不信感をはっきり示していた。

「それから――これは医者に言われたことなんだが――当分のあいだ、リースと調子を合わせなければならない。これは非常に重要だ。さもないと、彼の記憶を破壊して、これは医者の言葉だが、実際の記憶が永久に失われる可能性があるそうだ」

ジェインがうちひしがれたような表情をした。

おいおい、ぼくは最高に冴えてるぞ。

ジェインは不安げな様子ながらも、はっきりうなずいた。「わかったわ」

「よかった。では、報酬を決めよう。五百ドルでどうかな？」

セバスチャンが不可能だと思っていたことが起こった。これ以上大きくなりようもないほど大きなジェインの目がさらに広がったのだ。「そんな――それじゃ多すぎるわ」

セバスチャンは肩をすくめた。「ぼくは兄貴を愛している。兄貴が幸せな状態でいてほしいんだ」

「そんなお金は受け取れないわ。それは……いくらなんでも多すぎるもの」

セバスチャンはほほえんだ。ジェインが驚いて必死に辞退している様子が好ましかった。報酬をはずめば、この契約はさらに確固たるものになると思っていたが、その必要はないようだ。ジェインは倫理観が強く、見境なく大金を受け取るような女性ではない。

「ふさわしい額だと思うから、提示しているんだよ」

ジェインはまたためらったが、すぐにセバスチャンに手を差し出した。「ありがとう」

セバスチャンはほほえんだ。ぼくは冴えてるってさっき言わなかったか？

7

信じられなかった。ジェインは見ず知らずの男性ふたりと一緒に暮らすことに同意した。そのうちのひとりは、そのために法外な額の報酬をジェインに提示し、もうひとりは……もうひとりはジェインを婚約者だと信じ込んでいる。しかも、彼は自分が十九世紀のイギリスに生きていると思っている。

このシナリオ全体でもっとも常軌を逸しているのはだれ？　現時点では、三人で籤《くじ》を引いて一番を決めるくらいの接戦だろう。

ジェインは部屋を見まわした。滞在中、私室として使うようにとセバスチャンに案内された部屋だ。とにかく、この部屋がすばらしいことは認めざるを得ない。

ジェインはベッドに近づき、マットレスにかかっているブルーの羽毛布団の豪奢なビロードの表地に手を滑らせた。それから、天蓋から周囲に垂れさがっている霞《かすみ》のような絹地を指で撫でた。これまでの人生のほとんどの晩を過ごしてきた真鍮製のきいきいきしむベッドとはまったく違う。

窓のところまで歩いていき、ぶ厚いダマスク織りのカーテンを押し開けた。黄昏《たそがれ》時だったが、街の景色はまったく見えなかった。窓にぶ厚いすりガラスがはめられて、街の光をさえぎっていたのだ。

一瞬、失望感を覚えた。夜景が見えて、願わくは自分のいる場所が少しでも特定できればと思っていたからだ。次の瞬間に、このガラス窓もリースのためであることに気づいた。彼を太陽から守るため。

リースは非常に変わった持病をたくさん抱えているようだ。とはいえ、病気で苦しんでいる様子はまったくない。身体的には完璧に見える。ジェインはその完璧な体の像を、頭から無理やり追いやった。彼に惹かれる気持ちは絶対に抑えなければ――なんとしてでも。

リースのアレルギーのことに思いを戻した。太陽の下に絶対に出てはいけないとは、なんて不思議なアレルギーだろう。だが、ジェイン自身も、それほど太陽に当たることはない。日光浴は大嫌い。そばかすが増えるし、日に焼けてしまう。夜型で、夜がふけるほど元気になって、明け方近くまで本を読んでいることもしばしばだ。

でも、食べることをあきらめるのは無理。とろける《ヤミー》ようなホットファッジサンデーやしたたる《グーイー》ようなペパローニピザが好きじゃない人なんている?

ため息をつくと、ジェインは手を離してカーテンを戻し、今度はバスルームを探検しに行った。自分専用のバスルーム。彼女の家では想像もできなかったもうひとつの便利さ。

紛れもなく豊かさの象徴だ。

ジェインは洗面台の白いなめらかな大理石に手を触れた。それから、浴槽に近づいた。はめ込まれた巨大な浴槽はふたりが入っても余るほどの広さだ。別にシャワールームもついている。贅沢とはこういうことだ。

だが、どんなに贅沢さが心地よくても、ここにとどまることはできない。財政的なことがなんとかなりしだい、すぐに出ていかねばならないことははっきりしている。

寝室に戻って新しいスーツケースを衣装だんすのところまで運んだ。ミックという名のクラブの警備の男性がホテルまで車で行って、荷物を取ってきてくれた。ケースのジッパーを開けて、たたんである衣類を出した。引きだしにしまうつもりだったが、ふいに気を変えて、もう一度服をスーツケースに戻した。

荷物をスーツケースから出したり、居心地よくしようと努力しても意味がない。なぜなら、状況が奇妙だからという理由にしがみついているけれど、実は、ここにとどまるわけにはいかない真の理由は、ジェイン自身がリースにどうしようもなく惹かれているということだからだ。だれかもわからぬ男性に惹かれるなどとんでもない。彼自身も自分がだれかわかっていないのだ。まさに、最初から壊れる運命にある関係だ。

ジェインはまたため息をつき、ジーンズと緑色のタートルネックセーター、そして下着を引っぱり出した。

おそらく、ゆっくりと熱いお風呂に入れば、もう少しちゃんと考えられるようになって、昨晩何が起こったかも思い出せるかもしれない。記憶を失った理由として唯一思いつくのはテキーラだ。あるいは、テキーラと、昼間に起こった一連のひどい出来事のストレスが合わさったせいかもしれない。

だが、リースの記憶喪失は何が原因なのだろう？　ふたりの記憶喪失は関係があるのかしら？　エイリアンの襲撃ぐらいしか思いつかない。状況の不可解さを考えると、エイリアンだって問題外とは言えないかも。たぶん、リースを診るはずのお医者さまと話すべきだろう。何か知っているはずだ。集団記憶喪失についてとか？　そう、それに違いない。

閉じてあるトイレの蓋の上に衣類を置いてから、浴槽のふちに腰掛け、排水口に栓をして蛇口を開けた。

湯気の立つお湯をしばらく見つめてから、石鹸を取りに洗面台に戻った。石鹸を探しているうちに、洗面台の上の鏡に映った自分の姿が目に入った。

見るも無惨な様相だ。髪は四方八方に逆立ち、目の下にはマスカラが流れている。化粧がにじみ、目元の隈がさらに濃く見える。

リースのような筋骨たくましいゴージャスな男性がわたしに惹かれるなどあり得ない。セバスチャンは勘違いをしている。でも、リースと一緒にベッドに寝ていた。そして、彼がしたことは……。

頬がかっとほてり、肌が鮮やかなピンク色になったせいで、目の下の隈がまだらに見える。

ジェインは目を閉じて、詰めていた息を吐き出した。昨晩のことは思い出せないけれど、目覚めたときに彼女に触れていたリースの両手の感触ははっきり覚えている。

ほてった頬からさっと熱が引いて今度は下腹にたまり、さらに奥のほうも熱くなった。リースの指が触れたときのすばらしい感じは今まで経験したことがないものだった。

まるで意思を持っているかのように、指が動いてブラウスのボタンをはずす。目を閉じたまま、ジェインはリースの指がボタンをはずし、白い綿の布を開いているところを思い描いた。浴槽にたまった熱いお湯が跳ねてジェインの肌を濡らす。そのお湯のぬくもりがリースのキスだと想像する。

自分はいったい何をしているのだろう？　もともと、ジェインは男性について空想をめぐらすタイプではない。特にこのような妄想などとんでもない。そもそも男性に触らせたことなどない。リースがしたようには。あれはぞくぞくするほど……すてきだった。

ブラウスが床に落ちるのもかまわず、指をブラジャーの前の金具に滑らせた。薄い布地が寄せられ、湿った空気に触れて乳首がそそり立った。

戸惑いながらもやめることができず、ジェインは指で乳首を覆い、リースの唇がそこを吸ったときの感触を思い出そうとした。

そのとき、静かな咳払いが聞こえ、ジェインははっと、開いている扉のほうに振り返った。リースがそこに立ち、ジェインを見つめていた。

ジェインは両腕を胸で交差させて、自分の体と、自分がやっていたことの両方をどうにかして隠そうとした。だが、彼の瞳にくすぶっている光を見れば、すでに見られてしまったことは明らかだ。

困惑のほてりと、彼の激しい視線によって引き起こされた体の奥の炎が混じり合う。ジェインはそれほどにこの男性を欲していた。

彼の視線が腕に隠された乳房を離れ、ジェインの視線をとらえた。

欲望のこもった視線にさらされて、ジェインはかすかに身を震わせた。

「失礼」リースがいつもより、さらにしゃがれた声で言った。「きみに呼ばれたような気がしたものだから」

ジェインはリースを凝視した。そう、たしかにジェインの体はリースを呼んでいたが、声に出して呼んだなどということはあり得ない。「わたし……呼んでないわ」

リースが短くうなずいた。「それならいいんだ。出ていくから、風呂に入ってくれ」

一瞬ふたりは見つめ合い、それから、リースは軽くお辞儀をしてバスルームを出ると、後ろ手に扉を閉めた。

ジェインはお湯に身を沈めた。気づくと、両手はまだ胸をつかんだままだった。こんなことあり得ない。彼に、一緒にお風呂に入らないかと誘いの言葉をかけないために理性を総動員しなければならなかったなんて。自分は本当にどこか具合が悪いに違いない。分別があって控えめな性格のはずなのに。なんと、尻軽女のように振る舞っているとは！

リースは、バスルームの扉とジェインの寝室の扉を閉めたが、それでもまだ、ジェインの強い願望に強く引き寄せられ、戻ってきてと懇願されているように感じていた。廊下で立ちどまる。彼自身の願望が戻れ、戻れと声を大にして叫んだからだ。ジェインは婚約者だ。まだ結婚式は挙げていないが、準備が整いしだい、できるだけ早く挙げる予定であり、そうなれば、彼女の美しい体はリースのものになる。

自分がバスルームの扉に立ったときにジェインがしていたことを考えて、思わずうめきそうになった。彼女の両手は、なめらかな肌を愛撫していた。胸のまろやかな曲線を包み込み、指が膨らんだピンク色の乳首をいじっていた。

その味をまだ覚えている。彼女の体の熱も。ズボンの中でペニスが痛いほど脈打った。彼女はもう自分のものともいえるが、あと少しで、毎晩抱きしめて眠れるのだ。

過剰な熱狂ぶりを見せている体を無理やり無視して、リースはセバスチャンを捜しに行った。弟は、一緒に祝杯をあげたあと、もう一度ジェインと話してくると言って部屋を出ていったきりだ。ジェインが弟に何を話したかを、リースは早く知りたかった。

セバスチャンは自分の部屋にいた。シャツを着終わって、上着に腕を通しているところだった。

「どこかに出かけるのか?」

「クラブへ」セバスチャンが指で金髪をすいた。巻き毛が、乱れてからみ合ったいつもの髪型に仕上がる。

リースはうなずいた。「ぼくも行くべきだが、実は、ジェインに無頼漢のように思われているようなんだ。今夜はジェインと一緒にいて、そうではないことをわからせたい」

セバスチャンは笑みを浮かべた。戸惑いながらもおもしろがっているように、唇の端がわずかに上がる。「ああ、ぼくもそうしたほうがいいと思うな」

リースは眉をひそめ、セバスチャンの衣装だんすに近づき、上に置いてあるネクタイを取りあげた。なぜこんな貧弱なものでなく、きちんとしたクラヴァットをつけないんだ?手にしたネクタイを衣装だんすに投げ込んだ。

「ウィルソンはどこだ?」リースは今夜、まだ一度もこの召使いの姿を見ていなかった。もちろん、この男がきようだいのために非常に役立っているというわけではない。この召使いが身支度の技量に欠けるという点で、きようだいの意見は一致している。

セバスチャンの眉が一瞬狭まり、それからまた広がった。「ああ、ウィルソンか。彼には休暇をやったじゃないか――ええと、ほら、クリスマス休暇を」

クリスマス？　そのとおりだ。今日はクリスマス。なるほど、ジェインが、自分は野蛮人と結婚すると思ったのも無理はない。まだ、クリスマスの祝いの言葉すら言っていなかった。それに、クリスマスの食事はどうなっているのか。まさか、エリザベスとクリスチャンが不在だからといって、召使いたちが正式な食事を用意しないはずもないだろうが。召使いがクリスマスに休暇を取っている？

リースは顔をしかめた。非常に奇妙なことだ。

「そんなに遅くならずにクラブから戻ってくるつもりだよ」セバスチャンが言った。「でも、兄貴とジェインをしばらくふたりきりにしておくのもいいと思ってさ」

リースは弟を見やった。たしかに弟が出かけても問題ないだろう。実際、ジェインとふたりきりになるというのは大歓迎だ。クリスマスにふさわしい祝いの準備ができていればよかったのだが。ふたりだけのためにでも。ちゃんと埋め合わせをしなければならない。ジェインが物わかりのよい女性であることを祈るしかないようだ。

「楽しんでくれ」セバスチャンが言った。口元にまた、わかっているよというような笑みを浮かべた。

ぼくが婚約者に夢中なことを、弟はよほど滑稽だと思っているらしい。ぼく自身あれだけ異議を唱えていたせいだろう。たしかに笑える部分があることは、自分でも認めざるを得ない。大切なものを見逃していると早く気づいていたら、とっくにジェインと一緒になれていたはずだ。

風呂は、ジェインが期待していたような効果をもたらさなかった。過去二日間のさまざまな出来事のせいで神経が高ぶりすぎて、とてもリラックスなどできない。夜中じゅう自分の寝室に隠れていることに強い誘惑を覚える。だが、ジェインはリースを見張るという役目を担っているのだ。

髪を乾かしたあとに、少しでも疲れていないように見えることを期待して、マスカラを軽くつけた。鏡に映る自分を検分して、マスカラはあまり役立っていないが、少なくとも適切に肌が隠れていて、タートルネックとジーンズも充分地味だという結論に達した。

元気づけに深呼吸を一回してから、自分の部屋を出て〝美しいきようだい《ビューティフル・ブラザーズ》〟を捜しに行った。

廊下を歩いて居間などがあるほうに向かう。まずは食堂の扉を押し開けたが、だれもいなかった。立ちどまり、扉に手をかけたまま耳をすます。

アパート全体がしんと静まり返り、まるでだれもいないようだ。不安がわき起こった。もしリースがいなかったらどうしよう。アパートから出てしまっていたら?

そっと扉を閉めてまた廊下を急いだ。廊下の突きあたりが広い居間になっている。黒っぽい色のアンティーク家具には上質な布地が張られ、この部屋もアパートのほかの部屋同様に贅沢な装飾で調えられている。だが、ジェインは部屋全体をさっと一瞥しただけで、装飾品をじっくり観賞することはしなかった。一直線に居間を通り抜けると反対側にもうひとつ扉があった。ほんの少し開いている。ジェインは扉をそっと押し開け、足を踏み出した。

リースが石造りの巨大な暖炉の前に立っていた。横顔をジェインのほうに向け、手にはゆったりと飲み物のグラスを持っている。

見た瞬間に、彼のゴージャスな姿に心を奪われて、ジェインは何も言えなくなった。暖炉の火に照らされて髪がきらめく。シンプルな黒いセーターと黒のズボンが、肩幅の広さと腰の細さをさらに強調しているように思えた。

リースがジェインのほうを見た。「入っておいで。嚙みつかないと約束する」

その言葉にこめられた抑制と願望の入りまじった感情を感じて、ジェインの肌がまたほてった。彼に軽く嚙まれた感触を鮮明に思い出し、それだけで乳房がうずくように痛んだ。

そっと息を吸い込み、ふらつく脚を叱咤して部屋に入る。やわらかいしゃれた椅子のひとつに浅く腰掛けて、部屋に意識を集中した。

この部屋も、アパートのほかの部屋同様に広大だった。一方の壁のほとんどは、てっぺんがアーチ形になっている大きな三つの窓に占められている。ここの窓ガラスは透明だ。窓の外に街の灯がきらめいているのが見えた。

残りの壁のあいたスペースはすべて、床から天井まで何百何千もの本で埋め尽くされていた。部屋が大きいわりに、とても居心地よく感じられる。暖炉の火のせいだろうか。それとも、ぴかぴかに磨かれた濃茶色の木の床のぬくもりのせいだろうか。それとも、大きなふかふかのソファと部屋の隅の窓ぎわに置かれたピアノのせいかもしれない。ジェインはこの部屋にすっかり魅了された。

立ちあがって窓辺に歩いていった。眺めはすばらしかった。窓から街全体が見渡せる。街の灯がきらめき、冬の凍てつくような大気の中を雪がそっと舞いおちている。

「ぼくの一番好きな部屋だ」

ジェインはぎょっとした。リースが隣にいて、彼から発する熱を感じるほどそばに立っていた。

じっと窓の外を眺めている。「ここからの眺めはすばらしい。そう思わないか?」

「ええ」ジェインはうなずき、また窓を振り返って景色を眺めた。「とてもきれい。わたしの住んでいたところとはまったく違うわ」

彼はジェインのほうに顔を向けた。「きみにとっては、何もかも初めてだということを忘れていた。そのうち全部案内しよう」

ジェインは微笑した。リースとニューヨーク探検なんて楽しそう。「ぜひ行きたいわ」

「ロンドンは少々威圧的に思えるだろうが、すぐに慣れて好きになると思うよ」

ジェインははっとした。今の現実的な状況がよみがえる。リースは自分がニューヨークにいることもわかっていない。記憶が戻らなければ、ジェインを案内することさえできないが、記憶が戻ったらジェインはすぐにここを立ち去り、気づいたら紛れ込んでいたこの奇妙な世界から出ていくのだ。

「アメリカはどんな感じなのかな?」リースが尋ねながら窓辺を離れ、暖炉のそばに戻った。

ジェインはなんと返事をしたらいいかわからなかった。メイン州のことを話せばいいのだろうか。リースが生きていると思っている時代に合わせて、返事も加減したほうがいいのだろうか。

「ええと――ここと違うわ。とても田舎なの。森と湖に囲まれて野生動物がたくさんいるわ」すべて真実で、彼を混乱させないような返事。

「ダービーシャーのぼくの地所と似ているようだ。ぼくたちはそこで夏を過ごすことになる。屋敷は起伏に富んだ丘に立っていて、すぐそばに池がある。昔はよく泳いだものだ」

ジェインはほほえんだ。彼が描いた場所が本当に存在していればいいのに。とてもすてきなところのように聞こえる。

「もっとロンドンに近いところにも地所があって、そこに今、エリザベスとクリスチャンが行っている。バリントン伯爵の屋敷で開かれるパーティに出席するためだ。妹のエリザベスがどうしてもその集まりに出たがってね。きれいなドレスを着て踊るのが何よりも好きなんだよ。公爵の子息、グランフォード卿にあこがれていることはさておいてもね」

リースはかわいくて仕方がないという様子で笑みを浮かべた。

ジェインもほほえみ返しながら、彼の愛情あふれる表情がとても感じがいいことに気づいた。ホテルに送っていってくれた無表情な男とあまりに違う。

「弟のクリスチャンはまったく違うタイプだな。家族の中では、あいつが一番問題ばかり起こしている。かなりの無頼漢で、しかもそれを誇りに思っているところが困りものだ」

そう言いながら、この放縦なきょうだいのこともまったく困っていない様子だ。

ジェインははっとした。この人々がリースの想像の産物であることをつい忘れてしまう。リースの話し方があまりにも自然だからだ。おそらく想像ではないのだ。リースには妹と、弟がもうひとり、本当にいたに違いない。

「クリスチャンのことは先に謝っておかなければならない。セバスチャンとぼくの両方をあらゆる種類の惨事に巻き込むことで、彼の右に出る者はない。クリスチャンのせいで、昨日はあんなことになった。もう二度と起こらないと約束する」

ジェインはうなずいたが、彼がなんの話をしているか見当がつかなかったので、どう返事すべきか迷った。

ジェインの困惑を、リースは疑念と勘違いした。「ぼくが言いたいのは……」リースは咳払いした。「つまり、ぼくの状態や大胆すぎた振る舞いはさておき、昨日の晩がきみにとって楽しいものだったのならうれしいということなのだが」

ジェインは目をぱちくりした。彼の言葉についていくのは、なぞなぞに挑戦しているようだ――あるいは、外国語か。

「ええと――とても楽しかったわ」

安心した表情が一瞬浮かび、それからまた真面目な顔に戻った。「もちろん、すぐに婚姻予告をするつもりだ」

ジェインはうなずいた。いったい全体なんの話？　以前に読んだ摂政《リージエンシー》時代のロマンス小説を思い出そうとした。婚姻予告のことなんて、書いてあったかしら？

思い出せなくて、結局もう一度うなずいた。「わかったわ」

リースはジェインの同意にほっとしたようにほほえんだが、その笑みはすぐに消え、熱い視線がジェインの体を這った。ぴったりしたセーターでしばらくとどまり、それからジーンズに落ちる。

まったく普通の服装であるはずなのに、ふいに大胆すぎるような気がしてきた。

「アメリカの男性は非常に進歩的らしい。きみの服装はイギリス女性にふさわしいと推奨されているものに比べると、かなり露出度が高い」

ジェインは唖然としてリースを見つめた。スカートの後ろを膨らませる腰当て《バスル》でもつけろと言うのかしら。いいえ、きっとハイウエストのゆったりしたスカートやペチコートを着るべきなのだろう。彼に調子を合わせるべきだとわかっていても、現実にはかなり難しそうだ。

「この服は実用的だということになっているわ」

リースが近づいてきてジェインのすぐ前に立った。「失礼した。国が違えば慣習なども

ずいぶん違うだろう。きみに気詰まりな思いをさせるつもりはなかった」言いながら、少し下がって、もう一度ジェインの服をじっくり眺める。「それに白状するが、ぼくはこの服装が気に入った」手を伸ばしてジーンズの縫い目に指を一本滑らせてゆっくり腰のほうに下ろしていった。

ぶ厚い生地越しに軽く触れられているだけなのに、はっきりその感触を感じるのに驚いて、ジェインはただ彼を見つめた。

もう一本の指が加わり、それから手のひらがジェインの腰に当てられた。

だが、手全体で撫でられるかと思った瞬間、彼は手を離し、一歩下がった。

「服装について、偉そうに語れないな」自分を責めるような口調で言った。「ウィルソンも――ぼくの従者だが――同じように、変わった服を用意したようだ」リースはセーターを脱いで手に持ち、しかめっ面で見おろした。「変な服だ。だが、クラヴァットは一本もないし、きちんとしたタキシードも見あたらない」

「みんなが変化を求めている時代ですもの」ジェインは下腹や手足をうずかせる欲望を無視しようとしながら、気もそぞろに答えた。

リースが笑った。深く豊かな声だ。「たしかにそうだ」

ジェインはまたリースを見やった。この男性のすべてが信じられないほど魅力的なことにただ驚嘆するばかりだ。無理やり目をそらした。ピアノのほうまで歩いていって、光沢を帯びた黒い蓋をそっと撫でる。

「ピアノは弾ける？」リースが尋ねた。

「いいえ。母は弾いたけど」

「弾いた？」

「母はわたしが十歳のときに亡くなったから」

リースは心から同情するような様子を見せた。「それは大変だっただろう。きょうだいは？」

「いないわ。わたしはひとりっ子なの」

「それなのに、きみの父上はきみをこちらによこして結婚させることを決心した。父上にとっては断腸の思いだったろう」

胸が鈍痛で締めつけられた。父を失ったことを思うたびに感じる痛みだ。「父も亡くなったの。一年ほど前に」

リースはジェインを見つめ、それから部屋を横切って、また彼女の真ん前に立った。

「それでは、ぼくたちには共通点がある。ぼくの両親も三年と少し前に亡くなった」

ジェインはうなずき、それなら、彼も死に伴う喪失感と孤独感を理解できるのかもしれないと思った。

でも、もしかしたら、父親が亡くなって、ジェインは自分が知っていた唯一の世界を失ったのだ。いない人生について話しているのだ。リースの両親は亡くなっていないのかもしれない。彼は存在していない人生について話しているのだ。それとも、実在した生活を話しているのだろうか。死を理解しているのだろうか。

「ジェイン」リースの静かな声が、ジェインを悲しみから引き戻した。彼の手がジェインの顔を包んだ。指は力強く温かい。「ぼくがきみを大切にするつもりだということをわかってほしい。きみはここで、何ひとつ不自由なく暮らせる。そして、ぼくたちふたりで末永く幸せを分かち合える」

自分がどうかしていると呆れながらも、ジェインはこれほどだれかの言葉を信じたいと思ったことはなかった。自分を大切に思ってくれて、助けてくれる人がいるということを、もはやひとりではないということを信じたかった。

そのとき、また現実がよみがえった。この人はわたしたちが婚約していると信じている。もうすぐ結婚すると思っている。一緒の人生を送ろうと考えている。だが、そのどれも真実ではない――特に、末永く幸せにという部分は。

ジェインはそっと手を伸ばして彼の手を取り、その手のひらを自分の頰に当てて彼の指と手のひらの少しざらざらした感触を堪能した。親切と思いやりを感じて、自分がひとりではないと思えるのはすばらしいことだ——たとえ、しばらくのあいだで、すべてが見せかけだとわかっていても。

彼の親指が動いて、ジェインの感じやすい下唇を撫でた。ジェインを見おろす瞳が暖炉の火に照らされて金色に輝いている。

「きみの瞳がどんなに美しいか、だれかに言われたことはあるかい？　誠実で、新緑のように鮮やかな色だ」彼の低くかすれた声が、まるで指と同じようにジェインの肌を愛撫した。

ジェインはかすかに首を振ったが、彼の手のひらはしっかりその動きをとらえた。

「ない？　唇の美しさは？　どれほどやわらかく繊細に見えるかということをだれかに言われなかったかい？」

彼の描写した当の唇がふたつに分かれ、小さな、詰まったような音がもれる。ジェインはまた小さく頭を振った。

「ふうむ。それは男全般として考えれば、許しがたいな。だが、はっきり言って、ぼくがそう言った最初の男だというのは非常にうれしい」

ジェインも同感だった。だれかほかの男性にこんなふうに誉めてほしいとはまったく思わない。

「さあ、ぼくのかわいい婚約者、警告するが、この愛らしい瞳を閉じたくなるかもしれない。なぜなら、ぼくはこのかわいい唇を試食してみるつもりだから」彼の頭が下りてきて、唇がジェインの唇をとらえた。

ジェインは目を閉じて、両腕を彼の首にからませた。彼の髪が指の背に当たってちくちくする。

今この瞬間、自分がリースと同じ幻想の世界にいることはわかっていたけれど、ジェインはそれでもかまわなかった。それほど、こうしていることが正しく感じられた。

リースはジェインを味わい、そのやわらかさと夢のような味を楽しんだ。抱きしめて、これほど完璧だと思った女性がいただろうか。いや、いたとは思えない。

リースは彼女のやわらかな唇を舌でなぞった。唇を開いてほしいと、思いのままに彼女の熱を味わわせてほしいと懇願するように。

彼女はそうした。彼女自身の舌がリースの舌にそっと、ためらいがちに触れる。

ジェインのおずおずとした様子は、経験豊富な愛人の巧みな動きなどよりもずっとそそられた。

リースは自分が急速に自制を失っていくのを感じ、なごり惜しく長めにキスをしてから抱擁を解いた。彼女をあまりにも激しく欲していた。

ジェインを見おろす。緑色の瞳は情熱でぼうっとして、唇もうっとりと開かれている。独占欲に焚きつけられて、リースの欲望はさらにつのった。今言った言葉はすべて本当のことだ。この女性を幸せにする。大切にして、安全を保証する。自分でも理由はわからないが、この安全確保が非常に重要であるという確信があった。

ジェインがこの世でひとりぼっちであるせいだとリースは思った。そう思っても、まだ何かが頭の隅でうごめいていた。それが何かわからない――だが、たいしたことではないだろう。自分はジェインを大切にする。永遠に。

リースは自分の首の後ろに手をやって、まだそこにかかっていたジェインの手をとらえた。ほっそりした指に自分の指をからませ、ジェインを暖炉の前に連れていった。

「座りなさい」わざと厳しい表情で言う。「きみにあげたいものがある」

ジェインは言われるままに両脚を折って座り、興味津々という様子で彼を見あげた。

リースはテーブルまで行って、長四角の形をした緑色のビロードの箱を取ってきた。自分もジェインの横に長い脚を投げ出して座り、箱を差し出した。

ジェインが眉をひそめた。瞳が戸惑いに陰っている。「リース、これはなあに?」

リースはかすかに笑った。「それを知るためには、きみが開けてくれないと」もう一度差し出す。

ジェインはためらいながら箱を受け取った。彼の顔をちらっと見てから、蓋を開ける。

両目が大きく見開いた。首を大きく振って、その箱を彼に押し返そうとした。「だめよ、リース」頑なな口調だった。「こんなもの受け取れないわ」

リースはジェインの呆然とした表情を見てくすくす笑った。「もちろん受け取れるさ。きみこそ、これを受け取るべき人なんだから」

彼の母親が、いつかリースが妻になる女性にあげられるように、いくつも宝石を残してくれていた。長年、思い出しもしなかったが、今リースは、この女性にどうしてもこの先祖伝来の宝石をつけてほしかった。

箱からネックレスを取り出して、前にかかげた。暖炉の火に照らされて、ゴールデントパーズとそのまわりを囲むダイヤモンドがきらめく。リースはにじり寄ってジェインの首に鎖をまわした。

彼が留め金を留めているあいだ、ジェインはまったく動かなかった。それから体をまわして、彼のほうを向いた。ネックレスはかなり長く下がり、胸の谷間にわずかにかかっている。

ジェインが着ている服が、ほんの少し前まで不適切だと思えたのに、ふいにあまりに肌を隠しすぎているように感じた。彼女の透けるような肌に映ってそのペンダントがきらめくのをリースは見たかった。彼女を愛するときに、何も着ないでそのネックレスだけつけていてほしかった——ネックレスは彼女がリースのものであるしるしだ。

「リース、だめよ。これをいただくわけにはいかないわ」

リースはジェインをじっと見つめた。「きみにもらってほしい。婚約者に対する贈り物というだけでなく、ぼくたちで一緒に過ごす初めてのクリスマスのお祝いだ」

彼女の緑色の瞳が磨かれた大きなエメラルドのように輝いて、涙があふれ出した。

リースは眉をひそめた。心配になったからだ。「なぜ泣くんだ?」

「これが真実だったらいいのにと思うから」ジェインはそう言って、何かまずいことを言ったかのように下唇を噛んだ。

リースは親指と人差し指で優しくジェインの顎を持ちあげた。「ジェイン、これは真実だよ。今までぼくに起こった何よりも真実だ」なぜそんなふうに感じるのかわからなかったが、絶対にそうだとわかっていた。「どうかつけてくれ、ぼくのために」

ジェインは少しのあいだ、視線を落としてペンダントを見つめ、うなずいた。頭の動きはほんの一瞬だった。どうも、これが、確信のないときのジェインの反応らしい。

リースはにっこりした。そして、ジェインを引き寄せて、自分の長い脚のあいだに座らせた。ジェインが不安げに彼にもたれる。こわばった背中が彼の胸に触れても、ジェインは身を引こうとはしなかった。

その格好で座ったまま、ふたりとも何も言わずに炎を見つめた。安らぎがリースを満たす。これが稀有な瞬間であることを、彼の人生にとって稀有な感覚であることを、リースはなぜか知っていた。あまりに長いあいだ、幸せに避けられていたからだ。

だが、なぜ？　すばらしい家族と莫大な財産に恵まれて自分は非常に幸せなはずだ。なぜ、過去がこうした安らぎの時ではなかったと思ったのだろう？

漠然とした思いを解明しようと深く息を吸うと、ジェインの花のような澄んだ香りがした。

こらえきれずに、ジェインの髪に鼻をこすりつける。ウエストにまわした腕の力を強め、彼にもたれているジェインの体がそれほどこわばっていないことに気づいた。

そのとたんに、ぼやけた記憶などどうでもよくなった。今この瞬間、リースは幸せで、ジェインも同じ幸せを感じているのは明らかだ。

その幸せをたしかなものにする――自分が第五代ロスモア子爵であるのと同じくらいたしかなものに。

8

ジェインはベッドに横たわり、目の前にネックレスを持ちあげた。明かりに照らされて、きらめきながら揺れているペンダントをじっと見つめる。中央の宝石は楕円形で一ドル銀貨よりも大きく、多面にカットされて金色に輝き、まるで光を中に閉じ込めているかのようだ。四角いカットのダイヤモンドがその大きな石を取り囲んで、星のごとく光っている。

宝石が何カラットなのか、あるいは、どのくらいの価格価値があるのかを推定するような危険はあえて冒さなかった。その宝石が本物かどうか疑いもしなかった。自分にうんざりして首を振る。これを受け取るべきじゃなかった。見せかけであっても。このネックレスが贈られるべきは別な女性——リースが実際には知り合いでもない女のはずがない。

なぜ、受け取ったのだろう。説得することはできたはずだ。まだ婚約して間もないのだからと。なんとでも言えたはずだ。なのに、受け取って身につけた。そして、一瞬とはいえ、この極上の贈り物が自分に対するものであるかのように振る舞った。その品が高価そうだったからとか、美しかったからという理由ではない。このネックレスによって感じることができたからだ――自分が彼のものだと。

ジェインは寝返りを打って、ネックレスをそっとサイドテーブルに置いた。鎖が宝石のまわりを囲んで金色の水たまりのように見える。

横になったまま、頬の下に両手を差し入れた格好でその贈り物に見入った。

何より哀れなのは、今夜が、今までの人生でもっともすてきなクリスマスだったということだ。自分はなんという人生を送ってきたのだろう。

両目を閉じると、まぶたの裏にメイン州で送っていた生活の記憶がよみがえってきた。荒れはてた陰気な古家でのクリスマス、空想の世界に没頭しすぎて、娘がどんなに欲しても、決して関心を向けてくれなかった父親。孤独。

毎度のことながら、罪悪感でいっぱいになった。父はできるかぎりのことをしてくれた。たぶん、ジェインが期待しすぎたのだ。

目を開けて、もう一度ネックレスを見つめた。今夜を大切な思い出にしよう、あるがままの姿で――いとおしい時間として。贈り物と雪と暖炉の火。すべてがすてきだった。そして、リースのキス。本当にすてきだった。

人差し指の関節で唇をなぞった。そのやわらかい表面が、リースのキスを思い出すだけで今もうずく。彼の感触はあまりにすばらしくて、あまりに完璧だった。だから、彼に抱かれているあいだ、キスを返すべきじゃないという思いなど、浮かびさえしなかった。彼に触れられると、すべてが順調で、道理にかなっているように思えた。

今夜はすばらしかった。そのまま記憶に残しておけばいい——ふたりが現実の世界に投げ返されたあとも。

ジェインは疲れきって、また両目を閉じた。もしかしたら、これはすべて夢で、明日の朝起きたら、たったひとりでメイン州にいるのかもしれない。


ジェインははっとした。両目を開けて、自分の居場所を確かめようとする。リースのアパートだ。美しい青と白の部屋。でも、部屋はもはや快適にも安全にも感じられなかった。空気の中に、何か不気味で不吉な感じが漂っている。

じっと動かず、ほとんど息もせずに顎まで上掛けを上げて耳をすました。部屋は完全な静寂に包まれ、街の音まで聞こえるほどだ。だが、部屋にいるものの音を聞く必要はなかった。それを〝感じる〟ことができたからだ。何か湿っぽいものが空中に漂ってきてジェインの肌を覆う。ねっとりした冷たい両手で上掛けの下までも撫でられるようだ。ジェインは必死に震えを抑えつけて、まったく動かなかった。

だが、恐ろしい感覚は消えず、逆に強くなっていった。じっとりした感触が両脚を包み、しだいに上がってくる。腕にからみつき、上に乗りかかって体を押さえつけてくる。

目だけを動かして時計を見た。午前六時三十分過ぎだ。部屋の中は、サイドテーブルに置いてあるライトの明かりでぼんやり明るいし、まもなく日も昇るはずだ。だが、自分でもばかげているとわかっていたが、明るくても意味がないように思えた。はっきり感じるのだ。だれか、あるいは何か、悪魔としか形容しようのないものを。逃げなければならない。体を押さえつける力がどんどん強くなり、息がほとんどできない。

勇気をかき集めてベッドから飛び出した。足台は飛び越えて直接床に降りたつ。自分の行動は、子どもがベッドの下の怪物に脅えて逃げ出すのとまるで同じだが、それでもかまわなかった。部屋から逃げ出さなければ。

セバスチャンの部屋の扉の前は走り過ぎた。こちらのほうが近かったが、リースのもとに行くことしか頭になかった。

ノックもせずに扉を押し開けて部屋に走り込み、扉をばたんと閉めたが、完全な暗闇に包まれることに気づき、ほんの少しだけ開けた。廊下のかすかな光を入れ、バスルームに駆け込み電気をつける。そして、扉まで駆け戻ってぴったり閉めた。今回は鍵もかけた。

目を凝らしてベッドを見ると、リースが仰向けに寝ているのがわかった。毛布がウエストから下にかけられ、胸はむき出しのままだ。目は閉じられている。

ジェインが走りまわったり、扉を音をたてて閉めたりしたのに、まったく起きなかったのだろうか?

部屋を横切ってベッドに近寄り、リースの肩に触れた。彼の肌の冷たさにぎょっとする。

「リース」そっとささやいた。

彼がまったく動かなかったので、ジェインはもっと大きく名前を呼んだ。

反応がない。ジェインはぞっとして、彼をぐいと押し、大声で名前を叫んだ。彼女の部屋で感じたあの悪魔が、先にリースを襲っていたらどうしよう？　彼はまったく動かないし、薄暗がりの中では、胸が上下しているかどうかさえもわからない。

仕方なくセバスチャンを呼びに行こうとしたとき、リースのまぶたがわずかに開いた。

「ジェイン？」

「ああ、よかった」ジェインは叫び、両腕を彼にまわして、ヘッドボードに背をもたせかけた彼の姿勢が許すかぎり強く抱きしめた。

リースの腕がジェインの背にまわって抱き寄せた。「ジェイン、何かあったのか？」

ジェインは少し身を引いた。「だれかがわたしの部屋にいたの」

リースは顔をしかめて彼女を見た。困惑したような表情を浮かんだ。「なんだって？」

まぶたが重そうな様子から、どうも、ジェインの言ったことにではなく、自分の疲れきった状態に困惑しているらしい。それがわかったので、ジェインはゆっくり繰り返した。

「だれかが、わたしの、部屋に、いるの」

「そいつを見たのか？」

「いいえ――でも、絶対にだれかいたわ」

リースはうなずいたが、ジェインの言ったことを信じたわけではなさそうだった。ベッドの自分の横を叩く。「ここに寝なさい」

ジェインは一瞬ためらったが、それから小走りにベッドをまわり、上掛けの下にもぐり込んだ。リースのほうを向いたが、彼はもう眠りに落ちていた。そしてまた、最初のように、完全に動かなくなった。

くるりと向きを変えて、鍵をかけた扉を見つめる。肌に感じた冷たい、ぞっとするような感覚は消えた。すべてが普通に戻った感じだが、もう一度廊下に出るなんて絶対にできない。自室に戻るのは論外だ。

ジェインは身を震わせて、毛布をきつく自分に巻きつけた。たぶん、悪い夢を見たのだろう。あるいは、バーで男に襲われた恐怖感が残っていたのかもしれない。強盗にあって財布を盗られたことも。でも、もうそんなことは関係ない。今はここにいるから——リースは朝起きたら、ジェインのことをどうしようもない弱虫だと思うだろうけれど。

地平線から最初の光が差して街の輪郭を浮かびあがらせた瞬間、クリスチャンは当座の住まいにしている廃屋の中で形になった。建物の奥の、致命的な太陽光が届かない場所に置いたマットレスに這い上がる。

彼のような者ならだれもがそうなるように、クリスチャンの体は消耗し尽くしていた。

晴れて、太陽が照り輝いていれば消耗はさらにひどい。

それでも、真っ暗な忘却の淵に沈み込む直前まで、クリスチャンはほくそえんでいた。リースに女がいる。リースがクリスチャンの襲撃をどう乗り越えたか感知するために忍び込んだが、結果的にあの路地にいた小さな人間《モータル》を発見した。そして、彼女の全身からリースの所有欲が強く感じられた。

非常におもしろい。これは目を光らせておく必要があるだろう。


リースは片肘をつき、眠っているジェインを見つめていた。ふたりともまる一日眠っていたわけだ。

彼女はリースの脇に寄り添い、リースの腕に頭をのせて眠っていた。規則正しい静かな息が、ささやくように彼の胸と肩に当たって温かい。

息をしているのを見るだけでどうしてこれほどまで魅了されるのか、自分でも理解できなかった。でも、その呼吸には何かうっとりさせられるものがあった。鎖骨のすぐ上のあたりで小さな羽ばたきのように刻んでいる脈動を見るだけでわくわくさせられる。

その場所に触れようと片手を上げて、かわりに彼女の短い髪のひと房を頬からそっと払いのけた。指をそのまま頬から離したくない。やわらかい肌の感触に驚嘆し、淡いピンク色の磁器のような、曇りひとつない肌の透明感を愛でた。指が唇に伝いおりる。そこはさらにピンク色に染まり、さらにやわらかい。

眠りを妨げるのを恐れて手をどけた。ジェインはすっかり力を抜いて、完全に無防備な様子だ。昨晩のような、確信が持てずに警戒している様子とはまったく違う。

もちろん、リースも彼女の不安は理解できる。これまで知っていたすべてのものから引き離されて新しい世界に飛び込み、まわりにいるのは、自分とはまったく違う他人だけだ。違いすぎる、意識下で警告の声がしたが、その思いは押しのけた。いいや、出だしのやり方がまずかっただけだ。必要なのは、この女性に理解してもらうこと。大切にするつもりだという気持ちを心の底から理解してもらうことだ。あのためらいの下に埋もれている大胆さをリースは感じ取っていた。必ずやここになじんでくれるはずだ。

手を動かし、ウエストに当てて抱きかかえた。

ジェインは満足げなため息とともに、彼にさらに身をすり寄せた。その直後、両目をぱっちり開けて彼を凝視した。信頼しきった様子はさっと消えた。

「おはよう」

「おはよう」ジェインがおずおずと返事をしながら体を動かし、彼から離れようとした。

そのまま行かせるべきだとわかっていた。それが紳士的な振る舞いであり、適切な態度だ。だが、理性に反して、彼女をつかむ手にますます力がこもった。

ジェインの見開いた目がさらに広がったが、彼に寄り添った体は動かなくなった。ごくりと唾をのみ、ささやくように言った。「ここに来るべきじゃなかったわ。わたし――だ、だれかが部屋にいると思ったの。でも、きっと悪い夢を見たに違いないわ」

リースはうなずいた。そう言われたのは覚えている。「きみの部屋を確認するよ。昨晩のうちに確認すべきだったが、思っていたよりずっと疲れていたようだ」

「それなら、もっと休んだほうがいいわね」マットレスの上をずれて、リースからまた離れようとした。

たしかに昨日は消耗していた。今まで経験したことのないほどの疲労感だった。逃れられない暗闇の中に突き落とされるように眠りが襲ってきた。だが、今は爽快な気分だ。まるで若返ったように元気いっぱいだ。

「休養は充分とったよ」そう請け合い、彼女がふたりのあいだに多少なりとも空間を確保しようとするのは許しながらも、ウエストをつかんだ手を完全に離すことはせず、その手で優しく脇腹を撫でた。しつこくなく、責めたてるようでもなく、むしろあやすような、なだめるような触れ方を心がける。

ジェインはまた動かなくなり、緑色の瞳でリースを見つめた。

「きみを行かせるべきだとわかっている」リースは正直に言った。「だが、こうして抱いているのが好きだ。きみに触れるのが好きだ」

彼女の瞳に緊張が走り、黄昏《たそがれ》にとけ込む常緑樹のような緑色がさっと陰ったが、陰らせたものの正体が欲望であることがリースにはわかった。

ジェインが一瞬口ごもり、そっと言った。「わたしも、あなたに触れられるのが好きよ」そのおずおずした言葉だけで勇気を出すのには充分だった。ジェインを引き寄せ、唇に唇を押しつける。

ジェインはキスを返し、両腕を上げてリースの首にまわした。ジェインの理性はいまだに、これは正しいことではない、傷つくぞ、とわめいていた。リースにとってもフェアじゃないと。だが、ジェインの肉体は楽しげにトラ・ラ・ラと歌い、理性を完全に無視した。

歌っている体に降伏するしかなかった。体はいまや神経質な興奮と情熱に駆られてハミングまでしている。ジェインは指全部をリースの絹のような髪に沈め、彼の固い体に自分の体を押しつけた。

彼の唇がジェインの唇の形をなぞり、愛撫し味わう。歯が優しく噛み、舌がじらした。ジェインはうめいた。そのひとつひとつの異なる感触を愛し、その全部を真似た。彼にも感じてほしかった、自分と同じように。燃えるような感覚を。

彼がうめき声で答えて、さらにキスを深めた。

片手は薄いパジャマ越しにジェインを撫で続けていた。ゆっくり上がり、下りてきて、また上がる。手のひらが大きく感じられる。燃えているように熱く、指は魔法のようだ。

その指で素肌を、全身を触ってほしかった。自分がこんなふうに感じることができるなんて、これほど何かを強く欲しいと思えるなんて、考えたこともなかった。何をするのかはっきりわからずに不安でいっぱいだったが、それでも絶対にやめてほしくなかった。

だが、ふいにリースが唇を離して、ジェインをじっと見おろした。室内はバスルームからもれるかすかな光でぼんやり明るくなっているだけだったが、それでも、彼の瞳が、まるで琥珀色の奥底で炎がゆらめいているように燃えているのが見えた。

「ジェイン、やめろと言ってくれ。これはきみの弱みにつけ込んでいることだと。待つべきだと言ってくれ」

ジェインは彼の美しい顔を見あげた。彫刻のような唇を。小鼻が膨らんで威圧的に見える鼻を。そして、ジェインの心の底まで貫くような瞳を。

ジェインは手を伸ばし、彼ののみで削られたような頬骨にかかるひと筋の髪の毛を払った。正しいことをする頃合だ。つまり、やめてと言う。

「言えない」ジェインはささやいた。彼がどうしても欲しかった。こんなふうに感じたいと、ずっと夢見てきたのだ。

彼は、ジェインの答えによって苦痛を覚えたかのようにうめき声をもらしたが、声とは裏腹に、唇をジェインの唇に戻した。欲望のまま激しくむさぼられたせいで、自分の弱さを恥じる気持ちはジェインの心からすっかり吹き飛んだ。すべてがあまりにも正しいことのように思えた。

ジェインは片方の手で彼の肩のなめらかな肌を撫でまわし、彼がジェインのほうに上半身を倒すにつれて肩の筋肉がさざ波のように動く感触を指の腹で楽しんだ。

ジェインのウエストに当てられた手がキャミソールの裾をつかみ、上にゆっくり押しあげた。肌を滑る彼の大きな手のひらはビロードのようにやわらかい。ジェインの胸があらわになった。リースは身を引いて彼女の体に視線を這わせた。

「ああ、すごいよ、ジェイン、きみはなんて美しいんだ」

至福の喜びが肌の表面を撫で、血管を駆けめぐった。こんな感覚は初めてだ。だれかに裸体を見つめられたら恥ずかしくて穴に入りたくなるだろうと想像していたのに、恥ずかしさはまったくなく、あるのはただ苦しいほどの欲求だけだった。

胸に激しいうずきを感じる。彼に触れてほしいと要求するかのごとく乳首が硬くなる。リースはそれに従い、親指と人差し指で硬くそそり立った部分を優しく撫でた。そうしながらも、彼はジェインから視線を離さなかった。指が触れている部分を、そして、触れたときのジェインの反応を見つめている。

彼に触れられた快感にジェインはうめき声をあげて身をそらした。体が自然に、もっと触れてほしいと懇願する。

彼はまたそれに従い、かがんで乳首の片方を口に含み、舌で転がし、やわらかい肌にそっと歯を当てた。

ジェインはあえぎ、抱かれたまま身をくねらせた。その瞬間、太腿に押しあてられた硬いものを感じて、ジェインは初めて、彼が一糸まとわぬ姿であることに気づいた。だが、その驚きも、唇を覆った彼の唇の熱い感触ですぐにかき消された。

彼の口が移動して、もう一方の乳首にも惜しみなく喜びを与える。

「お願い、リース」ジェインは懇願した。

「何を、ジェイン?」尋ねながらも、彼の声はかすれ、目が前よりさらに輝いている。

「わ、わたし、欲しいものをあなたにどのように説明したらいいかわからない」

彼の視線にとらわれた。「ただ、言ってくれ。きみはぼくにどんなことでも言っていいんだよ」

胸の中で、そして、耳の中で脈が高なる。〝どんなことでも〟という言葉自体が、ジェインにとっては信じられないようなファンタジーだ。

ジェインはリースをじっと見あげた。本当に美しい人だ。顎のくっきりしたライン、唇の形、顔を縁取る絹のような髪。そして彼の肉体。まさにファンタジーの化身。

そして、ジェインはそんな彼をどう扱っていいのか、まったく見当がつかなかった。

「これはどうだい?」そう言いながら、身をかがめてジェインの耳に鼻をすりつけると、彼の息がジェインの肌を優しく撫でた。彼の言葉がスエード革のようにやわらかく響く。

「ぼくがしたことを、好きかどうか言えばいい」

ジェインはうなずき、両目を閉じて、彼の唇が耳たぶの近くにある感覚にうっとりとひたった。そのうち、耳たぶに彼の歯が当てられた。ジェインはそのかすかな歯の感触が全身を貫くのを感じてうめき声をもらした。

「これが好き？」

ジェインはまたうなずいた。

彼はジェインの首にキスをして、耳の下の感じやすい場所を唇でなぞった。ぞくぞくする快感がふたたび体を貫くのを感じて、ジェインは身を震わせた。

彼の唇がしばらくそこにとどまり、また尋ねる声がする。「これも好き？」

「ええ」声がかすれた。

「もう少しやってほしい？」彼はジェインの首をなめた。「それとも、こちらに移ろうか？」片方の腕で自分を支え、もう片方をジェインの胸に手をやって手のひらで包んだが、あまりに軽い触れ方で、乳首のうずくところにはほとんど触らない。

ジェインのあえぎ声は苦悶にも近かった。「胸を――わたしの胸。お願い」

リースがジェインに向かってほほえんだ。唇をゆがめた表情は傲慢とも思えるほどだが、その瞳を見れば、強い欲望にあふれて息もできない様子がはっきり伝わってくる。指でふくらんだ乳首のひとつを引っぱられ、ジェインは低い声であえいだ。

「これが好き?」彼は硬くなった乳首をふたたびつまみ、親指と人差し指で優しく回した。「それとも、これは?」指を唇に換える。

「リース」ジェインの唇から悲鳴のように彼の名前がもれた。

彼はジェインのうずく乳首を吸い続け、口の中に深く含んで舌でじらすように転がした。ジェインは息をのんだ。体の中のうずきがあまりに強く激しくて、もう耐えられないほどだった。愛し合うと、いつでもこんなふうに感じるものなのだろうか。まるで、自分でもまったく理解できないものに向かって疾走していて、その状態から救い出してくれるのはリースしかいないという感じがする。

「きみを触るのが好きだ」彼がつぶやく。「きみを味わうのは最高だ」

ジェインは彼の下で身をよじった。体のひとつの場所が、太腿のあいだの中心が、彼の関心を引きたいと絶望的なまでに訴えている。それでもまだ、ジェインは何を欲しているのか彼に言うことができなかった。

「きっと、ここを触られるのも好きだと思う」リースが一本の指をジェインの両腿のあいだに滑らせて、かすかに撫でた。まさに彼に触れてほしい、愛撫してほしいと切望していたところを。

ヒップが本能的に持ちあがり、彼の手を押した。

彼が喉の奥でうめき、荒っぽくささやく。「ジェイン、きみに殺されそうだ」

それが誉め言葉かどうかわからなかったが、その言葉をじっくり考える間もなかった。ウエストに彼の指がかかり、パジャマのズボンを下に引きおろされたからだ。彼の指がジェインに分け入り、中心の一点に触れる。ジェインを狂気に押しやり、また正気に戻してくれるその場所に。

撫で続けられて、ジェインは呪文を唱えるようになんども彼の名前を呼んだ。彼の指によってかけられた魔法を解こうと、繰り返し祈りを唱えているようだった。だが、ジェインを間際まで押しあげた瞬間に彼は身を引いた。

「わたし――わたし、もうがまんできない」ジェインは息も絶え絶えだった。情熱で曇った瞳をしばたたき、彼を見あげる。

彼はジェインに向かってまたほほえんだが、その瞳は激しい光を帯びていた。

「それなら、どうしてほしいか言ってくれないか？　ぼくを招き入れてくれ」

「言えない」

「言わなければだめだ」

彼の目が欲望に燃えているのを見て、ジェインの中に勇気がわき起こった。自分を抑えていたものが取り去られる。

「リース、わたしの中にあなたを感じたいの、お願い」

その瞬間に、彼が動いて、硬い全身で彼女に覆いかぶさってきた。肌と肌が触れる。筋肉が収縮する。熱がほとばしる。

ジェインはまたあえいだ。

彼が手を突っぱり、ジェインに体重がかからないようにした。「大丈夫か？」

大丈夫かですって？　彼女は吐息をもらし、彼の背中の筋肉に両手を這わせて、さらに自分に引き寄せた。「こんなにすばらしかったことはないわ」心の底からの言葉だった。

リースはジェインを見つめ、それから欲望と畏敬の両方をこめた深い笑みを浮かべた。

「ぼくもだ」

彼の頭が下りてきて、もう一度キスされた。彼女に沿わせた体がそっと揺すられる。胸と下腹がこすられて、ジェインは快感にうめいた。でももっと欲しい。彼の全部が欲しい。両脚を広げて彼の腰にまわすと、そそり立った重たいものがぴったり当たるのを感じた。彼はキスを続け、舌をジェインの舌にからませながら、片手で開いた太腿をまさぐった。彼の指が花びらを分かち、クリトリスのまわりを撫でる。

ジェインは彼の口の中にうめきをもらし、身もだえた。

「お願い」彼の唇に向かってまた懇願すると、彼がほほえむのが感じられた。

彼はジェインから手を離して自分の位置を直し、彼女の中に入ってきた。慎重な動きで、視線を合わせたまま、一センチ、一センチと少しずつ圧迫を増していく。

「大丈夫かい？」深く埋めてから、彼が尋ねた。

ジェインはうなずいた。張りつめて敏感になっているが、同時に、彼のゴージャスで力強い体に身も心も満たされて、最高の気分だった。

リースはじっと動かないように耐えていた。どうにかなってしまいそうだったが、これが、ジェインにとってもすばらしいものになってほしかった。ジェインに、自分勝手な男と結婚するのではないことを示したかった——このあいだの晩のような獣でないことを。彼のものになっても後悔しないはずだということを。

だが、彼女の感触はあまりによすぎた。きつくて熱くて、たっぷりと濡れている。

リースは歯をくいしばり、腰を動かさないようにこらえた。片手で体重を支え、もう一方の手をジェインの体に滑らせる。すぼまったピンク色の乳首をなぶり、ジェインが身もだえし始めると、その手をふたりのつながった体のあいだに滑り込ませた。

彼女の花びらは大きく開いていた。彼のもので満たされ、クリトリスがむき出しになっている。そこをそっと撫でると、しだいにジェインの腰が彼の動きに合わせて上下し始めた。

彼女に押しあてた指の圧力を増した。

彼女がうめく。まるで苦痛にさいなまれているような声。彼女の腰がさらに高く上がり、リースをさらに深く引き込む。内側の筋肉が収縮し、彼の勃起したものを包んで脈打っている。

彼は指の力をさらに強め、動きを速めた。執拗に小刻みに動かしていくうちに、ついにジェインが叫び声をあげた。彼を包んだ部分が激しく収縮し、引きずられてリースはあやうく一緒に淵を越えそうになった。

ジェインを見守る。目が閉じられ、あえぎがしだいに遅くなり、深い呼吸に戻っていく。そして、ついに目がぱちぱちとまたたいた。瞳が満ちたりた陶酔感に陰り、頬がピンク色に染まっている。

「ああ、すてき」ジェインがため息ともつかぬ声をもらした。

リースはほほえんだ。それが、彼女がオーガズムを得たときに発する言葉らしい。

「よかった?」

ジェインがうなずいた。ピンク色の頬がさらに紅潮する。

「これはどう?」全体を引き出して、彼女のぬくもりの中に先端だけを残す。それから、ゆっくりと、だが着実にまた押し込んだ。

彼女の両目が大きく開いた。「ああ、すてき」また吐息をつきながら、両手を彼の背中にくい込ませる。

リースはほほえみ、また動いた。そしてまた。さらに激しく、さらに強く、ふたりとも張りつめて息が切れるまで動き続け、ともに絶頂の叫びをあげるまで止めなかった。

9

リースが身を離すのを感じて、ジェインはかすかに鼻を鳴らした。彼が彼女をいっぱいに満たしている感覚が最初は不思議でなじめないように思えたが、今は離れることが奇妙に感じられた。

彼が寝転がってジェインを引き寄せた。向かい合って脚をからませ、手はいまだに互いの体を撫で合っている。

「大丈夫かい？」彼が聞く。

「わたし？　すばらしい気分よ」ジェインは答えた。「すばらしい以上だわ」本当だった。これ以上完璧な男性とこれ以上完璧な時を持つことなど、想像もできない。

「ああ、完璧だった」まるでジェインの想いが聞こえたかのように彼が同意した。ジェインの腰を上下に撫でる大きな手の触れ方がとろけそうなほど優しい。

ジェインはため息をついた。なるほど、これが高校のロッカールームで女の子たちがくすくす笑っていたこと、大学のカフェテリアで女子大生たちがコーヒーを飲みながら話していたことなのだ。そうした女性たちには、いつも違和感を感じていたし、勉強や、変わった家庭生活に忙しすぎてロマンスや男の子たちと遊ぶ経験を持つ暇はなかった。二十五歳になってようやく理解したわけだ。よく考えもせずに、その想いを口にした。「やっと正常になった気がするわ」

リースの眉が上がり、口元に笑みが浮かんだ。「正常？　ぼくが期待していた結果と多少違うな」

なぜ、こんなことを言ってしまったのだろう？「わたし……わたし……」ジェインはたじろぎ、なんとか適当な説明を思いつこうとした。「つまりその、ほかの女性たちが話し合っていたことをやっと理解したという意味」

彼の笑みが深まった。「女性たちは、男性と関係を持つことについて話し合っているのかい？」

ジェインはその質問に驚いて目を見開いた。「ええ、もちろんよ。いつも話してるわ」

リースはおもしろがる気持ちと驚きが混じったような表情を浮かべた。「本当かい？ということは、淑女たちはみんな、見かけほど淑《しと》やかではないということかな？」

ジェインは顔をしかめた。またもや、リースがほかの人たちと同じ時代に生きているわけでないことを忘れてしまった。「そうね、淑女だったら、そういう種類の話はあまりしないと思うわ」

「きみが言いたいのは、きみが淑女とつき合いがなかったということかな？」彼はにやりとしてジェインを引き寄せた。「それとも、きみが淑女じゃないということか？」

ええ、わたしは淑女ではないわ。もし、そういう立派な血が流れていたら、そもそもこんな状況に陥るはずがない。起きてすぐに彼のベッドを離れたはずだ。でも、彼を見たとたんに、相も変わらず、適切な振る舞いも理性的な思考もすべて飛び去ってしまうのだ。

「わたし……わたしは、あなたが思っているような女じゃないのよ」ジェインはため息をつき、記憶が戻ったときに彼がジェインのことをどう思うだろうかといぶかった。喜ばしい女性像を描くとは考えられない。

リースは体を離したが、視線はジェインを見据えたままだった。黙ったまましばらくじっと見つめる。「なぜそう言うのかな？」

ほかになんと言えるだろう？　〝わたしはあなたの婚約者じゃありません。いかがわしいバーで出会った女です〟とでも？

「どういう意味？」彼がまた尋ねる。声がいっそう低くなり、前より強い口調だ。

「わたし……わたしが言いたいのは……」なんと言っていいかわからなかった。

彼が突然のしかかってきて、ジェインをマットレスに組み敷いた。ジェインの顔のすぐ上に顔を寄せる。「きみがだれであったとしてもぼくは気にしない、ジェイン。なぜなら、今はきみはぼくのものだから」

彼の唇が下りてきて、ジェインが驚きのあまりはっと息をのんだ瞬間をとらえた。キスは、所有欲に満ちて執拗で、彼を拒否する余地はまったくなかった。もちろん、そうしたかったわけではない。ジェインは彼のものになりたかった——心の底から。

彼は始めたのと同じように突然キスをやめた。ジェインをのぞき込む。視線がジェインの顔をさまよい、ほんの一瞬だったが、ジェインはリースが何か思い出したのかと思った。自分がだれか、あるいは、彼女がだれかを。

「きみはぼくが考えていたとおりの人だ」彼が優しく言う。その声を聞いただけで、肌をビロードで撫でられるようにぞくぞくした。「美しくて、かわいくて、誠実で、そしてとても魅力的な女性だ」

誉め言葉に体がとろけて、マットレスの中央で喜びの水たまりになってしまいそうだ。だが、そうはならない——真実ではないから。特に誠実の部分はまったく違う。

リースがため息をつき、眉間に皺を寄せた。「またもや、ぼくが期待した結果を達成していないようだ」笑みを消し、ジェインの頬にかかった毛を後ろに払う。

「わたし……」必死に真実の言葉を探した。リースが聞いても問題のない真実、彼が作った世界を壊さないような真実。「あなたを利用しているように感じるの」

彼はジェインを見つめた。それから笑い出し、脇を下にして寝そべってジェインをぎゅっと抱きしめた。彼の胸が笑いで震え、ジェインの体にも温かな震えが伝わってきた。

彼は互いに見合えるように顔を少し引いたが、胸はぴったりくっつけたままだった。

「それはむしろうれしいな。それに、これからきみは誠実に、そして正式にぼくを夫にするわけだしね」

ジェインは笑い返したが、罪悪感のせいで笑みはこわばった。誠実。またその言葉が出てきた。自分は、何も知らないふりをして、彼と〝寝た〟女。誠実どころではなく……えぇと、古い言い方でなんと言ったかしら。かまとと？　そう、それがぴったり。

とにかくこれは、セバスチャンがリースの世話をしてくれと言ってジェインを雇ったときに想定していた内容ではないはずだ。


セバスチャンが居間に座り、スティーヴン・キングの『死霊伝説《セーラムズ・ロット》　呪われた町』を読んでいると、リースが部屋に入ってきた。口笛を吹きながら。

「おはよう」

セバスチャンはあっけにとられて兄を見つめた。リースは口笛を吹かない。それに、起き抜けに感じがよいこともない。

それに、着ているもの、ありゃなんだ？

「その服どうしたの？」

リースは焦げ茶色の前ボタンのシャツに色あせたジーンズという自分の服装を見おろ

し、ほほえんだ。「ジェインがアメリカから持ってきてくれた服だ。たぶん、そうだと思う。着ないと彼女に失礼だからね」さらにつけ加えた。「とても着心地がいい」

さすがのセバスチャンも言葉が見つからなかった。ジーンズを穿いたリース。普段からあまりに陰気で、こういう普通の服は絶対に着ようとしなかった。いつも黒だけだ。実際、ドラキュラ伯爵の服装にしてしまわないのを不思議に思うほどだった。

リースが椅子にどさっと座り、脚をコーヒーテーブルに上げてくるぶしで交差させた。満面に笑みを浮かべている。

セバスチャンは目をぱちぱちさせて、やっとのことで声を絞り出した。「兄貴はずいぶん、ええと……幸せそうだ」やれやれ、幸せなんて言葉でリースを形容するとは、慣れるのにしばらくかかりそうだ。それに、笑みがとだえない——かなりぞっとする現象だ。

「どうも、ぼくの婚約者は、ぼくが具合が悪いのにつけ込んで、ぼくを利用していると感じているらしい」リースは満足げにため息をついた。「ぼくは元気なんだが。彼女にすっかり心を奪われたよ」

セバスチャンは心の中でにんまりした。なるほど、リースは彼女と寝たのか。それであらゆることの説明がつく。このふたりなら遠からずそうなると予想はしていた。ふたりのうちのひとりは誘惑に抵抗するだろうとは思ったが——どちらにしろ、時間の問題だったわけだ。

「そいつはすばらしい。兄貴は心を奪われる必要があったんだよ、ものすごく長いあいだね」セバスチャンは指摘した。

リースはにやりとした。「彼女のためにも今すぐに結婚しなければならない」

セバスチャンは天を仰いだ。道徳的な面はリースに任せておくしかないようだ——妄想の中といえども。

リースの表情は真剣だった。「婚姻予告をする必要がある。今すぐだ。スペンサーに馬車を用意するように言ってこよう」リースは立ちあがった。

セバスチャンも跳びあがった。「兄貴は——ええと、もうやったじゃないか」

リースが眉をひそめた。「ぼくが？　もう婚姻予告をすませたのか？　それとも、すでにスペンサーに馬車の用意を命じてあるのか？」

「婚姻予告だよ。ジェインがここに着いてすぐに——ほら、ボートからここに来る途中に——つまり、えっと船から」

「ぼくがか？　酔っぱらいながらか？」

セバスチャンは肩をすくめてうなずいた。「ひと目見て気に入って、待つ必要ないと思ったんだよ」

リースは片手で顔を撫で、セバスチャンをじっと見つめた。「衝動的に馬の購入を決めるようにか？　いやはや、その場で彼女が逃げ出さなかったのが不思議なくらいだ」

「彼女も兄貴が好きみたいだ」

「どうして気に入ってくれたか見当がつかないな。どうやって償ったらいいだろうか」

「なんといってもセックスさ。彼女、あれが好きなんだろ？」

リースは呆れた顔でセバスチャンを眺めた。「母上がおまえを聖職に就かせたいと思っていたとはな」

セバスチャンは身震いした。そうだった。ヴァンパイアの人生を選ぶことで、その仕事からは逃れたわけだ。母もほっとしていることだろう。

リースは首を振った。頭に描いている不品行にいまだに苦悩しているようだ。「とにかく、行ってコックが朝食に何を用意しているか確認してくるよ。ジェインは飢え死にしそうなはずだ」

セバスチャンは一歩出て、リースをさえぎった。「休暇だ」急いで言う。

リースの眉間が困惑でさらに狭まったのがはっきりわかった。

「コックは――使用人は全部だが――休暇中だ」

「一度に全部か？」

セバスチャンはうなずいた。「そのときは、そのほうがいいと思えたんだよ」

「ちょっと待てよ。それも酔っぱらっているときか？」

「ああ」

「今度クリスチャンについていこうとしたら、止めてくれ」リースがセバスチャンにというより自分に言うかのようにつぶやきながら部屋を出た。キッチンを目指しているようだ。

やれやれ、と、セバスチャンは椅子に戻りながら安堵のため息をついた。とりあえず、うまくいった。

アパートの中に食料がないこと以外は。人間《モータル》が食事をする必要があることをつい忘れてしまう。ミックに頼んで、食料品店に行ってきてもらわねばならないだろう。物事の進み具合は期待していた以上に順調だ。期待していた以上に早いことは言うまでもないが。

もうしばらく、リースに自分が人間《モータル》だと信じ込ませておければ、そのあいだに、ジェインを手に入れることができると確信するだろう——自分がヴァンパイアであっても。ジェインのほうも、真実を受け入れるには時間が必要だ。この不死の存在をまったく受けつけられない人間《モータル》は多い。だが、セバスチャンには、どういうわけか、ジェインがそのひとりだとは思えなかった。彼女と話をしたときに何かを感じたせいだ。彼女は死というものを理解している。

だが、リースとジェインが求め合っている最大の理由は、ふたりのあいだの絆《きずな》だ。これは、セバスチャンがこれまで感じたことがないほど強い。愛し合っているヴァンパイア同士からも、これほど強いものを感じたことはない。

今の兄貴はまさに、テレビ漫画に出てくる正義感あふれたドジ警官、ダッドリー・

ドゥーライトみたいだ。おそらく、正しく振る舞って《ドゥー・ライト》、ジェインをクロスオーバーさせ、結婚してくれるだろう。

ジェインは鏡に映る自分をじっと見つめた。シンプルなAラインのスカートとシャツカラーのブラウスなら、充分慎ましい感じだ。はっきり言って、非常に地味。これなら、ジェインが自分の欲望をまったく制御できないふしだらな女だとは、だれも思わないだろう。まったく、自分でも信じられない。

リースとセックスした！

彼の腕に抱かれているあいだは、彼と一緒にいることが絶対に正しくて、とても自然に思えた。でも今は……今は、自分のしたことが信じられない。なぜ、自分の人生が突如これほど手に負えないものになってしまったのか。メイン州を離れる決意をしたときは、ほかの女性たちがしているようなことができるだろうと期待していた。デートをして、親密になる可能性がある人を探し、友だちを作り、楽しいことを経験する。ところが、すべてを飛び越して、一気に親密さに突入してしまった。

心臓が激しく高鳴り、手足と下腹がかっと熱くなり、その熱が腿のあいだの敏感な部分に集中した。ああ、わたしの経験したことは、たしかに親密だった——そして、とてもすばらしいことだった。

だが、もう二度とあんなことが起こってはならない。ジェインがいくら彼に惹かれていても、二度とセックスをすべきではない。少なくとも、彼が回復するまでは。これは明らかに正しいことじゃない。

〝でも、明らかに正しいことに感じるんだけど〟と心が訴える。

ジェインは鏡の自分を見つめた。そう感じるはずがない。そう感じるべきじゃない。たぶん――たぶん、いつの日かリースが回復したら、もう一度やり直すことができるだろう。本当のリースを知ることができるはずだ。そして、ジェインがだましていたことを彼が悪く思わないでいてくれれば、ふたりでできるかもしれない――デートを。

でも、もしかしたら、リースは本当に子爵なのかもしれない。

一番ありそうなのは、リースが記憶を取り戻し、女性の好みは、自分に釣り合う美しい女性だったことを思い出すという筋書きだ。背が低くて冴えなくて、娼婦みたいな倫理観しか持ち合わせない女ではなく。

ジェインはスカートの位置を合わせて両手で撫でつけてから、部屋を出てリースを捜しに行った――自分たちは待つ必要があると伝えるために。彼はもちろん、結婚式までのことを言っていると思うだろう。それでもいい。どうせ結婚式はないのだから。

だが、ジェインの見つけたのはリースでなく、セバスチャンだった。ジェインが部屋に入っていくと、彼は読んでいた本から目を上げて、歓迎するような温かい笑みを浮かべた。

「やあ、それ、似合うね」

ジェインはにっこりしたが、その誉め言葉にはほとんど関心を払わなかった。しなければならないことに集中していたからだ。「リースを見かけた？」

「ああ、さっき会ったよ」彼はほほえんで、金褐色の瞳にすべて心得ているという表情を浮かべた。

まあ、どうしよう。ジェインの胃がどしんと沈んだ。セバスチャンは知っているのだ。

「きみに心を奪われたと、ものすごく幸せそうなリースから聞かされた」

ジェインは真っ赤になって、うめき声をのみ込んだ。「本当に申し訳なかったわ。こんなことが起きてはいけないとわかっていたのに――弁解のしようがないわ。すぐに出ていくから」どこに行くか当てはなかったが、とにかくそうするしかない。

「冗談だろ？　出ていく？　ジェイン、今の状況は完璧なんだよ。つまり、きみが一緒に寝ていてくれれば、絶対に目を離さなくてすむじゃないか」

ジェインはあっけにとられてセバスチャンを見つめた。このきょうだいは刻々とおかしくなっていくようだ。

「でも、それではリースに対してフェアじゃないわ。彼はわたしと婚約していると信じているんですもの。しかも、わたしはあなたから報酬を得ている。これはとにかく――全部がよくないことよ」

「なるほど」セバスチャンがゆっくり言う。「きみはこれについて、道徳的によくないと思っている」

「ええ」

セバスチャンは首を振った。金褐色の瞳は明らかにおもしろがっている。「やれやれ、きみたちふたりは完璧なカップルだ」

セバスチャンが何を言っているのかわからなくて、ジェインは顔をしかめた。

「聞いてくれ」セバスチャンが言葉を継いだ。「リースが好きだろ?」

ジェインはうなずいた。

「そして、リースと一緒にいたい」

嘘をつきたかったが、できなかった。リースと一緒にいたかった——心の底から。ジェインはうなずいた。

「それなら、問題はないよ。リースがきみに惹かれているのが記憶喪失のためだけで、普通なら惹かれていなかったということはないと思う。だって、あのときはまったく惹かれていなかった、ほら、本物のアメリカ人の婚約者……」

ジェインは呆然と目を見開き、口をぽかんと開けてセバスチャンを見つめた。リースに本物の婚約者がいたと言った? 急に激しいめまいに襲われた。

セバスチャンが近づいてきてジェインの前に立った。そして、まるでジェインがくらくらして倒れそうだとわかっているように腕をつかんだ。

「言い方が悪かったようだ」口調は詫びるようだが、確信に満ちていた。「リースは自分がぼくたちの先祖のひとりだと思い込んでいる。実在した子爵と結婚したアメリカ人女性の写真があるんだ。彼女はまったく——魅力的じゃない」

ジェインは安堵のせいでめまいがおさまるのを感じた。少なくとも、ふしだらに不義をつけ加えなくてすんだ。

「ジェイン、リースがこんなに幸せそうなのを、ぼくはもう長いあいだ見たことがない。そして、それは記憶喪失だからじゃない。きみのおかげだ」

ジェインは、自分がリースを幸せにしていると聞いて心臓が跳びあがるほどうれしかった。だが、セバスチャンの言い方はどこか奇妙だ。なぜ、記憶喪失の状態でいつもよりも幸せになれるのだろうか。現実の世界に、忘れたいことがあるのだろうか？　でも、ジェインがセバスチャンの言葉を深読みしすぎているだけかもしれない。

セバスチャンをじっと見つめて、どちらか判断しようとしたが、彼の金褐色の瞳は何も明かさなかった。

ジェインはため息をついた。「リースとわたしはまだお互いのことをよく知ってもいない。そして、彼は自分を子爵だと思っていて、わたしは彼の婚約者のふりをしているから、互いを知る努力をすることもできないわ」

「ずっとそうだというわけじゃないさ。それに、きみは彼にふさわしい」

それが本当だったらどんなにいいだろう。

「ジェイン、ぼくは兄貴を知っている。彼はとても気難しいんだ。だから、きみと一緒にいるということは、兄貴がきみ自身を望んでいるということだ。妄想の一部としてたまたまきみを選んだわけじゃない。気軽に考えればいいんだ」

セバスチャンの忠告を素直に受け入れられたらどんなに簡単だろう。それにしても、肉体的な関係を継続するのは間違っている。互いを本当に知り合うまで、待つべきだ。

「とどまってくれるよね?」セバスチャンが尋ねた。

ジェインはうなずいた。とどまろう。ジェインはいまだに、この仕事を受けるのは、財政的な危機を乗り越えるためだという言い訳にすがりついていたが、それが嘘であることを心の底では知っていた。リースのそばにいたかったのだ。この男性のことをもっと知る必要があった。彼を理解したかった。

「いいわ。とどまります。でも、報酬は受け取れない」断固として宣言した。「受け取ると、リースとのあいだに起こったことを安っぽく感じてしまうもの。でも、リースをできるかぎり助けることが自分の務めだと思うからとどまることにする。でも、できれば……彼のことを……現実の彼について少し聞かせてくれるとうれしいわ。そうすれば、少しは彼のことをわかっているような気持ちになれるから」〝少なくとも、赤の他人とただ寝ただけではなくなるから。〟

「何を？　リースは何を話したかな？」

ジェインは眉をひそめた。リースが何を話したかがなぜ問題なのかしら？　だって、記憶喪失にかかっているのはリースじゃないの。

でもまあ答えるしかない。「ご両親が亡くなられたと言ってたけど？」

「そうだ。ぼくが二十二歳でリースが二十六歳のときだ」

ジェインはうなずいた。だから、リースは喪失感を理解できる。ふたりの共通点だ。

「ほかにふたりのきょうだいがいるのも本当？」

「そうだ」

ジェインはうなずいた。うれしさとうらやましさがせめぎ合う。彼にはほかに家族がいる。彼を思ってくれて、愛してくれるだれかが。そのことで彼をねたむというわけではない。彼の人生に大切な人たちがいるのはすばらしいことだ。そのきょうだいたちに会えば、自分がひとりぼっちだとさらに強く実感するだろうけれど。そして、リースが回復したら、今度こそ完全にひとりぼっちになる。

ジェインは身を正した。たぶん、それが一番いい。彼と分かち合った親密さは横にのけて、ひとりぼっちの可能性に備える。長い目で見れば、そのほうがうまくいくだろう。

「ここにいるわ」セバスチャンにもう一度言った。「最初に取り決めた期間は。でも、自分の住む場所と仕事は見つけなければならないわ」

セバスチャンは反論するかのように口を開けたが、それからまた閉じた。思いめぐらすような表情でジェインを見つめ、それから尋ねた。「仕事って、今までどんなことをしていたの？」

「今までは、葬儀会館を営んでいたわ。でも、会計学の学位を持っているの。ニューヨークに来たのは、それを活かした仕事をするためよ」

「葬儀会館？」

「父が葬儀屋だったのよ」言葉を切って、必ずある反応を待った。嫌悪感か、気味の悪いことに対する好奇心のどちらか。

だが、どちらでもなかった。セバスチャンはくすくす笑って、首を振ったのだ。「誓うよ、きみたちふたりは、神さまの思し召しによるカップルだ」

ジェインがどういう意味か尋ねる間もなく、セバスチャンはまた尋ねた。「ナイトクラブの経理もできるかな？売り上げとか支払いとか備品の管理、給与支払い、税金、そんなところかな」

ジェインは眉をひそめた。「もちろんできるけど」

「すばらしい！きみを雇うよ。リースもぼくもナイトクラブの財務管理がめちゃくちゃへたでね。基本的にぼくがやっているんだが、大嫌いなんだ。その仕事をしなくていいと思うとわくわくするな」

ジェインは頭を振った。また、くらくらする感じに襲われたのだ。「わたしにそのクラブで働いてほしいと言ってるの？」

「そうだ。最高の解決策だよ。きみはぼくの兄との関係でお金を得るわけじゃなくなり、しかもここにずっといられて、財政的にも安定する」

「でも、彼をずっと見ていられなくなるでしょう？　そもそも、それが必要だということがここにいる理由なんだし」

「ああ、もちろんだ。仕事を開始するのは年が明けてからでいい。そのころには、リースもよくなっているかもしれない」

ジェインはまた眉をひそめた。何かがおかしい。なぜセバスチャンはジェインがここにとどまることにこれほどこだわるのだろう。それに、セバスチャンは、リースの病気のことはまったく心配していないように思える。医者もまだ来ていない。

「リースを診てくれるお医者さまが今日来ることになっていたと思うんだけど」

セバスチャンはジェインが話し終えないうちにうなずいていた。「そうなんだけどさ。そのように電話で話したつもりだったんだが、聞き違えたらしい。明日来ると言っていた。ほら、休暇がはさまったから」

ジェインはうなずいた。オーケー、それでも、自分がここにとどまることがどうしてそんなに重要なのか、まだ説明されていない。

「そのクラブでの仕事を受けたとしても、自分のアパートは探さなければならないわ。リースを世話する人が別に見つかりしだい」

セバスチャンは肩をすくめた。「わかったよ」彼は本を取りあげて、また読み出そうとしたが、本を膝に置いたところでふと動きを止めた。「ちょっと思ったんだけど、ぼくたちはこの大きなアパートに住んでいる。きみは住むところがない。ここに住めば、そのほうがきみにとって楽じゃないかな。この地域でいい借家を見つけるのは困難だし、きみはいつでも辞められる……」

ジェインはふいに、自分がちっぽけな愚か者で、必要以上に疑い深いような気がした。セバスチャンはただ親切に言ってくれているだけなのに、隠された動機を探るなんてばかみたい。

「〈カーファックス屋敷〉で働くのが気に入ると思うよ。楽しい場所だ」

ジェインのきょとんとした表情を見て、セバスチャンは説明した。「ナイトクラブの名前だ」

ジェインはうなずいた。とにかく仕事は必要だ。そして、セバスチャンが今回は正規の仕事を提示している。ナイトクラブなら、葬儀会館とはまったく異なるだろう。きっととても刺激的でおもしろいに違いない。外の人々に囲まれて楽しいときを過ごすと思うだけでわくわくする。ダンスをしたり、人づき合いをしたり……。

リースと一緒に仕事をすると思うだけで、脈が速くなることについてはあえて考えまい。だが、リースとの関係のすべてが不確かなものであることを考えれば、彼との仕事を受けるのは賢くない。すべてが変わる可能性があることを肝に銘じておく必要がある。その可能性のほうがずっと高いということを。

現実的な面だけを見れば、セバスチャンの提示してくれた仕事はすごくおもしろそうだし、いい仕事だ。辞退するのはあまりにばかげている。リースが記憶を取り戻して、状況が変わったら、そう、そのときがきたら考えればいい。とにかく今は、ここにいたいのだから。とはいえ、昨晩のように欲望を抑えられない事態には二度とするつもりはない。リースとの肉体的な関係のほうは、せめて、何が起こっているのか解明されるまでは待つべきだ。

「いいわ」ジェインはゆっくり言った。「その仕事を受けます」

10

リースはキッチンを仔細に眺めた。はっきりと指摘できるわけではないが、記憶とどこか違う。キッチンには暖炉があったような気がする。コックが大きな木のテーブルでパンをこねていたことはたしかだ。まあ、子どものとき以来、ここには入ったことがないから、よく覚えていないのかもしれない。あるいは、ダービーシャーの屋敷のキッチンを思い出しているのかな。そうに違いない。

扉が勢いよく開いて、ジェインが入ってきた。濃紺の地味なスカートと、前にボタンが一列に並んでいる白いブラウスを着ている。少し開いた襟ぐりから、喉元のくぼみとV字形にクリーム色の肌がのぞいていた。

「おはよう」恥じらうような笑みを見せる。

ふいにキッチンの変化などどうでもよくなった。

彼女に近づき、自分のほうに引き寄せる。突然の動きにジェインは悲鳴をあげたが、その声も彼がキスをすると唇の中に消え失せた。ジェインはほんの一瞬ためらってから、リースを抱き返した。

「こうするのが好きだ」ずいぶんたって唇が離れると彼は言った。彼女のブラウスのボタンをいじる。

ジェインは顔を赤らめた。「あなたってとても簡単なことで喜ぶのね」

「実を言うと、ぼくは面倒な性格でなかなか喜ばない。要求が厳しいし、気難しい。きみがたまたま完璧なんだよ」

ジェインは鼻を鳴らすのと笑いの中間のような音をたてた。

「ぼくの言ったことを信じてないな?」

ジェインが首を振った。「おかしいわ、だってあなたの弟さんがついさっき、あなたが気難しいって同じことを言っていたもの」

「あいつがか?　たまには正しいことを言うんだな」リースはジェインの腰を抱え、そのまま後ろ向きにキッチンを横切り、食器棚の縁にジェインの尻を押しあてた。

驚いたような笑い声が響きわたる。愛らしい喜びあふれる声だ。

リースは笑みを浮かべてジェインを見おろした。彼の腰と両手がジェインを彼とカウンターのあいだに押さえ込んでいる。

ジェインの笑みが途絶えた。大きな緑色の瞳に真面目な表情をたたえて、彼を見あげる。

「また不安そうになっている。ぼくが意図しているのとまったく違う反応だ」

ジェインはほほえんだが、まだ不安げなかすかな笑みだった。「ごめんなさい、こういうこと全部がわたしにとっては初めてのことだから――勘を頼りに操縦桿を握って飛行機を飛ばしているようなものなのよ」

彼はジェインの描写を聞いてさらにほほえんだ。「なぜそんなふうに感じるのかな?」

「わたし……」ジェインの頬がピンク色に染まった。「さっきしたことは、とっても好きなんだけど……」

「ううむ、ぼくもだ」本当だ。心底好きだ。リースはかがんで軽くキスを盗んだ。ピンク色が赤に変わる。「でも、二度とするべきじゃないと思うの」

リースの笑みが消えた。

「自分が待ちたくないと言ったことはわかってるわ――でも、そうすべきだと思うのよ。待つこと。わたしたちが――わたしたちの状況が変わるまで」

リースがどう答えるか予想できていたわけではないが、それにしても、彼の反応は明らかに考えもよらないものだった。

くるりと後ろを向いて叫んだのだ。「セバスチャン!」大きい、命令するような声で。

数秒後にセバスチャンがぶらりと部屋に入ってきたが、その様子はまるで、壁を振動させるほどの兄のどなり声を耳にしてもいないようだった。

「おいおい、リース、話したい人がいたら、その人の部屋に行って、普通の声で話せばいいということを習わなかったか？」

リースはそれには答えなかった。「休暇を取っていない召使いがひとりぐらいはいないのか？」

「なんだって？　なぜだ？」

「なぜなら、ジェインとぼくが司祭のところに行かねばならないからだ、今すぐに」

セバスチャンが戸惑ったような視線をジェインに投げた。

ジェインは首を振った。何をしたらいいかも、何を言えばいいかもわからなかった。なるほど、リースは状況が変わるまで待つことに同意したわけだ。そして、可能なかぎりすぐに結婚して、その状況を変えようと思っている。だが、残念なことに、ジェインが変えたいと思っているのは状況ではない。

「召使いは？」リースがしびれを切らして繰り返す。「二頭の馬にジェインとふたりで乗って教会に行くわけにはいかないだろう？」

「そうだな、召使いはだれもいないよ。だから、待たないと」セバスチャンが平然と言う。

ちょうどそのとき、キッチンの扉が開いて、はげ頭であご髭をきちんと切りそろえた、ばかでかい男が入ってきた。全員を眺めまわしたが、顔は無表情のままだ。

「ミック」セバスチャンが声をかけて、持っているふたつの白いビニール袋を床に下ろすように身振りで指示した。「ありがとう」

ミックはうなずき、後ろを向いて出ていこうとした。

「ミック？」リースが声をかけた。

大男は立ちどまり、振り返ってリースを見た。

「ミック」リースが繰り返した。「きみはぼくたちのところで働いている」

ミックがそうだというように両方の眉を上げた。

「ありがたい」リースは歩み寄り、彼の腕を叩いた。「馬車を用意してくれ。すぐにだ」

それを聞いてミックの眉がさらに上がり、滑稽とも言えるほど戸惑った表情が浮かんだ。

セバスチャンが前に出た。「いや、いらない。馬車は用意しなくていいよ、ミック」

「オーケー」ミックが同意すると、その声は喉の奥で響いて遠雷のように聞こえた。

リースは振り向いて弟をにらんだ。「なぜいらないんだ？」

セバスチャンは一瞬ためらった。「もう九時を過ぎている。司祭のところに行くには遅すぎるよ。もうすぐ寝る時間だ」

リースは考えてからうなずいた。「たしかにそうだな」リースはミックのほうを向いた。「だが、すまないが明日の朝一番に、馬車を用意してくれ」

ミックはセバスチャンに目をやった。セバスチャンがうなずいているのを見て彼もうなずいた。「オーケー」その低いうなり声を聞けば、困惑しているのは明らかだった。

リースはジェインのそばに戻ってきて、両手を取り、親指で彼女の指関節をそっと撫でた。「明日の朝一番に教会に行って結婚しよう」

セバスチャンが近づいてきてリースの後ろに立った。「それはできないよ」

リースは肩越しにセバスチャンをにらんだ。「いや、できる」

「いや、できない」

リースはジェインの手の片方を離してセバスチャンのほうを向いた。「なぜできないんだ？」

「それは……」セバスチャンは、キッチンの高い天井を調べるかのようにちらっと天を仰いだ。「婚姻予告をしたばかりだからだ」唐突に宣言し、偉そうな笑みを浮かべた。「兄貴たちが結婚するには、まだ二週間は待つ必要がある」

リースが床に目にやり、その宣言を考えている。

セバスチャンはジェインにすばやく目くばせし、誇らしげに眉を上下させた。

ジェインは当惑ぎみにかすかな笑みを浮かべた。この議論はたしかにおもしろい。これほど奇妙な状況でなければ。

「大主教を訪ねて、特別許可が必要だと言うよ」リースが弟に意味ありげな視線を投げたのが見えたが、ジェインにはその意味がわからなかった。

セバスチャンは唖然としてリースを見つめた。「そんなことをするのか？　ジェインの名誉を汚すことになるぞ」

リースがジェインにおずおずとした視線を向けた。

ジェインも視線を返した。セバスチャンが〝汚す〟という言葉を使ったことが気になる。

「もちろん、司祭には式の詳細を口外しないように要請する。だが、待っていては、ジェインの名誉がさらに傷つく事態になりかねない。付添役《シャペロン》もいない、召使いもいないのではな。しかも、もう子どもが宿っている可能性もある」

ジェインはぎょっとして、ふたりを見つめた。リースが結婚しなければいけないと言っているのは、わたしが妊娠している可能性があるから？　ジェインの心臓が胸の中で何度かとんぼ返りをうった。たしかに、妊娠することだってある。

ジェインはカウンターにもたれかかった。その突然の動きがリースの気を引いたらしい。

「大丈夫か？」そう尋ねてジェインの顔を調べるように見つめた。

「わたしが妊娠しているって本当に思っているわけじゃないでしょ？」声がうわずって、自分の声ではないようだ。なぜ、そんなことも気づかなかったのか――なんて愚かな。妊娠することだってある。もちろんそうだった。

リースが優しくジェインの指を握った。「可能性があることはたしかだな」

ジェインは目をぱちぱちさせて彼を見あげた。ショックが大きすぎて、うまく理解できない。そのとき、リースの肩越しにセバスチャンの顔が現れた。断固とした様子で首を振り、両手をひらひらさせて、口の動きで〝ノー〟と伝えている。

ジェインは眉をひそめた。何を言おうとしているのだろう。頭をかしげ、戸惑いながら、問いかけの表情をセバスチャンに向けた。

「セバスチャン？　いったい全体、おまえは何をやっているんだ？」リースがジェインの視線を追って肩越しに振り返り、鋭い口調で弟を問いただした。

セバスチャンはその瞬間に両手を脇に下げ、口をぴたっと閉じた。それから、正気を失ったパントマイムの役者のような身振りとはまったく相容れないさりげない声で言った。「何も。では、特別許可を取ろう。ぼくが手配する。大主教を訪ねてその足で司祭を連れてくるよ。式を挙げられるように。そうすれば、スキャンダルになる危険も少ない」

リースはその計画について思いめぐらし、うなずいた。「たしかにそれはいい考えだ」

セバスチャンは安堵のため息をついた。「よし。では、これ以上問題がなければ、ぼくはクラブに行ってくるよ」

「それもいい考えだ」リースがうなずく。

セバスチャンは安心させるような笑みをジェインに投げ、それから部屋を出ていった。

ジェインはカウンターにもたれ、片手をリースに取られたまま、この数分に起こった出来事によるめまいを静めようとした。

「ジェイニー、大丈夫か？」

ジェインは唾をのみ込み、リースの魅惑的な琥珀色の瞳をのぞき込んだ。この人の子どもを妊娠するなんて、本当にあり得るのだろうか。可能性は低い。だが、不可能ではない。

「ええ、妊娠のことなんて考えていなかったから、あのとき、その、わたしたちが……」

彼がほほえんだ。「お互いのこと以外には何も考えていなかったからね」

「ええ」

「さあ、きみはお腹がすいているはずだ。何が食べられるか見てくれないか。そのあいだにぼくは図書室に行って火をおこしてくるよ。そこで食事をしよう」

ジェインはうなずいたが、まだぼうっとしていて、とても食事ができそうには思えなかった。

リースがかがみ込んで、彼女の唇に優しくキスをし、そっと肌を撫でた。

「みんなうまくいくよ」安心させるような口調だ。

ジェインはなんとか笑みを浮かべ、彼が部屋を出ていくのを見守った。彼の歩く姿は気品があって自信に満ちている。

ジェインは深く息を吸った。もうこれ以上奇妙なことにはなりようがないと思ったのだ。妊娠したとは思えない。その時期ではないから――たぶん大丈夫だろう。妊娠に関する細かい点など考えたこともなかった。これまでそんな必要がなかったから。でも、いろいろな面でもっと注意深くすべきだった。

まるでリースに会ったとたんに、正気を失ってしまったみたいだ。

ジェインははっと物思いから覚めた。セバスチャンが扉から中をのぞいている。

「あれ、ひとりなの？」

「ええ」

セバスチャンがキッチンに入ってきた。「なんでまた、突然、すぐに結婚する必要性が出てきたんだい？」

ジェインはそれについて話したくなかった。ジェインの考えでは、セバスチャンは彼女のセックスライフを知りすぎている。だが、答えないかぎり、出ていく気配はなかったので、仕方なくうなずいた。「やめるべきだと言ったの――親密にするのは。状況が変わるまではと。記憶喪失のことを言ったつもりだったんだけど」

「だが、兄貴はもちろん、結婚のことを意味していると思った」

ジェインはうなずいた。

セバスチャンがくすくす笑った。「なるほど、それは喜ぶべきことじゃないか。きみにベッドに戻ってもらうために今夜結婚すると言い張ったんだから」

「ええ、たしかにうれしいことよ」ジェインはそっけなく言った。「非現実的な摂政《リージェンシー》時代のやり方ではあってもね」

セバスチャンの笑みが消えた。「悪かった。この状況を軽視するつもりじゃないんだ」

ジェインはため息をついた。「いいのよ。でも、リースは一刻も早くお医者さまに診てもらったほうがいいと思うわ」

セバスチャンはうなずいた。「わかってる」

そう言って、ミックが扉のそばに置いていった買い物袋ふたつを取りあげて、カウンターに運んだ。「これに食料が入っている」

「ありがとう」お礼を言って袋を眺めたが、心は、予防なしでセックスをした愚かさに戻っていた。

その心を読んだかのように、セバスチャンがジェインの肩に優しく触れて言った。「心配しなくていい。妊娠はしてないから。リースは子どもができないんだ」

「そうなの？」

「そうだ。兄貴は悪い――動物に襲撃された。若いときに。ええと――こうもりだ」

ジェインは顔をしかめた。こうもり？「どうやって――」

「こうもりが媒介した病原菌で不妊症になった」

重度の太陽光と食物アレルギー、記憶喪失、そして不妊症。リースは例外的に不運な人だ。「そんな――信じられないわ」

「ああ。ひどいなんてもんじゃないよな」

安堵に多少の失望が混じった感情がジェインの胃の中を渦巻いた。妊娠していないと知って正直なところうれしかった。ふさわしい時期でも状況でもない。だが、同時に、リースが父親になれないことを気の毒に感じていた。

「オーケー」セバスチャンが言った。「ぼくはクラブに行く。今晩はもう問題が起こらないことを望むよ」

ジェインもそう望んでいた。

11

ジェインはターキーサンドイッチを作って皿にのせ、ひとつかみのポテトチップを添えた。袋に手を伸ばしてスライスしたパンをもう二枚取り出そうとしたが、途中でやめた。リースはパンを食べない。タンパク飲料《プロテインドリンク》と生肉だけ。

ジェインは身震いして、塩辛いチップスを一枚口に放り込んだ。「プロテインドリンクね」少し考え、まず冷蔵庫を確認することに決めた。

思ったとおり、ビニールの小袋がいくつか入っていて〝リース用〟と書いたラベルが貼ってあった。袋のひとつを取って、手の中で反転させて指示書きを探した。何もない。

ジェインはどうしたらいいか悩んだ。セバスチャンはクラブに行っているし、リースはおそらく、どうやって飲んでいいか覚えていないだろう。

ビニール袋の中で波打っている濃厚な液体は、チョコレートシロップとチェリーシロップを混ぜたような色だ。もしかしたら、リースはこれを飲もうとしないかもしれない。健康にいい飲み物のようにはまったく見えない。それはたしかだ。

顔をしかめ、ジェインは食器戸棚まで行って背の高いグラスをひとつ取った。袋を眺めて眉をひそめる。透明の袋のてっぺんにプラスチックの栓がふたつついている。ひとつ開けても特に問題はなさそうだ。

かなり大変な思いをして栓のひとつを開け、シロップのような液体をグラスに注いだ。それから急いで栓をして、残りを冷蔵庫に戻した。

片手で自分の皿を、もう片手で飲み物を取った。グラスを鼻まで持ちあげて、黒っぽい液体の匂いを嗅ぐ。銅とさびが混ざったような甘い匂いが鼻をついた。

「うえっ」首をすくめたものの、とりあえずグラスを持ったまま図書室に向かった。

リースは肘掛け椅子のひとつに腰掛けていた。ジェインが部屋に入ってくるのを見て立ちあがり、皿を受け取ったが、テーブルに置きながら顔をしかめた。

「自分の食事だけ用意したのは、罰のつもり？」

リースが言っているのが、ジェインが皿を一枚しか持ってこなかったことだと理解するのに少し時間がかかった。

ジェインのおいしそうな食事を前にして、ねばねばした飲み物が彼の食事だと説得するのは非常に難しいことのように思えた。

「セバスチャンが言うには、あなたは……」真実を言ってもリースを傷つけることにはならないだろうと判断する。「あなたには食物アレルギーがあるから、これが普段とっている食事なんですって」ジェインはグラスを差し出した。

リースはグラスをじっと見つめた。半ばおもしろがり、半ば呆れているような表情を浮かべている。「セバスチャンがそう言ったのか？」

ジェインはうなずいた。

「もしかして、きみが到着して以来、ぼくがあまりに卑劣で無礼な奴だったから、毒を盛ろうとしてる？」

「あなたは卑劣でも無礼でもなかったわ」

彼はうれしかったらしく、口元をほころばせた。グラスを受け取り、近くでじっと見てから、ためらいがちにひと口すする。思案するような顔つきで飲みくだして、よろしいというようにうなずいた。「それほど悪くない」もうひと口飲む。「温かければ、もっとおいしいと思うな」

「よかったわ」ジェインもソファに座ってサンドイッチを食べ始めた。

リースはジェインの隣に座った。十センチほど離れていたのに、彼の大きな体に圧倒された。彼の存在に包み込まれるような気がした。ターキーサンドイッチよりも断然彼のほうが食欲をそそる。

「きみの好物かい？」

ぼうっと彼を見つめると、彼はジェインの手の中で忘れ去られているサンドイッチを身振りで示した。

「まあ」ジェインは照れ隠しの笑みを浮かべた。「ええ、おいしいわ」

「もっとちゃんときみの欲求《ニーズ》に応えてやれなくて申し訳ないと思っている」

彼がニーズと言うのを聞き、ジェインははっと彼の唇に目をやった。わざと言ったのかしら？

「わたしの必要《ニーズ》は充分満たされているわ」彼の視線を避けても、その大きな形のいい唇にかすかな笑みが浮かぶのは気づいたが、とにかく、サンドイッチに全神経を集中させた。

だが、食事はあっという間になくなり、あとは、スカートに落ちたパン屑《くず》をせっせと拾うしかなくなった。食器をキッチンに持っていって片づけなければ。

彼の空のグラスに伸ばした手にリースの手が重ねられた。

「なぜ、そんなに緊張しているのかな？」

ジェインは彼を見あげた。琥珀色の瞳が暖炉の火に照らされて輝いている。この瞳の中に迷い込んでしまいそうだ。

背筋を伸ばし、彼の手からそっと自分の手を引き抜いた。「緊張してないわ。わたしはただ……」なんと言ったらいいかわからなかった。ただ、彼の強力な魅力に逆らおうとしているだけ。ただ、彼とキスしたらどんなふうに感じるかなんて、まったく考えていないように振る舞おうとしているだけ。抱かれたときの感じも。愛し合ったときの感じも。

「ジェイン、ぼくたちは待てるよ。きみは待ちたいと思っている。だから、ぼくもちゃんと待つ。でも、きみになんの関心もないようには振る舞えない」

胸が震えた。「わかってるわ」

「ここにおいで」リースはジェインの手を優しく引っぱって、もっと近くに寄るように示した。「ただ、きみを抱いていたい」

ジェインはためらったが、身をずらして近寄った。リースはジェインを脇に抱き寄せて、腕を輪のようにしてジェインの肩を抱いた。

ジェインはしばらくじっとしていた。このように触れ合うことさえも、ふたりのどちらにとってもフェアでないような気がしたからだ。

だが、リースはジェインを抱く以外には何もしなかった。腕に当てられた大きな手も、腿に強く押しつけられた彼の腿も微動だにしない。徐々にだったが、彼の力強い感触と、彼のぬくもりと、暖炉の火がはぜる音に包まれて、ジェインの緊張がほぐれてきた。抱かれているのは本当に心地よくて、ジェインは、自分がまたしても、この現実とはいえない状況を信じたいと思っていることに気づいた。これまであまりにも孤独な人生を生きてきたせいかもしれない。

「そうだな、ぜひきみの人生について話してくれ」

ジェインは身をこわばらせた。どうしてこのきょうだいはこうなの？　ふたりとも、ジェインの考えていることがわかるような超人的能力を持っているらしい。

「どんなことを？」どれほどのことが話せるだろう――自分が話したいかどうかさえわからないのに。彼の記憶が戻ってお払い箱になるときに、無用な憐憫を感じてほしくない。

「きみの家はどんな感じだった？」

「大きくて、古いヴィクトリ――古い家よ」

「お父上はよく客をもてなしたかい？」

よく考える前に笑い出していた。「いいえ、とんでもない。うちはパーティを開いてみんながやってくるような家ではなかったわ。それに、わたしの父は少し――風変わりで」

「そうなのか？　どんなふうに？」

ジェインは少し身を引いて、リースの顔を見た。ジェインをじっと見つめている。独特な輝きを帯びた瞳には、関心と好奇心の両方が浮かんでいた。

「ええと……」アメリカ人の婚約者について、彼がすでに持っている情報がどんなものか、ジェインは知らなかった。貴族階級だと思っているのだろうか。それとも平民？　彼が子爵ならば、平民ということはないだろう。

ジェインはため息をついた。難しすぎる。だから、こんなに近くにいるのは無理なのだ。すべてを話したくなってしまうから。すべてを話して、彼に自分を理解してもらいたくなってしまうから。

たぶん、肉体的に親密になったせいで、気持ちの面でも親密になるのが自然だと感じてしまうのだろう。あるいは、これまで、父親のことや自分の生活のことを本気で尋ねてくれた人がだれもいなかったからかもしれない。怖い物見たさの好奇心以外に関心を向けられたことはない。

「母が亡くなったとき、父は一種の——錯乱状態に陥ったの」彼をちらりと見た。今の発言では、彼がすでに寄せてくれている信頼はびくともしないようだ。

ジェインが話を続けるのを待っている美しい顔には、批判めいた表情はいっさいない。

ジェインは暖炉でゆらめく炎をじっと見つめ、話し続けた。「父は母に話しかけ、母が亡くなっていないかのように振る舞っていたわ。母の死後、わたしのことに気を配ってくれたとは言えなくて」それから、急いでつけ加えた。「父は優しかったし、わたしを愛してくれてはいたの。でも、まるで父の一部が死んでしまったようだった。たいていはうわの空で、よく完全に自分の世界にこもってしまったわ。それが辛かった」

いつもと同じ罪悪感に襲われた。父に怒りを感じるたびに襲われる罪悪感。ジェインという生存している子どものほうを、思い出よりも大切にしてほしかったと願うたびに襲われる感覚だ。

ジェインはリースが何も答えないことに気づいて目をしばたたいた。やむなく見あげる。彼が浮かべていたのは、ジェインが予想していたような哀れみの表情ではなく、しかめっ面だった。

「どんなに辛かったことだろう」彼の口調にはとげがはっきり感じられた。「きみは小さかった。十歳だったよね。父親が必要な時期なのに」

ええ、必要だった。

「それできみはどうしたんだ？　よく生きのびられたな」彼の指が腕を撫で、まるで、ジェインが寒いと思っているように、綿のブラウスの表面を上下に優しくさすった。

ジェインはたしかに、寒くもないのに震えていた。「急いで大人になったわ。だれでもそうしたはずよ」

「エリザベスも急いで大人になることを強いられたが、彼女の場合は両親とも亡くしたわけだからね。きみには父親がいたのに」

ジェインは何も言わなかったが、彼の落ち着かせるような愛撫と静かな怒りに大いなる慰めを感じていた。彼女の気持ちをリースが理解し擁護してくれた。自分でもあまりに利己的で理性に欠けると思い始めていたところだ。なんといっても、父がおかしくなったのは悲しみのせいであり、空想の世界にひたることで心の平和を保つことができたのだから。ジェインの苦しみを理解してくれたたったひとりの人さえも、空想の世界に生きているとは、なんと皮肉なことだろう。

「きみの生活がどんなだったか、話してくれる？」

すべてを話したくはなかった。正気を失った葬儀屋を父に持った内気な娘の孤独と困惑については。だから、あっさり話すことにした。「家事と、父の仕事の手伝いでいつも忙しかったわ」

「どんな仕事？」

ジェインはためらった。「父は葬儀屋だったの」

ジェインの腕を撫でていた手がぴたりと止まった。ジェインは彼の視線を避けて、暖炉の火を見つめた。いまや嫌悪感が憤りに取って代わったに違いない。

「お父上は葬儀屋だったのか？」ぎょっとしたような声だった。ジェインはうなずいた。

「その仕事をそこで営んでいたのか？　きみがいる自宅で？」

ジェインはまたうなずいた。「たしかに少し奇妙だけれど、わたしの生活は――」

「きみの父親としてふさわしい人間だったとは思えない」にべもない口調だった。「そのような仕事を手伝わせるとは――子どもにそのような環境で生活させるとは」

ジェインはリースの怒りに驚いてまばたきした。「でも、わたしがやっていた仕事は最後の部分だけよ。遺族と打ち合わせ、詳細を決めるのを手伝い、葬儀をつつがなく執り行うことができるように助ける」

「きみは死に囲まれていた。恐ろしい。いや、背筋が寒くなるようなものだったはずだ」

ジェインはそれについて考えた。たしかに、常に死に取り囲まれていた。辛いことだったし、気が滅入るときもあったが、逆に言えば、死によって左右されない生活を経験したことがない。死に母親を奪われ、父親のことも、実際に亡くなるより前から、奪われたようなものだった。死によって自分は変わった。変わり者にならざるを得なかった。だが、死はまた、ジェインの人生でただひとつ不変のものだった。

「わたしにとっては、死はたやすいこと」考えた末に答えた。「恐ろしいのは生きている人間よ」

リースは眉をひそめた。死がたやすい？　理解できない。両親を失ったことは、人生でもっとも辛い経験だった。そしてエリザベスを失ったのも……。

いや、エリザベスは失っていない。いったい何を考えているんだ？　なぜ、そんなことを間違えたのだろう？　ジェインの打ち明け話を聞いたせいで動揺し、混同してしまったに違いない。

「死がたやすい？」リースはこの考えが理解できなかった。

「いいえ、たやすいというのはぴったりの言葉じゃないわね。つまり、死と葬儀場をわたしはよく知っている。でも、今――自分で新しい人生を始めようと思った今――自分が生命については何も知らないことに気がついたの」

リースはジェインを見つめた。大きな瞳に真剣な表情をたたえてリースを凝視している。なぜ命について何も知らないなどと思うのだろう。全身に活力をみなぎらせているのに。

生命力が緑色の瞳の中で躍り、笑顔の中にはじけているのに。命の新鮮な力強い香りが肌から立ちのぼっているのに。キスをすれば、この愛らしい唇に命の味がするのに。

何も考えずに、リースはその唇をとらえた。唇を密着させて彼女を味わう。ジェインはすぐに反応し、両腕を彼の首にからませて唇を押しつけてきた。

そのときリースは、彼女の生命力と活力の味のほかに、心臓が鼓動し、血液が血管を駆けめぐっているのも感じることができた。ジェインの活力に包み込まれる。

唇をさらに強引に押しあて、無理やり唇を開いて彼女をむさぼった。

その力ずくの攻撃にジェインはすすり泣くような声をもらしながらも応えてきて、彼が欲しているものを差し出した。

ジェインのウエストに手をまわして膝の上に引き寄せて、彼女の唇を、温かな脈動する活力をむさぼる。

ジェインは両手を彼の髪にからませ、彼の顔を撫でた。彼を落ち着かせようとする動作のようだったが、それでいながら、体は彼の要求に熱く応えていた。だが、リースはかろうじて自制心を取り戻した。

頭を上げ、彼にもたれかかって腕に頭をのせているジェインを見おろす。

「すまなかった」なんとか言葉を押し出したが、思ったよりも低くつっけんどんな声になってしまった。「きみのこととなると、すぐに自制心を失ってしまうようだ」

ジェインの瞳も、リースの中で燃えさかっているのと同じ情熱できらきらしていて、口からもれた深いため息とはまったく調和していなかった。「わたしも同じよ」

リースはほほえんだ。「ぼくたちは一刻も早く結婚したほうがよさそうだ」

ジェインもほほえみ返したが、彼女の瞳の情熱が不安に変わるのをリースは見逃さなかった。

ジェインの横たわっていた体を起こし、胸に抱き寄せて頭に顎をすり寄せた。「ジェイニー、心配することは何もない。きみの望んでいた人生を手に入れてほしいんだ。ぼくの家族に囲まれて、愛情と笑いにあふれた人生を」

だが、はっきりと請け合いながらも、リースは心の底で漠然とした何かを感じていた。何か大切なことを忘れているようなかすかな感覚。それがなんであるか判別できない――その記憶にどうしても手が届かないのだ。

どちらにしろ思い出したくない。そうする必要もない。ジェインがいて、大切なことはそれだけだった。

とはいえ、ジェインが彼の請け合う言葉に対して何も答えなかったことに気づかないわけにはいかなかった。ジェインはぼくのことを信じていないのだろうか？　信じられない理由があるのだろうか？

12

ジェインは顔に水をかけてから、洗面台のまわりを手探りしてタオルを探した。ふわふわの布を見つけて顔を拭き、洗面台の上の鏡に映る自分の姿を見ないように、急いでバスルームを出た。

見たくなかったのだ。リースをひたすら信じたがっている哀れな自分の姿を。彼の言葉を信じたかった。彼の家族の一員になりたかった。笑いに囲まれてここで暮らしたかった。力まかせにベッドカバーをはがして、中にもぐり込む。恥ずかしくて毛布を頭からかぶりたいほどだったが、そうはせずに体にだけかけて胸の上で手を組み、天井を見あげた。

自分は何をしているのだろう。距離を置くどころか、ますます抜きさしならぬ関係に陥っている。あえて弁解するなら、リースの持つ強引な面を無視するのは難しいということだ。そういう一面があることは、あのバーで、まだ言葉を交わす前から気づいていた。

そして、今、リースは、かなり強引にジェインを望んでいる。

先ほどのキスにこめられた情熱を思うだけで鼓動が速まる。まるで、ジェインのすべてを自分のものにしたいかのようだった。ジェインも彼のものになりたいと望んでいる。全身をくまなく探しても、闘うべきだ、ノーと言うべきだと主張している部分は髪ひと筋たりともない。

身体的に惹かれるだけでも大問題なのに、今夜、リースは感情的にもジェインを惹きつけた。父親に対する憤りをすぐさま理解してくれたのだ。そして、恨みに思う気持ちを正当化してくれた。もちろん、それで父の死以来感じている罪悪感がなくなるわけではない。だが、だれかに理解してもらえるというのは、どんなにうれしいことだろう。

ジェインは目を閉じた。悲惨なことになるのはわかりきっている。リースのそばにいたら――あまりに悲惨だ。彼をますます好きになり、さらに望むようになるのは簡単なこと。最初に決めたとおり、距離を置いたまま、彼の記憶が戻るまで世話をすればいい。そのあとは……。

そのあとも、ジェインに対して同じように感じてくれることをただ祈るしかない。彼をどうしようもないほど望んでいるから。これほどまで何かを望んだことは一度もない。これまで常に満たされない人生を送ってきたことを考えれば、それはすごいことだ。

ジェインは瞬時に目覚め、かすかにあえぎ声をもらしてから、あわてて唇を噛みしめた。原始的な本能は、少しでも動けば、暗闇にひそむ捕食者に気づかれるぞと警告していた。

だが、とっさの反応は抑えられなかった。前の晩に感じたのと同じ邪悪なもの、水面に渦巻きながら立ちのぼってどんどん濃さを増す霧のように冷たくじっとりとしたものが、体の表面を滑るのを感じたのだ。

鼓動が速くなり、ジェインは胃から喉に向かってせりあがってきた恐怖感と必死に闘った。現実であるわけがない。夢――悪夢を見ているだけだ。だが、全身を襲った感覚は、現実としか思えないものだった。

何かの形か、渦巻く霧でも見えないかと暗闇に目をこらしたが、何も見えない。部屋の中は完全な暗闇――扉が閉まり、カーテンも下りている。

そのとき、その何かがジェインの表面によどみ、重たく威嚇するようにのしかかってきた。

これ以上待てない。逃げ出さなければならない。この部屋から出なければ。

リースのもとに行かなければ。

ベッドから飛び出し、扉があるはずの方向に走った。恐怖とあせりにすすり泣きながら、扉の取っ手を手探りする。

霧がふたたびジェインの体を覆い、べったり張りついて、息ができないほど締めつけてきた。それとも恐怖のあまりそう感じるだけだろうか。

必死に自分をなだめ、じっと集中する。震える手をゆっくり壁に這わせた。また叫び声がもれたが、今度の声は、取っ手を見つけて、指の中で金属がかちゃっと動くのを感じたせいだった。

取っ手をまわし、扉をぐいと引っぱって開けた。自分を囲んでいる〝何か〟によって、扉が閉じられることを恐れたが、ありがたいことにそうはならなかったので、廊下を駆けてリースの部屋に向かった。

今回はバスルームの明かりをつけることも、先にリースを起こすこともしなかった。彼の部屋の扉を音をたてて閉めて鍵をまわし、ベッドの彼の脇にもぐり込んだ。

リースが半ば眠ったまま、寝返りを打ってジェインを彼のほうに抱き寄せた。

ジェインはほっとして目を閉じた。彼に抱かれていると恐怖心とあせりは徐々に消え去ったが、ぐったりとした疲労感だけはなくならなかった。


クリスチャンは人けのなくなった寝室の暗がりに姿を現した。扉がばたんと閉まる音と鍵がかかるがちゃっという音を聞いてにやりとする。

彼女を本気でとらえたいと思っているなら、鍵のかかった扉などなんの障害にもならない。とはいえ、兄もその部屋にいるというだけで抑止力としては充分だ。

兄が彼女を守ろうとするのは間違いない。リースはあの人間《モータル》を恋人にしている。部屋に入ったとたんに、熱烈なセックスの匂いがはっきり嗅ぎ取れた。もちろん、あの救いようのない愚か者なら、セックスという動機がなくても彼女を守るだろうが。クリスチャン自身は、ライラとの結合のあと、人間《モータル》とのセックスにまったくそそられなくなった。比べれば、単なる人間《モータル》とのセックスなど、下劣で不快でしかない。

だが、リースには卑しい関係を続けてもらおう。リースが彼女に対して本気になればさらに望ましい。リースがライラを奪ったときに味わわされた苦痛をリースに理解させたい。当然ながら、リースの苦痛ははるかにひどいものになるだろう。なぜなら、クリスチャンがあの小さな人間《モータル》を奪ったうえで殺すからだ。

ジェインは目覚めた瞬間に、うめき声をあげそうになった。またやってしまった。またリースのベッドに戻ってきてしまった。彼に触れてはいなかったが、すぐそばにいることは見なくてもひしひしと感じられた。

仕方なく頭を上げる。リースは片肘をついてジェインを見ていた。カバーがずり落ちて、彼のたくましい胸と平らな腹と筋肉の張った腰があらわになっている。完璧なまでに美しい肉体。

それなのに、ジェインはその美しさに今後は触れないと決意した。なんて愚かなこと。急いで視線を彼の顔に移した。傲慢とも言える笑みがうっすらと浮かんだところを見ると、ジェインの考えていることはお見通しのようだ。

「なぜ別々のベッドに寝なければならないか理解できない」彼が言った。「結局いつも、朝には同じベッドに寝ているのに」

「今は夜だけど」彼の意見と向き合うことができずに、わざとつまらぬことを指摘して受け流す。

彼は眉をひそめて目覚まし時計の赤く光る文字盤を眺めた。「本当だ。生活のサイクルが混乱しているらしい」

すべてが混乱している、と、ジェインは皮肉っぽく考えた。だがとりあえず、ジェインがなぜベッドにいるかという話題から関心をそらすことに成功したので、ばかなことをしでかさないうちに急いでベッドから滑り出ようとした。

その動きは、さっと動いた彼の手によって阻止された。彼の指がジェインのウエストを撫でる。

「また何かに脅えたんだね？」心配そうな真剣な表情をしている。

ジェインは彼の手の感触にうっとりしながらも、どう返事をしようか迷って口ごもった。昨晩感じたあれほどの恐怖が、彼に触れられただけで一掃されたのは、おかしいと言ってもいいくらいだ。ベッドにもぐり込んで彼の腕に抱かれたとたんに、安全だという感覚に包まれた。でも、今ジェインの神経の末端を跳ねまわり、肌をぞくぞくさせているのは、どう見ても安心感ではない。この感触も気を取られるという点では同じだが。

「わたしが思ったのは――わたし、きっと悪い夢を見たのだと思うわ」ここでリースの隣に横になっていると、前の晩に感じた感覚が非現実的な遠い世界のことのように感じた。

「どちらにしろ、きみは今後、ここで眠るべきだと思うよ」からかうような笑みを浮かべて、リースが言った。冗談のつもりらしいが、実際にジェインが同意しても不満をこぼすことはなさそうだ。ジェインのほうも不満はない。

そう思いながらも、ジェインはきっぱり首を振った。「まだだめ、すべてが――解決するまでは」

「あとで、結婚の特別許可についてセバスチャンに確認しておくよ。だが、まずはキスをしたいな」そう言うなり、かがんでジェインの唇に温かくて優しいキスをした。「それから、ぼくのかわいい婚約者を、街見物に連れていくことにしよう」

温かくてすてきなキスの感触が薄れて、彼の言葉がしみ込んでくるまでに少しかかった。何を言われたか理解したとたんに、ジェインはぱっと起きあがった。「だめよ、それはできないわ」

リースは眉をひそめたが、瞳はおもしろがるかのように輝いている。「もちろんできるさ。歩くのが無粋なのはわかっているが、御者が休暇中では仕方がない。だが、貸し馬車を借りることもできる。もしよければ、劇を観に行ってもいい。きみがオペラのほうがよければ、ちょうど観たいと思っていた演目をやっている」

「わたしは、ここにいるべきだと思うわ」ジェインは言い張った。

おもしろがっている表情が消えて、いくらか好色な笑みが浮かんだ。「ここに？ ここで特にやりたいことがあるのかな？」

いかにも期待するような声がおかしかったのに笑わなかったのは、どうすればリースをアパートの中に引きとめておけるかについて悩んでいたからだ。断固として清く正しく振る舞おうと決意していたせいもある。

「ゲームができるわ」

リースがそそられるような表情で眉を上げた。

ジェインはうめきそうになった。また間違った考えを吹き込んでしまった。

「または――」何か思いつこうと頭を絞る。言外の意味をほのめかさない何か。「わたしたち――わたしたち、セバスチャンを見つけましょう」この場を対処するには彼が必要だ。

「さっき言ったが、出かける前にセバスチャンには話をするつもりだ」

「わたし、見つけてくるわ」ジェインはリースの腕を抜け出し、扉に向かって駆け出した。

「ジェイン？」

扉のところで立ちどまり、振り返った。

リースの視線がジェインの体をさまよった。「弟に近づく前に、どうしても服を着てほしいんだが。あいつも一応人間《モータル》だからな」

ジェインは自分の着ているパジャマを見おろした。揃いのTシャツとショートパンツだ。肌が露出しすぎているわけではないが——現代の基準では——摂政《リージェンシー》時代の基準に合わせなければいけなかった。

ジェインはうなずき、扉を開けた。

「ジェイン？」

ジェインはまた振り向いた。

「暖かい服を着るように。ロンドンは今の時期、とても冷える」

ジェインはうなずき、部屋を出た。どうしてもセバスチャンを見つけなければ。今すぐに。

あいにく、かなり長いあいだ捜したが、幸運には恵まれなかった。アパートにはセバスチャンはいなかった。

とりあえず、自分の部屋に帰って着替えてから、どうすれば自分ひとりでリースがこのアパートから出るのを止められるか考えよう。たった一日でこれでは、永久に記憶が戻らないなんてことになったらどうするのだろう。

寝室の前に近づくにつれて、昨晩の出来事が気になり始めた。戸口に立って妙な気配を感じ取ろうと耳をすませる。空気が異様によどんでいるとか？　あるいは、何かが物陰にひそんでいる？

暗い部屋におそるおそる足を踏みいれた。何か感じたらすぐに逃げ出せるように警戒していた——が、感じなかった。背筋に寒けが走ることもなかった。なんの不安も感じないまま暗い部屋を横切り、ベッド脇の明かりをつけた。白と青で統一された部屋は、昨晩とはまるで別の部屋のようだ。脅えなければならなかった理由を示す証拠は何もなかった。残っていたのは、ジェインが走って逃げた証拠だ。カバーがベッドから半分ずり落ちている。部屋から夢中で飛び出してリースのもとに駆けていったからだ。

ベッドを直しながら、これは、彼の近くにいたいというジェインの潜在意識のなせるわざだろうかといぶかった。だが、枕をふくらませて、ヘッドボードのそばにある対《つい》の枕のほうに放りながら、ジェインはその考えを退けた。悪い夢を見たに違いない——それが唯一可能な説明だ。

葬儀場で暮らすというこれまでのライフスタイルのおかげか、あるいは父親の病気のせいか、ジェインはこれまで、超常現象を信じたことはない。かなり幼いうちに、夜中に不気味な物音が聞こえるのはすべて気のせいだと悟りを開いた。だが、この二晩に起こったことは、とても気のせいでは片づけられない。

いいえ、ジェインは自分に向かってきっぱり断言した。これは悪夢——それだけのこと。ため息をつきながら、ベッドを離れて服を探しに行った。暖かい服、と、リースに言われた。でも、リースに調子を合わせたほうがいいかどうかは、なんとも言えない。とにかく、最終目標はリースをアパートにとどまらせること。

「ぼくをここにとどめる方法なら、いくらも思いつくが」戸口から聞こえたリースの声に驚いて、ジェインは、前にかかげて着ようかどうしようか悩んでいたシャツを落とした。

彼のほうを振り返る。

リースは胸の前で腕を組んで、戸枠に肩でもたれていた。「だが、結婚式までは待つと約束したからには、ロンドン探検に出かけたほうがいいと思う。そうしなければ、絶対に約束を破ってしまう」

リースはジェインの服装に視線を這わせた。愛らしい乳房とウエストにかろうじて引っかかった小さな布きれは、そそられるような長い脚をまったく隠していない。

その脚が自分を包んだ感触を思い出したとたんに、ペニスが頭をもたげた。

あわてて、もたれていた身を起こす。「服を着なさい」意図したより厳しい口調になったことに気づき、声をやわらげた。リースがジェインへの欲望をまったく抑えられないのは、彼女のせいではない。「見所はたくさんある」

部屋を出かかったとき、ジェインが言った。「でも、本当にあまり気分がよくないの」

リースはジェインのところまで戻って顔色をじっくり眺めた。明らかに元気そうだ。不安のせいか、目の下に隈ができている以外は、元気すぎるくらい元気に見える。

ジェインが家にいたいなら、譲歩すべきだとリースは思ったが、できない事情がある。

ふたりだけでここにいながら、結婚するまで愛し合わないという約束を守るのは不可能に近い。ふたりきりで過ごしたいが、そのためには気をそらせるものが必要だ。

「そうか、では、きみはベッドに戻るべきだな」

そう言ったとたんに、ジェインがほっとした表情を浮かべた。

「つまり、ぼくも一緒にという意味だが」

下劣な発言であることはわかっていた――約束を守らない男だと思われることも。だから、彼女の返事を聞いたときには、心底仰天した。「いいわ」

ジェインはちらっとベッドを見やり、またリースに視線を戻した。瞳に浮かんだ表情は、欲情しているというよりは、むしろ何か心配しているようだ。彼のベッド――または彼女のベッド――に連れ込もうというときに見たい表情ではない。

なぜ待つことについて考えを変えたのだろう。彼を家に引きとめるため？　どうも何かがおかしい。

「いや、だめだ」さまざまな言いまわしで彼の愚かさをののしっている体のことは無視して、リースは宣言した。「今夜は散歩に出かけよう」

ジェインは顎を胸に埋めるようにして短くうなずいた。この返事の仕方は、一応同意はしたが、本当にそうすべきかどうか疑問視しているときのものだということを、リースはすでに知っていた。

リースもうなずき、部屋を出て扉を閉めた。

居間にセバスチャンを捜しに行った。そもそも、ジェインがセバスチャンをすでに見つけたかどうか聞こうと思ってジェインの部屋に立ち寄ったのだった。だが、そこで彼女の寝間着姿――それから、彼女の提案――に気を奪われた。

居間にはだれもいなかった。セバスチャンの名前を呼ぼうと口を開けたが、すぐに閉じた。弟は叫ばれるのが嫌いだ。たしかに少々不作法であることはリースも認めざるを得ない。野獣と結婚するのではないことをジェインに納得させるためにも、控えるべきだろう。今夜こそは、ジェインによい印象を与えたい。もちろん、家から連れ出せればの話だが。彼女はきちんと求愛期間を経て結婚すべき女性だ。

リースは図書室に行った。そこも空っぽだった。

セバスチャンはいったいどこにいるんだ？　立ちどまって耳をすませる。家の中にセバスチャンの気配が感じられない。

リースは顔をしかめた。家の音に耳をすませただけで、セバスチャンがいないと、なぜこれほどはっきりわかるのだろうか。どうなっているのかわからないが、セバスチャンがいないことに疑問の余地はない。

セバスチャンはまたクラブに行っているのだろう。ほとんどの晩をそこで過ごしている。セバスチャンは女性というものに取り憑かれている。

生まれて初めて、リースにもこの執着が理解できた。今まで、どんな女性と楽しんでも、心を奪われることは一度たりともなかった――ジェインが現れるまでは。彼女のためなら――彼女を自分のものにするためなら、なんだってやる。

リースは居間に戻ってジェインを待った。椅子のひとつに座って、セバスチャンが読んでいた本を何げなく取る。『死霊伝説　呪われた町《セーラムズ・ロット》』？　本を返して、裏表紙のあらすじを読んだ。

ヴァンパイアの話か。

リースはうんざりして、本をテーブルに戻した。

扉のほうに目をやり、ジェインが早く現れないかと思った。彼女はむきになってこの家にいるべきだと主張していた。大都会にいるのが不安なのだろうか？　ロンドンはジェインのいた場所よりはるかに大きいだろうが、いったん慣れてしまえば、彼女がその活気を気に入るはずだとリースは信じていた。

ほっとしたことに、ジェインはまもなく部屋に入ってきた。しかも、驚いたことに暖かい服装をしてコートを持っていた。

リースは立ちあがった。「準備ができたようだね？」

ジェインはうなずいた。また、あの頭を小さく動かすしぐさ。

「驚くような場所がたくさんある。きみも楽しまずにはいられないはずだ」リースが元気づけるように言った。「約束する」

ジェインはもう一度、かすかにうなずいたが、キッチンに向かっているとき、小さくつぶやいているのが聞こえた。「たぶん、わたしよりもあなたのほうが驚くと思うわ」

「なんだって？」リースは眉をひそめた。なぜそんなことを言うんだ？

「わたしは何も言ってないわ」ジェインは即答したが、その目に困惑の表情が浮かんだのがはっきり見て取れた。

さしあたり、ジェインの今の発言は触れないことに決めた。自分と一緒に外出してくれることになったのだから、その成果を台無しにしたくない。

13

ジェインはリースが扉のそばのラックからジャケットを取るのを見守った。ジェインを救ってくれた晩に着ていたのと同じ黒いジャケットだ。

ふいに罪悪感に襲われた——自分には彼を救えない。でも、考えつくかぎりのことをやった——ベッドに誘うことまで。その拒絶にさえ傷つかないほど彼のことが心配だった。

リースがジャケットを肩にはおり、キッチンの裏口を開けると、そこには工場か何かのような長い通路が続いていた。金属のダクトが頭上を走り、壁もむき出しのままだ。突きあたりに貨物エレベーターがあった。巨大な箱に落とし戸がついて、乗った者がその戸を手動で上げ下げするような代物だ。

アパートの豪華さに比べて、通路部分がこうも殺風景なのは奇妙なことだ。だが、もっと奇妙なのは、この場所の存在をジェインがまったく知らなかったことだ。アパートのまわりを覚えていないとは、まさにいきなりファンタジーの世界に入り込んだようだ。

状況の不可解さに思いいたるのはこれが初めてではない——しかも、いまやさらに奇妙なことになりつつあり、場合によっては、リースが被害を被《こうむ》る可能性がある。

でも、ジェインには彼を家に引きとめる方法がわからない。思いついたのは、出ていってセバスチャンを見つけることだけだ。おそらくセバスチャンはナイトクラブにいるだろう。リースをクラブに連れていき、きらめく照明と大音量の音楽にさらすことが、彼の精神状態にいい影響を与えないことはたしかだが、リースを置いて出かける方法はさらに思いつかない。彼は断固として散歩を決行するつもりでいる。

エレベーターの前まで行くと、リースは楽々と落とし戸を引きあげ、高く支えたままジェインを通した。ジェインのあとについてリースも中に入り、金属の格子を引きおろす。なんのためらいもなく一階を示すGの文字が書かれた黒いボタンを押した。

ジェインはボタンを見つめ、それから、リースの横顔を見あげた。彼の表情はまったく変わらず落ち着いている。

エレベーターを見ても平然としている。どう動くのか、完全に理解している。

ジェインは顔をしかめた。思い返してみると、リースは現代的な物に一度もまごついた様子を見せていない。照明、配管設備、朝に見たデジタル時計。なぜこれまで気づかなかったのだろう。

「ロンドンの建物にはたいていエレベーターがあるのかしら」唐突に尋ねた。

リースはちょっと考えてから肩をすくめた。「ある程度の規模の建物ならあるだろう」

「そして、どの建物にも明かりがついている？」

リースがうなずく。「もちろんだ。ここで原始人の生活をするのは無理だな」そして、呆れた表情でジェインを見てほほえんだ。

セバスチャンは気づいていないのだろうか？　それとも気づいている？　お医者さまに、リースの記憶喪失が選択性らしいと告げたのだろうか？

「さあ、着いた」リースがまるでロールブラインドか何かのように、鉄格子の戸を勢いよく引きあげた。

エレベーターから出たところも、上階と同じような通路だった。

リースは、頑丈な錠前がいくつもついた重い鉄扉のほうにジェインを連れていき、鍵をはずしながら、大声で呼びかけた。「ミック、ぼくたちが出たら鍵をかけておいてくれ」

ジェインはあたりを見まわし、廊下の向こうに小部屋があることに気づいた。

巨漢のミックが小部屋の戸口に立っており、背後でテレビらしき青みを帯びた光がかすかに瞬いていた。ジェインと目が合うと、うなずいて挨拶した。

ジェインもうなずき返し、すぐに視線をそらした。

リースは外に出てジェインを待っていた。階段を下りるのを支えようと手を伸ばしている。その手を取って、ジェインも足を踏み出した。重い扉がばたんと閉まる。ふたりが立っていたのは暗い路地だった。

始まりに戻ったみたい、と、ジェインは皮肉っぽく考えた。リースはジェインが顔をゆがめたのに気づいたらしかった。「冒険の出だしとしてはいい眺めとは言えないな。さあ、こっちだ」

そう言うと、ジェインの指を握ったまま、明るい大通りのほうに向けて建物沿いに歩き出した。

同じ建物の中から、かすかに低い轟音が響いてくる。ジェインは、ナイトクラブの音に違いないと思った。

通りに出て初めて、ジェインは、自分が暮らしている建物を表側から眺めていることに気づいた。

巨大な煉瓦の倉庫で、正面にゴシック様式の表飾りがつけ足されている。異様に大きい石の怪獣《ガーゴイル》が二頭、今にも飛びかからんばかりの姿勢でうずくまり、正面玄関を守っていた。両開きの玄関の上には、真っ赤なネオンサインで〈カーファックス屋敷〉という名前が書かれている。

ジェインは立ちどまり、必然的にリースの足も止めることになった。

改めて、あまりにも非現実的な状況に圧倒されてしまったのだ。ジェインの滞在している建物の中に、通路も含め、まったく違う三つの世界が存在しているという状況に。

いかにもそれらしい奇妙な外見の人物がふたり、舗道をこちらに向かって歩いてくる。

血の気のない顔色に濃いメイク、黒い革の服。ふたりはジェインとリースに好奇の目を向けながら前を通り過ぎ、階段を上ってクラブに入っていった。

ジェインは一瞬ためらったが、リースをクラブに連れていくという危険を冒してでもセバスチャンを捜したほうがいいと決断した。リースの記憶喪失が選択性であることを告げる必要がある。「ここに入って、セバスチャンを捜しましょう」

「セバスチャン？　なぜここにセバスチャンが？」リースはジェインの視線を追った。

「ここは彼が経営しているクラブだから」

リースはふんと鼻を鳴らし、新たにクラブに近づきつつあるゴス系の一団に不快そうな視線を投げた。「いや、そんなはずはない。ぼくの家族があああいう人々と関わることはあり得ない」

ジェインはそのグループをちらりと見やり、詫びるような笑みを浮かべた。その人たちも特に知り合いではなかったらしく、思い思いにクラブに入っていくのを見送ってから、ジェインは尋ねた。「セバスチャンのクラブはどこ？」

「〈ホワイツ〉のことか？　すぐ近くだ。だが、そこに行ってセバスチャンを捜すわけにはいかない。紳士だけの集うクラブだからね」

リースは、セバスチャンと所有しているという自分のナイトクラブについては思い出せないが、十九世紀のクラブの名前は思い出せるようだ。なぜだろう？

そのとき、黄色のタクシーに後ろから大きくクラクションを鳴らされて、ジェインは跳びあがった。だが、リースはほとんど反応せず、肩越しに車を見やって運転手に向かって顔をしかめただけだ。

そして、おもむろにジェインに尋ねた。「公共の乗り物を使うか、それとも、歩いていくほうがいいかな?」

ジェインはリースの表情を一瞬うかがった。「歩いたほうがいいわ」冷気にあたれば少し頭がすっきりして、今の状況を把握できるかもしれない。

ふたりは黙って歩いたが、その沈黙も気にならないほど、あたりは都会の喧噪に満ちていた。黙々と歩きながら、ジェインはそっとリースを眺め、周囲に対する反応を観察した。サイレンを鳴らして走り抜けるパトカー。耳と眉と唇にピアスを鈴なりにさせている若者。輝いているネオンサイン。超高層ビル。激しい往来。

そのすべてに対し、リースはかすかな戸惑いも見せていなかった。

選択的に記憶を失っていることは間違いない。ということは、やはり、特定の何かを忘れようとしているのだろう。そういった症状は深刻なのだろうか。

記憶のほとんどは残っているのだから、まったく記憶がないというよりは軽い症状のような気もする。だが、かえって重症である可能性もある。少なくとも、なんらかの働きかけによって記憶をいっきによみがえらせるというのは難しいはずだ。このまま、今の記憶にすべてを適合させ続ける可能性もないとはいえない。

医者に診せるべきだ。それだけは確信があった。それも、電話だけで診断するようなやぶ医者でなく、専門医に診てもらう必要がある。ジェインは何がなんでもそうさせようと決意を固めた。

「見てごらん」リースが突然ジェインの手をつかみ、店の前に引っぱっていった。大きなショーウィンドーにたくさんの妖精とトナカイが飾られ、コンピューター制御で動いている。クリスマスの飾りを新年まで残しているのだろう。

妖精たちがせっせとおもちゃを運んでサンタクロースのそりに積んでいる。

「すごいな」リースは金色の瞳を驚きと喜びに輝かせた。

ジェインは思わずほほえんだ。まるで、こういう物を初めて見るような様子だ。でも、本当に初めてなのかもしれない。こんなすばらしい飾りを見て忘れるなんてあり得ないもの。

「ほら、こっちもすごいよ」難しいことを考える間もなく、次の店のほうに引っぱられた。

手に手を取ってこみ合った通りを歩きながら、ときどき立ちどまっては、美しかったり風変わりだったりと工夫を凝らしたクリスマスの飾りつけを眺めて楽しんだ。そうするあいだに、ジェインは、リースの病気のことは考えないことに決めた。少なくとも今夜だけは。とりあえずリースは心から楽しんでいるし、ジェインも同様だった。

「エリザベスがいたらよかった」リースが突然そう言ったのは、ガラス越しに、前よりもさらに精巧な動きの飾り物——今回は蝋燭《ろうそく》を振りながら聖歌を歌っているヴィクトリア朝の古風な人形——を見たときだった。「彼女は人形が大好きだったからね。何十個も持っていた」

そう言いながら、ジェインを見た。口元に甘やかすような笑みが浮かんでいる。「女の子がひとりだから、子どものときからとても甘やかされていた」

「想像できるわ。お兄さんが三人もいるなんて、すばらしいでしょうね」

「ついつい甘くなってしまうんだ」リースはもう一度人形に視線を向けてから、ジェインの手を優しく握り、歩道を歩き出した。「体が非常に弱くて、病気ばかりしている。それでも、いつも笑っている。ふさいでなんかいられないと言うんだ。深刻になるのはぼくの役目だと」

ジェインはその言葉について思いをめぐらせた。バーで出会ったときのリースは深刻そうに見えた——深刻というよりも厳格というべきか。あのリースを、今、手を握ってくれているリースと比べることは難しい。今のリースは凛々しくも深刻にもなれて、しかもたくさん笑っている。

「きっと、妹さんは、深刻になることと責任を持つことを混同していたのね」

リースの歩調が少し乱れた。「なぜそんなことを?」

ジェインは肩をすくめた。「これまで聞いたことから判断して、あなたが家族のよりどころみたいだから。セバスチャンは見るからに楽天的で快楽追求型。あなたの話では、クリスチャンは気性が激しいみたい。エリザベスは甘えん坊さん。あなたひとりでみんなの面倒を全部背負いこんでいるに違いないわ」

ジェインはそう言ってから黙り込んだ。言いすぎたかもしれない。でもなぜか、自分の言ったことが真実だと確信していた。リースがきょうだいの世話を一手に引き受けていたのだ。記憶喪失になっても、それは変わらない。彼は思いやりのある人、とてもいい人だ。まったくの他人でも救おうとする人であることは、ジェインが一番知っている。

少しして、ジェインはリースも黙っていることに気づいた。瞳の興奮した輝きは消え失せ、口が真一文字に結ばれている。急に、バーで出会ったリースに近い雰囲気に変わった。

「もっとちゃんと面倒を見るべきだった」

その言葉が口から出たとたんに、リースは過去を取り戻したいという気持ちに駆られた。なぜそう言ったのかもわからない。両親が亡くなって以来、最善を尽くしてきょうだいたちを守ってきた。

だが、もっとするべきだった。もし、自分がもっと強ければ、あらゆることをくい止められたはず。自分が……。

「これまで聞いた様子から、あなたはとてもすばらしいお兄さまだと思うわ」ジェインの優しい声が、リースを引き戻した。

リースはまばたきした。「そう願いたいな」

「長男というのは大変よ。すべての責任があなたの肩にかかっているのですもの」

それは真実だ。その責任は、時として耐えきれないほど重い。

リースはすぐ脇を歩いているジェインを見おろした。元気づけるようにほほえみかけている。リースは笑みを返しながら、ジェインがそこにいてくれることをうれしく思った。この女性が助けてくれる。きっと、重荷に立ち向かうリースを支えてくれるに違いない。

「まあ、見て」ふいにジェインが声をあげて、歩道の前方でホットドッグを売っている屋台を指さした。「絶対にあれを食べるわ」

リースはにっこりして、ありふれた手押し車にジェインがこれほど興奮するのに驚きながらもうなずいた。「いいよ」

ジェインは握っていた手を離して、屋台のほうに走っていった。口ひげを生やしたオリーブ色の肌の男が、ジェインの興奮とは程遠い淡々とした様子で注文を受ける。

リースも足を速めて、ジェインに合流した。

「ホットドッグひとつ、マスタードとピクルスレリッシュをつけて。マスタードはたくさんお願いします」ジェインが横目でちらっとリースを見た。まるですごいことをやり遂げたかのような誇らしげな視線だ。「映画に出てくるみたい。ほら、歩道のホットドッグ売りから買うシーンがよく出てくるでしょう、ニューヨーク——いえ、ロンドンで」

リースは、ホットドッグ売りがジェインの言葉に驚いたように眉を上げたのに気づいた。当然だろう。ホットドッグ？　アメリカ人はなんでこんなものに魅力を感じるのだろう。イギリスでこんなものが有名だということさえ知らなかった。

「お客さんはどうします？」男が、ジェインの注文したものを作りながら、リースに声をかけた。

深く息を吸い込んでみても、リースにはホットドッグの匂いが魅力的だとはまったく思えなかったが、とりあえず、ひとつ注文した——ジェインとまったく同じものを。

「わたしのおごりよ」ジェインがコートのポケットからお金を取り出した。

リースは異議を唱えようとしたが、ジェインはいたずらっぽく笑って退けた。「おいしそう」屋台の男にそう言って、紙幣を一枚渡す。

釣り銭を受け取ると、ふたりはそれぞれアルミホイルに包まれたホットドッグを持ち、ジェインが先に立って、噴水のまわりの低いコンクリートの囲いまで移動した。

高く上がる噴水を背にして座る。ジェインが幸せそうに包みを開けて、黄色と緑色のものが塗りたくられたホットドッグにかぶりついた。うっとりと目を閉じて、満足しきった様子でうめく。

喉の奥からもれたその音に、リースの体が直ちに反応し、欲望が全身を駆け抜けた。

リースはジェインの恍惚とした表情に視線を注いだ。それから、頭をそらしたせいであらわになった喉元に、ちらっと視線を走らせた。

突然、そこの場所を味わいたくなった。味わう必要がある。

「食べてみたら?」

リースは目をしばたたき、ジェインの顔に視線を戻した。自分のホットドッグを口元に持ちあげたまま、リースが持っているほうを身振りで示している。

燃えさかる欲望を静めるのにしばらく時間をかけてから、リースはやっとのことでうなずいた。「そうだな」

またしばらくためらってから、ジェインの先ほどの動作を真似て包み紙を開いた。ふたたびためらい、食欲をそそるとはとても言えない円筒形の肉をしげしげと眺める。それから、ひと口かじった。

とっさに顔をしかめ、ゆっくり口を動かしながら吐き気をこらえた。ジェインはなぜこんなものが好きなんだ? 肉は古びてひどい匂いがする。このソーセージは燻製の処置を適切に施していないのではないだろうか。

全身の筋肉がこの胸の悪くなるような代物を吐き出せと命じていたが、ともかくリースは無理やり飲み込んだ。

「これはひどい」やっと声が出せるようになって、リースはうなった。「おぞましい食べ物だ」

ジェインはくすくす笑い、口の中のものを噛んで飲み込んでから尋ねた。「今まで、ホットドッグを食べたことないの？」

リースは首を振った。「ない。二度と食べない」

ジェインはまた笑った。それから、ふいに目を見開いて、彼の手からそのおぞましい食べ物の残りを奪い取った。

「まあ、大変！　きっと、食べちゃいけなかったんだわ。セバスチャンから、あなたがたくさんの食べ物にアレルギーがあるって聞かされていたのに」

「ああ、きみがそう言っていたのは覚えている」リースがまた顔をしかめた。「セバスチャンはどこからそんなことを仕入れてきたのかな。もしアレルギーがあったら、自分でわかっているはずだろう。このホットドッグはアレルギーではないと思うよ。ただ、口に合わないというだけだ」

ジェインは一分ほどリースの様子を確認してから、ほっとしたように緊張を解いた。心配そうな表情が消えて、いたずらっぽい表情が浮かんだ。「それなら、わたしがあなたの残りも食べてあげるわね」

リースは笑い声をあげ、身震いしてみせた。「ぜひ頼む」

しばらくふたりとも黙って座っていた。ジェインはうれしそうにもぐもぐ食べている。

リースは相変わらず飢えを感じていたが、もちろん、ホットドッグが欲しいわけではない。手に入らないものを欲しているのだが、それが何かもわからなかった。

リースはジェインを見つめた。おそらく、欲望と飢えを混同しているのだ。望んでいるものについては考える必要もない。ジェイン。間違いなくジェインだ。困ったことに、さしあたり、ジェインは手に入らない。

ジェインが食べ終わり、ホイルを丸めながらため息をついた。「おいしかった。あなたが食べられないのが残念だわ」

「きみが食べているのを見ているだけで楽しめたよ。食欲旺盛な女性は尊敬に値する」

ジェインが顔を赤らめた。「それは誉めてることにならないわ」

「誉めてるんだよ」リースは請け合い、かがんでそっとキスをした。もちろん、こうすれば、ますます欲求不満がたまる。手に入れることができない甘い味。とにかくもうしばらくはだめだ。

ジェインはいつものとおり、すぐに応じた。唇が離れたとき、ジェインが身を震わせたのがわかった。

欲望のせいで震えたのだと思いたかったが、とりあえず尋ねる。「寒い？」

ジェインははっきりと首を振ったが、声のほうはそこまでしっかりしていなかった。

「大丈夫よ」

「どこかに入って、しばらく夜の冷気を避けたほうがいいかな」

ジェインがまた首を振った。「いいえ、歩いているほうがいろいろ見られて楽しいわ。あなたの言ったとおり」

「本当に？」

「ええ」ジェインは立ちあがった。「それに、歩き始めれば、また温かくなると思うわ」

それを聞いて、リースの心もぽっと温かくなった。「では、どこに行きたい？」

「セントラルパークに行きましょうよ」ジェインがにこにこしながら提案する。

リースは甘やかすような笑みを浮かべた。「ハイドパークのことかな？」

ジェインがはっとしたように笑みを引っ込める。「そうだったわ」

「気にしないで」リースは言った。「すぐに自分がどこにいるかわかるようになるさ」

ジェインは眉を上げたが、何も言わなかった。

14

リースはジェインの手を取って、五番街を歩き出した。ジェインには、正しい方向に歩いているかどうかすらわからなかったが、あえて、その思いは脇に押しやった。自信に満ちた足取りを見るかぎり、リースは行き先をはっきりわかっているようだ。

交差点に差しかかり、渡るために待っているとき、コーヒーの芳しい香りが漂ってきた。ジェインはあたりを見まわして、ちょうど自分たちが立っている後ろの角に珈琲店があるのに気がついた。何人かの客が、暖かく着込んだまま、湯気のたった白いカップを両手で包んでいるのが見える。

「わあ、温かいチャイを飲みたいわ、あなたはいかが？」

リースは見つめられて、また顔をしかめた。「ぼくは飲まない――チャイは。だが、きみは飲んだらいいよ。体も温まるはずだ」

ジェインはにっこりした。寒くないかと、リースがひたすら心配してくれることに心を打たれたのだ。だれかに心配されるというのは、ジェインにとって、まったくなじみのない感覚だった。

「そうね」ジェインがうなずき、ふたりは店に入った。

店の中はこみ合っていた。たくさんの人が紫色のビロード地が張られた椅子やソファにゆったり座り、カフェラテやカプチーノをすすっている。本を読んでいる人や、ラップトップコンピューターのキーボードを叩いている人も見受けられたが、多くは座っておしゃべりを楽しんでいた。低いざわめきと、炒ったコーヒー豆のいい香りが合わさって、心地よい雰囲気を醸し出している。

「ここで待ってて」リースが言って、空いている椅子を示した。「ぼくが買ってこよう」

ジェインは、注文を待つ列と、レジの前の狭い通路をちらっと見やった。「わかったわ。スパイシー・チャイを、トールで」

リースが眉をひそめた。「スパイシー？　トール？」

ジェインは笑った。「紅茶の種類とサイズのこと」

「ああ、そうか。大きいほうのカップだね」

ジェインはうなずき、リースがハンサムな顔にまだかすかに戸惑いの表情を浮かべたまま、長い列に向かって歩いていくのを笑顔で見送ってから、すぐそばの椅子に腰を落ち着けた。最先端の民俗調《ボヘミア》――そんな言い方があるとすればだが――にまとめられて、こざっぱりした感じだ。客もまさにジェインの思い描いていたニューヨーカーの若者たち――普段着なのにおしゃれな着こなし。かっこよくて個性的。

ジェインは自分の着ているジーンズとぶ厚いセーター、そしてだぼっとしたフード付きコートを見おろした。いかにもメーン州からやってきたといういでたちだ。メイン州ではL・L・ビーンのブーツと耳あてつきの帽子しか必要ない。

視線をリースに戻した。黒ずくめの古風な正装に厚底の革靴を履いた姿は、この店にすっかりなじんでいた。彼は本当に黒が似合う。服のせいで、琥珀色と金色に輝く黒い髪、温かな色合いの肌がさらに引き立っている。

そのとき、ジェインは、彼の前に並んでいる女性に気がついた。背が高く、エキゾチックな黒い瞳に、つやのあるダークブラウンの長い髪。彼のほうにさりげなく向いて、いかにも関心ありげに流し目を送っている。

ずいぶん苦労したのち、ようやくリースの気を引くことに成功したらしい。大げさににっこり笑って、何か話しかけたのだ。ジェインからはリースの背しか見えないので、彼がどんな反応をしたかわからなかったにもかかわらず、ジェインの心の底に嫉妬に似た激しい感情がわき起こった。

嫉妬を感じる立場ではないのに。でしょ？

彼と関係を持ったことはたしかだが、それだって、リースにとっては、ただの日常茶飯事かもしれない。それに、なんといっても、リースは並はずれて美しいのだから、すべての女性の注目の的になるのは仕方がないことだ。

どう見ても、と、ジェインは苦々しく考えた。あの女性は、何かリースが言ったことに対して笑ったようだ。

あの背の高いブルネットと比べると自分があまりにも野暮ったく感じられて、ジェインは椅子に深く沈み込んだ。自分の姿をもう一度見おろす。重たいかさばるコートでは足りないかのように、濃い緑色の生地にはマスタードの小さな染みまでついている。

ジェインは座り直した。見まわして染みをぬぐうためのナプキンを探し、扉のそばの台の上にクリームや砂糖、ストローなどと一緒に置いてあるのを見つけた。

男性がコーヒーに砂糖を十袋も入れるのを待ったあげくに、ようやくナプキン入れにたどりつく。茶色のナプキンを二、三枚つかみ、染みを叩いて、かすかに変色して見える程度にまできれいにした。

ほとんど目立たない、と、自分に言ってきかせながら、先ほど座っていた椅子に戻ろうと振り返ると、例の甘い甘いコーヒーの男がその場所を陣取り、やわらかいクッションにもたれてくつろいでいるのが見えた。

リースに合流すべきか判断しようと彼のほうを見やって、彼がまだブルネットの女性と話していることに気づいた。その瞬間、リースがジェインがいるはずの椅子に視線を走らせた。男性が座っているのを見たとたんに、リースは部屋中見まわしてジェインを捜した。

ジェインの姿を見つけたときに、彼の目に何か浮かんだような気がしたが、それが何かジェインにはわからなかった。

彼はほほえむと、前方の例の女性のほうに体の向きを戻した。

ジェインは失望感でいっぱいになった。でも、彼に何を期待するというのか。投げキスをしてくれるとか？　大声で、ジェインが自分の恋人だとか、あるいは、愛してると叫んでくれること？

ジェインははっと身をこわばらせて、彼の背中を見つめた。なぜ、そんなことを考えたのだろう？　愛なんて。そんなばかげた考えは笑い飛ばすべき——なのに、実際には、気分が悪くて吐きそうだった。リースに本当に愛してほしいなんて、絶対に考えてはいけない。自分が彼を愛しているかもしれないということも。

そうした思いにショックを受けて、彼の背中を見つめたまま呆然と立ち尽くしていると、そばを通ろうとした人が軽くぶつかった。

「失礼」耳元で低い声がした。

ぎょっとして振り返り、見あげると、青色だが、ほとんど白く見えるほど淡い色の瞳がジェインを見つめていた。

「いえ、大丈夫です」なんとか返事をした。

その男はかすかに笑みを浮かべた。「だれかを待っているの？」

ジェインは不安に襲われて、急いでうなずいた。

彼がまたほほえんだ。「それは残念だ」そう言うと、頭を軽く下げて店を出ていった。

男は扉の外で一瞬立ちどまり、寒さを防ぐためかコートの襟を立て、それから角を曲がって姿を消した。

ジェインは目をしばたたき、頭をぶるっと振った。今のはなんだったのかしら？

ふと気づくとリースがすぐ脇にいて、心配そうにジェインの顔をのぞき込んでいた。

「大丈夫？」

ジェインはリースの真剣な表情に驚いて、急いでうなずいた。「ええ、なぜ？　まったく大丈夫よ」〝あなたがただ話していただけの女性に、激しく嫉妬している以外は。〟

リースはそれでもしばらくジェインを観察していたが、それから、当惑したように首を振った。「よくわからないが、何か奇妙な感じがしてね……」言葉を切り、喉の奥で、まるで自分をあざ笑うかのような低い音を発した。「ただの思い過ごしだろう」

リースは蓋をした紙コップを差し出した。「さあ、スパイシー・チャイのトールだ」

「ありがとう」ジェインは礼を言い、カップを受け取った。保温性の厚紙を通して伝わってくるぬくもりが、冷えた指に心地よい。

「ここで飲むかい？　それとも歩いて公園に向かいながら？」

「歩きながらにするわ」奇妙な瞳の男性とゴージャスなブルネットの女性のせいで、ジェインはこの場所を一刻も早く立ち去りたかった。

だが、ふたりが店の出口に行き着く前に、あの背の高いブルネットがリースのそばにやってきた。「お会いできてうれしかったわ」多少訛りのあるその声は、いかにもなまめかしい。

「こちらこそ」リースも礼儀正しく返したが、その瞳になんの関心も浮かんでいないことにジェインは気づいた。

ブルネットはジェインにすばやく視線を走らせ、コートについたマスタードの薄い染みにほんの一瞬目を留めた。それから、リースのほうに向き直り、ぴったりした革ジャケットのポケットから名刺を抜き、リースに差し出した。

「また、ぜひお会いしたいわ」

その瞬間、ショックで口をぽかんと開け、両目を見開いたジェインの様子は、まるで浜に打ちあげられた鱈《たら》のようだったはずだ。その女性の厚かましさが信じられなかったのだ。急いで気をとり直し、リースに近寄って腕を彼の腕にからませ、無言のうちに、少なくとも今夜はリースがジェインのものであることを知らしめようとした。

このヒントは完全に無視された。自分の振る舞いを、ヒントどころか、点滅する警告灯ぐらい大げさだと感じていたジェインは唖然とした。

「受け取って」ブルネットが言って、もう一度リースの前に名刺を差し出した。

これまで一度たりとも男を独占しようなどと思ったことはないが、ここまであからさまに、まるでジェインが存在しないかのようにリースに言い寄られては我慢ならない。

手を伸ばして、女の手から名刺をひったくった。

「何よ」ブルネットが言って、ジェインをにらみつけた。

「失礼」ジェインは可能なかぎりの慇懃さを装った。「おわかりになっていないようね。リースはわたしの彼なの」まあ、どうしよう！　これがほんとにわたしの言った言葉？

女は悔い改めた様子も、苛立った様子さえも見せなかった。リースが発言するまでは、端《はな》から信じてもいなかったのだ。「この人の言うとおり。ぼくは完全にこの人のものだ」

女の顔がさっと青ざめた。女はやおら名刺を奪い返すと、くるりと背を向けて店から出ていった。

勝ち誇った気持ちになるはずが、ジェインの感じたのは吐き気だった。

「大丈夫か？」リースがかがんでジェインの瞳をのぞき込む。

「行きましょうか？」一刻も早くここから出たかった——突如、室内が暑苦しく思え、コーヒーの香りもうっとうしく感じられた。

「そうだね」リースはジェインの腕を支えたまま、扉のほうに連れていった。

冷たい冬の空気を吸い込んだ瞬間、ジェインは非常に恐ろしい事実を認識した。リースに自分のものになってほしかったのだ——こんな状況にもかかわらず。

クリスチャンは道を隔てた向かい側の物陰に立ち、兄と人間《モータル》が流行りの珈琲店を出ていく姿を見守っていた。リースの女が人間《モータル》とは。リースがそばにいるときに女に近づくのが危険であることはわかっていたが、誘惑に抗しきれなかった。彼女に近づくときの興奮がたまらなかった。なぜリースがクリスチャンの存在を感知しなかったのか理解できない。エネルギーを遮蔽《しゃへい》することさえしなかったのに。クリスチャンはリースに見られてもかまわなかった。それどころか気づかれることを意図していた。

リースを脅えさせたかった。愛する者を失う恐怖、奪われる恐怖を、そして、たとえ自分のところに戻ってきても、もう以前の彼女ではなくなっているという恐怖を、リースもとっくの昔に味わうべきだったのだ。

家族を守るために正しいことをするという口実のもとに、リースはライラを奪い、半分心あらずの状態で、二度と完全にクリスチャンのものになることはない状態で返してきた。

クリスチャンは、リースたちがにぎわった通りを歩いて雑踏に消えていくのを見送った。

「今度はおれがお返しする番だ、兄貴よ」クリスチャンはつぶやいた。

リースは横目でそっとジェインを見やった。店を出てからひと言も言葉を発していない。あの厚かましい女とのことがあってからずっとだ。通りから公園に入ったときさえも、何も言わなかった。

もちろん、リースが黙っていたせいもあるだろう。リースも自分自身の思いにとらわれていたのだ。

あそこで何かが起こった――あの押しつけがましい無礼な女性とは関係のないことだ。何が起こったのかははっきりわからなかったが、ちょうどジェインの飲み物を注文していたときに、ジェインに危険が迫っている、何かまずいことが起ころうとしているという、不可解きわまりない感覚に襲われたのだ。だが、ようやくジェインのもとに戻ったとき、彼女に異変は見られなかった。いつもと同じだった、あのブルネット以外は。

もう一度ジェインに目をやり、リースはそっとほほえんだ。あの攻撃的な女に対して、ジェインは明らかに苛立っていた。

「ぼくはきみのもの、だよね？」沈黙を破った。からかい口調で尋ねたが、実際にはジェインが独占欲を発揮したことが非常にうれしかった。

ジェインの顔がみるみる朱に染まった。「わたし――わたしはただ、あの女性のずうずうしさに頭にきちゃっただけ」

「では、実際にはぼくを望んでいないということ？」

ジェインは一瞬口ごもった。視線は足元に向けたままだ。「望んでいるわ」

リースはジェインの手首をとらえ、足を止めさせた。自分のほうに向かせる。「なぜ、恥ずかしいことであるかのように言うの？」

ジェインの大きく見開いた目がリースの目と合った。恥じた表情が浮かんでいる。「リース、今感じていることは、現実じゃないのよ。わたしたち――ふたりとも空想の世界に生きていて、いつかは現実に直面しなければならない。そうなったときに、あなたがどう感じるかが怖いの」

リースは眉をひそめた。戸惑いと、多少苛立ちも感じた。なぜジェインはこれが現実でないと思うのだろう？

「違う」首を振った。「これは現実だ。今が現実、ぼくがきみに感じている気持ちは真実だ」

ジェインは紅茶のカップを見おろした。珈琲店を出てからほとんど口をつけていない。プラスチックの蓋の端をいじる。

「あなたはわたしのことを知らないわ」ゆっくりと言った。「本当には。そして、たぶん本当のわたしを知ったら――あなたが望んでいるのはわたしじゃないと思うはずよ」

「きみは前にもそう言った。愛し合ったあとに。ぼくがきみを知らないと。たしかにそうかもしれない。長く一緒にいたわけではないから、互いによく知っているとは言えない。だが、これだけはわかっている。ぼくはきみを望んでいる」

ジェインの瞳がリースの瞳を、まるで懇願するようにのぞき込んだ。「でも、きっとそのうち、あなたはそう思わなくなる。絶対にそうなるわ」

「きみを欲する気持ちを止めるのは不可能だ。長いあいだ待ち望んできた感覚なんだ。なぜ確信があるかを説明することはできないが、この感覚がぼくの体から失せることは絶対ないと、はっきりわかる。きみに対する気持ちが消えることはあり得ない」

ジェインは彼から目が離せなかった。恥ずかしさは消えて、今や強い願望に変わっている。もちろん、彼の言葉を信じることはできない。でも、信じたかった。

リースはジェインを抱き寄せた。彼の唇がジェインの唇をとらえる。リースはこのキスで説得するつもりだった。甘くあやすように唇を這わせ、彼女の疑念をなだめるつもりで。だが、彼女の唇のビロードのような感触を味わったとたんに、その唇が貪欲なまでに張りついてくるのを感じ、説得しようという思いは消滅した。

リースはジェインが欲しかった。

全身を貫く欲望にせかされて、リースはキスを深めると、ジェインも即座に反応して口を開き、内側の甘い湿り気に彼を引き込んだ。

〝甘くて濡れている。〟

舌が彼女の舌の先にかすかに触れ、リースはうめき声をもらした。

〝ほんの少し味わうだけだ。〟

今にも壊れそうなほど繊細な下唇を、リースはそっと噛んだ。わずかに圧力を加えて歯を沈める。羽枕のようなやわらかさの中に。ピンク色で温かくてとても甘い。

ジェインがはっと息をのみ、リースはすぐに身を引いた。

「すまなかった」息を吸い込む。

ジェインは首を振った。彼と同じくらいぼうっとしているようだ。「いいえ、まるで……」ジェインの舌先が下唇をなめ、その部分が街灯の明かりにきらめいた。赤く輝いている。

しばらくその部分を見つめているうち、ようやくぼうっとした頭が彼の見ているものを把握した――血が出ている。

「ジェイン」動揺のあまり、体を駆けめぐる欲望が凍りついた。「しまった」手を伸ばし、自分のしでかしたことがよく見えるように、ジェインの顎をそっと指で持ちあげた。

ジェインが顔をしかめる。「なあに？」

「唇から血が出ている。ぼくが噛んでしまったようだ」

ジェインは片手を上げて唇に触れた。透き通るような華奢で上品な指が赤い唇をそっと撫でた。

指先を見つめ、それから手を返して彼のほうにも見せて、安心させるような笑みを浮かべた。「切り傷とも言えないくらいよ」

リースは、人差し指ににじんだ赤い色を見つめた。自分に対する嫌悪感でいっぱいになった。なぜこんなふうに自制心を失ってしまうのだろうか？　彼女を傷つけるつもりなどまったくないのに。

「大丈夫よ」ジェインがリースに言った。「まるで瀕死の怪我を負わせたみたいにわたしを見るのはお願いだからやめて。あなたに言われるまで、気づかなかったくらいだもの」

「だが、きみは息をのんだ」

ジェインはふたたび、今度は少しおずおずとした笑みを浮かべた。頬が紅潮して、唇と同じくらい赤く染まった。「それはただ――ただ感じただけ――押し流されるような感覚だったから」

リースはジェインの緑色の瞳をのぞき込んだ。夜の暗闇と木々の黒い影に取り囲まれていても、その鮮やかな緑色は失われない。

もう一度励ますようにほほえまれ、それでもリースは自分に対する苛立ちを振りきることができなかった。

「もう帰ったほうがいいだろう」

ジェインは一瞬ためらった。何か言いたそうだったが、結局そのままうなずき、彼の歩調に合わせて歩き出した。

ふたりとも黙ったままクラブまで歩いて帰る道すがら、ジェインの心の中は、激しく揺れ動いていた。戸惑いと脅えと高揚感がいちどきに襲ってくる。リースによる影響はそれほどに大きかった。自分がこれほどさまざまな感情を感じることができるとは思ってもいなかった。リースのおかげで、自分の中に力がみなぎるような感じがする。激しい興奮を感じる。自分が美しいように思える。

しかも、あのキス。ジェインは震える息を吐き出した。あのキスは、まるで放り投げられて、情熱の海に頭から飛び込んだような感覚だった。

彼になめられ、ついばまれ、そして……彼の欲望がジェインの体全体に染みわたるのを感じた。まさに愛し合ったときと同じように、自分の内側に彼を感じたのだ。

ただ一回のキスで、なぜそんなふうに感じたのだろう。

リースがキスの仕方を知っていることは認める。今でさえ、ジェインの爪先が、履き古したオックスフォードシューズの中で丸まっているほどだ。

ジェインの理性は、なんとかリースと距離を置いて、その状態を保つべきだと主張していた。互いにまったく知らないことを、そして、待たなければいけないことを思い出すべきだ。

でも、心ははっきり知っていた。リースの優しさとすばらしいほほえみとゴージャスな瞳の中にジェインがすでに迷い込んでしまったことを。彼にすっかり心を奪われて、いくら警告や理屈を繰り返されても、この男性から離れていることは不可能だった。

低い轟音が響き、ジェインはわれに返った。すでにクラブまで帰ってきていることに気づいてびっくりする。風変わりな格好をした客たちが、長い列をなしてクラブの中に入るのを待っている。リースはその列に目をやることさえしなかった。彼もまた、物思いにふけっているようで、その顔に浮かんだ深刻な表情から見て、楽しい思いでないことは明らかだった。

ふたりは路地を入っていき、リースが鋼鉄の扉を強く叩いた。ほどなくいくつもの鍵がはずされる音が聞こえ、ミックが扉を開けた。後ろに下がってふたりを通す。つるつるの頭に反射した蛍光灯の光がわずかにゆらめき、この巨漢が息をしていることを示している。

リースはミックに向かってうなずき謝意を表したが、どちらも何も言わなかった。そのままジェインをエレベーターに連れていく。そして、出かけたときと同じように、落とし戸を持ちあげて、ジェインが乗るのを待った。ジェインは乗り込み、エレベーターの真ん中に立った。

リースが格子戸を落とし、四階と書かれたボタンを押した。

ジェインは向きをわずかに変えてそっとリースを見た。彼の筋肉質の体を。美しい顔を。最初に会ったとき、あのバーで、ジェインの横に座った彼を見たときに思ったことを思い出した。多くの女性の心を引き裂いていることは確実だと思ったのだ。

〝それは今も変わらないでしょ〟、と、理性が警告を発する。〝そして、引き裂かれるのはあなたの心。〟

ふいに彼がこちらを向いた。溶けた琥珀のような瞳に見つめられ、その熱の中に引き込まれる。

〝もう手遅れよ。〟ジェインの心が言う。〝もうあなたは深みにはまっている。〟

「今夜はあなたと一緒に寝たいわ」そう言うと、ジェインの心は勝ち誇ったように飛びはねた。

15

　リースはジェインの言葉を聞き間違えたのかと思った。だが、ジェインは一歩近づき、彼の顔に触れた。指が彼の顎を撫で、輪郭をなぞりながら上に向かって髪の中に滑り込み、ひと筋の長い髪を頬からそっと払った。その感触が彼を癒すとともに燃えあがらせた。

　リースは目を閉じてごくりと唾をのみ込んだ。彼女の優しい愛撫はまさに彼が長いあいだ焦がれていた感触だった。彼女の指がリースの肌をかすめ、髪をすくのを感じて、彼の中に固まっていた何かがほどけるのを感じた。気づいてもいなかったその何かは、固くからまり合って彼を窒息させようとしていたのだ。

「ジェイン、本気か？」今、もう一度ジェインが気を変えたら、もう耐えられない。「もし今夜一緒に寝るなら、ずっとそこにいてほしい。明日も明後日もずっと」

　ジェインの手の動きが、指の腹をそっと彼の頬に当てたまま止まった。彼の目を見つめる。彼女の瞳の緑色はまるで新芽のようだ。「ええ、あなたが望んでくれるかぎり、一緒にいるわ」

なぜそこまでぼくを信頼できないのだろうか。彼女に対する欲望を疑っている。この欲望は永遠に続くと確信しているのに。

〝永遠に。〟

その言葉が心の中に鳴り響いた。彼女にそれを頼めないだろうか。もしそう頼んで、そして……。

ジェインの指が動いて、彼の注意を引き戻した。彼女の瞳と透き通るような肌とピンク色の唇に。ジェインは手を彼の髪に差し入れ、後頭部を包んで彼を引き寄せて爪先立ちになった。美しい唇が彼の顎をかすめてさらに上に移動し、彼を味わい、いとおしみ、そして彼の唇にぴったり重なった。

リースはわれを忘れた。

いや、前から無我夢中だったが、それを今はっきり認識したのだ。自分がどこにいるかもわからないが、気にもならない。ジェインの腕の中、彼の聖域だ。自分が精気にあふれ、健全で、影や暗闇から守られている感覚……。

ジェインの舌がリースの唇の際《きわ》をおずおずとかすめるように這う。

リースはうめいた。くそっ、この優しさだけで殺されそうな気がする。死。もしかすると、それこそ不思議な感覚の正体かもしれない――真っ逆さまに落ち込んだ先が天国のような。

ああ、ジェインは天国だ。望みうるかぎりでもっとも天国に近いもの。

リースは両手を上げてジェインの顔を包んだ。ジェインが動こうとしていたわけではないが、それでも、確実にそこにいてもらうために。

ふたりの唇が愛撫し合う。ビロードの感触。熱くて湿った息が解け合う。舌が触れ合い、炎のように燃えあがる。

動いているのはふたりの唇だけ。両手さえも互いに抱き合ったまま動かず、この完全無欠なキスと競うつもりは毛頭ないようだ。

リースはずっと前にエレベーターが振動して止まったのに気づいていたが、それでもジェインを放すことができなかった。もし放したら、この瞬間が終わってしまうことを恐れ、彼女が消えてしまうことを恐れていた。

だが、ついにはジェインがキスを中断して、彼を見あげた。欲望のせいでまぶたが重そうだ。「ああ、すてき」

リースはほほえんだ。「その言葉を今夜、少なくともあと数回は聞こうと思っている」

リースは、親指をジェインのふっくらした下唇に這わせて、先ほどの小さな切り傷に触れ、それから、頬を包んでいた両手を下ろし、振り返ってエレベーターを開けた。

腕を後ろに伸ばしてジェインの手を取り、華奢な細い指に自分の指をからませる。アパートに入り、廊下づたいにそのままリースの部屋に向かった。

彼の寝室の前で立ちどまり、ジェインを振り返る。「本当にいいのか?」もう一度尋ねる必要があった。なぜなら、もしそれでもイエスと言ったら、もう絶対にどこにも行かせないつもりだったからだ。

ジェインははっきりとうなずいた。前に見られたような確信のない肯定ではない。

リースの胸は安堵感でいっぱいになった。扉を開けて、ジェインが入るのを待つ。

ジェインは部屋に入ると、リースに背中を向けたまま立ち尽くした。まるで、次にどうしたらいいかわからないようだ。

リースは背後に寄って、ウエストに腕をまわした。だが、ぶ厚いコートのせいでウエストがどこかわからない。

「これを脱ごう」つぶやきながら、ジッパーを引っぱった。コートの前が開いたので、リースはそのふかふかした鎧《よろい》をジェインの肩からはがし、部屋の隅にある椅子に投げかけた。自分のジャケットも脱いで同じ椅子に放り投げた。

両腕をウエストに戻してわかったことは、ジェインがコートの下に同じようにかさばるセーターを着ていて、まだ曲線が隠されていたことだ。両手を重たいセーターの下に滑り込ませると、ようやく彼女のぬくもりが感じられた。といっても、セーターの下に着た薄い綿のシャツ越しではあったが。

「ストリップポーカーをやっていなくてよかった」そうつぶやきながら、前かがみになって首筋に鼻をこすりつけた。

ジェインが頭を少しかしげて、彼が顔を押しつけやすいようにした。

「なぜ?」戸惑ったような声に荒い息遣いが混じる。彼が顎の下の絹のような肌にキスをしたせいだ。

「すべての服を取り去るまでに何時間もかかってしまいそうだから」セーターの下でシャツをたぐり寄せる。

「まあ、ほんとね」首筋にキスをすると、ジェインはまた荒く息をついた。「ストリップポーカーはなし」

リースはほほえみながらジェインの肌の芳しい香りを吸い込んだ。温かくて花のようだ。セーターの下に入れた両手で彼女の腹部を撫で、指で綿布をなめらかに平らにした。だが、その下の肌がもっとなめらかであるのをリースは知っている。まろやかな胸の下で手を止めた。

「このセーターも脱ぐ?」

「ええ」ジェインの声が欲望のせいか震えている。

リースはジェインの脇腹にそっと両手を這わせて肋骨の繊細な盛りあがりを撫でた。脇の下までくると、ジェインが身をよじらせて軽い笑い声をたてた。それでも、ジェインがすぐに両手を上げたので、リースはセーターをはいで頭から抜き去った。その服もふたりのコートに追加された。

両手をウエストに戻し、ジェインを自分のほうに向かせた。彼を見あげる瞳が欲望と期待に満ちている。

リースはジェインをまずキスで満足させてから、身を起こして、白い綿シャツの小さなボタンをはずし始めた。時間がかかる分、期待がさらに高まる。ボタンをひとつはずすたびに、彼女のミルクのように真っ白な肌があらわになっていく。

ようやく全部のボタンがはずれて、胸を覆っている木もれ日のような薄い黄色のレースが姿を現した。

胸を包む指が震える。まるで太陽の光のようだ。彼の両手を温める金色の暖かい輝き。ジェインがまた荒々しいあえぎ声をもらした。彼の両手に自分を押しつけて、彼の望むものを進んで与えようとしている。

親指で彼女の乳首をさすった。すぐに反応して硬くなり、彼の指を突く。

胸をまさぐる一方で、口は彼女の首筋を探索し、キスの雨を降らしながら胸まで下りて、片方の胸の先端に到達した。薄い陽光のようなレースをぎゅっと押しあげる。

玉のようになった乳首を口に含んで吸った。彼女のぬくもりと、リースの唇に反応した震えをのみほす。

ジェインの両手の指が彼の肩にくい込んだ。まるで、倒れるのを止めているかのようだ。

リースの口が狭い谷間を渡り、もう片方の乳房に移動した。絹のような肌を優しく噛むと、彼女の両手の指が彼の髪にからんでさらに引き寄せた。もっと欲しいと懇願するように。

リースはそれに応えた。もう一方の乳首を唇でくわえ、歯をそっとこすりつけた。ジェインがあえいだ。「リース」そっとささやく。彼の名前を呼ぶことで哀願し要求している。

リースは頭を上げて、彼女の情熱にかすんだ瞳を見おろし、自分も同じようになっているだろうと思った。彼女の肌全体に自分の肌を密着させたかった。触れ合い、互いに味わいたかった。

彼女の肩にかかったシャツを押しやり、上半身をあらわにする。残っているのは胸をおおう陽光のようなレースだけだ。

それから両手で彼女のパンツのボタンをまさぐった。指が熱い腹部をかすめボタンをはずす。

彼女の前に膝をつき、パンツのウエスト部分を持って、いっきにくるぶしまで下ろす。ジェインが彼の肩に両手をついてバランスを取りながら、靴を脱ぎ、足を抜いた。

顔を上げると、ちょうど目の高さに三角形のレースがあった。胸を覆うレースと同じレモン色だ。ここにも太陽の光が差しているようだ。

前かがみになって臍《へそ》のすぐ下にキスをした。

ジェインは、リースの肩の筋肉にさらに強く指をくい込ませた。欲望のあまり、脚ががくがくする。

彼の唇が燃えるように感じられた。湿った息がお腹に当たる。舌がパンティの端をなめる。ざらざらした濡れた舌がゆっくりと押しつけられる。

ジェインははっと息をのみ、彼をつかむ指の力を強めた。

彼がジェインの肌に向かってふっと笑った。「これが好き?」

「ああ、ええ」無理やり声を出した。彼の舌がまた彼女を味わう。今度はパンティと太腿が合わさっているところを。

残念なことに、彼はなめていたところにそっとキスをして立ちあがった。「きみのすべてを味わいたい。こんなふうに部屋の真ん中に立ってではなく、ベッドに横たわったきみを。ぼくの下で」

ジェインはごくりと唾をのみ込んだ。彼の下。この硬い引きしまった体の下。まさにジェインがいたい場所。

そのとき、自分がほとんど裸なのに、彼がまだ服を全部着ていることに気づき、ジェインは眉をひそめた。

「きみの肌はなんてなめらかなんだ」リースがそうつぶやいてジェインを引き寄せ、両手で背中を撫でた。

「あなたの肌は全部覆われているというのに」文句を言う。

リースは身を引き、ジェインを見おろしてにっこりした。「たしかにそうだ」そう言いながら一歩下がる。「それを正したいかな?」

ジェインはうなずいた。彼に触れたくて仕方がないのに、彼のセーターの裾を持つ指が激しく震える。それでも、なんとか、そのやわらかい布地を押しあげて、少しずつ平らな腹と筋肉の張った胸をむき出しにしていった。

平らな乳首と、薄く毛に覆われた胸の上までセーターを上げると、そのあとはリースがやってくれた。

彼がセーターを頭から脱いで椅子に放るあいだ、ジェインは、彼の上半身と腕の筋肉が波打つように盛りあがるさまを魅せられたように見守った。

彼を見つめ、ただの人間がこれほど美しいことに改めて驚異を覚えた。そして、さらに驚くのは、その男性的な美しさのすべてがジェインのものだということだ。

ゆっくりと、ジェインは彼のほうに手を伸ばした。ズボンのボタンを取ろうとしたが、彼の熱いお腹に指の関節が触れただけでびくっと手を止めた。もう一度試みる。指が自分のものでないようにぎこちなく感じられ、ジェインは浅くあえぎながら、薄い毛に覆われた硬い腹部に指を滑らせた。

ついには、彼がジェインの不器用な手を取り、口に持っていって、彼のお腹に触れたせいでまだ燃えるように熱く感じる指に唇を押しあてた。

「なぜそんなにびくびくしているのかな?」低い声で尋ねる。

ジェインは深く息を吸い込み、彼と目を合わせた。「あなたは自分がどれほど完璧かわかってないのよ。ものすごく緊張させられるわ」

リースは眉を上げ、唇の端を笑うようにかすかに曲げて、いかにも疑わしげな表情を浮かべた。

「緊張させられる? ぼくに?」

「ええ」ジェインは答えながら、自分がどれほど美しいか、リースがまったくわかっていない様子に驚きを感じた。「鏡を見たことはないの?」

リースは顔をしかめた。完璧な顔に皺が刻まれる。「いや、ないな……」皺がさらに深くなり、目の表情が、冷たくて遠くを見るようなものに変わった。ジェインはふいに質問しなければよかったと感じた。とはいえ、この質問によって彼の表情がこんなによそよそしくなった理由はまったくわからなかった。おそらく、自分はセクシーだという事実に思い当たり、平凡なわたしと一緒にいようと決めたことに疑問を抱いたのかもしれない。

リースが目をしばたたき、視線をジェインに戻した。「鏡は嫌いなんだ」

その返事は予期していなかった。いつもよりもさらに低くしわがれた声の調子から、鏡のことを話題にするだけでも苛立ちを覚えるらしい。なんと不思議な反応だろう。

だが、その反応についてそれ以上考える間はなかった。彼のがっしりした固い胸に引き寄せられて、唇を奪われたからだ。

エレベーターの中でのキスと違って――あるいは公園のキスとも違って――今回のキスは荒々しく、ほとんど攻撃的とも言えるものだったが、そそられることに変わりなかった。ある意味では、前よりもっとそそられた。このキスは彼女を要求し、独占するキスだ。そして、ジェインはそのことを全身で感じた。

両手を彼の胸に滑らせて、彼の肌と髪の感触を味わった。指の下で彼の筋肉が動く――力強く、生き生きと。

彼の歯がジェインの下唇をかすめ、彼の舌が彼女の口の内側を味わう。

ジェインはうめき、口をさらに開けて彼を迎え入れた。舌でリースの舌に触れて、口への侵略を続けるように励ます。

リースはキスを続けながら、ジェインを腕に抱きあげてベッドに運んだ。

唇を離し、ジェインをベッドの中央に横たえる。立ちはだかり、彼女を見つめる彼の瞳は、くすぶる石炭のように欲望を秘めている。

「きみがぼくを完璧と呼ぶとはね」彼がつぶやきながら、手を伸ばし、指の背でジェインのふくらはぎを撫でた。

「透き通った完璧な肌と太陽の光。ぼくの望みはただひとつだ。きみの光の中に自分を埋めたい」

ジェインはリースを見つめた。熱い瞳に見つめられ、渇望にかすれた声でささやかれると、心臓が激しく打って飛び出しそうだった。

彼がボタンをはずしてズボンの前を開け、細身の腰を滑らせて脱ぐのを見守った。

完全に裸になった彼が前に立つと、目を見開かずにはいられなかった。すでに愛し合ってはいたけれど、彼の堂々たる姿を真っ正面で見たのは初めてだ。そして彼は、輝くように美しかった。

全身に筋肉が盛りあがり、肌が金色に輝いて、まるでミケランジェロのダビデに金箔を被《き》せたように見える。胸にうっすら生える毛は徐々に細くなって臍の下でいったんは筋になり、それから広がって燃えるような金色の毛で股間を覆っている。

ジェインはじっと彼のペニスを見つめた。長く太く、激しく勃起して平らな下腹に沿ってそそり立っている。

あらまあ。ジェインは息を吸った。ダビデよりすごいかも。

畏敬の思いに圧倒され、さまざまな誉め言葉が頭の中を駆けめぐったにもかかわらず、ジェインの口から最初に発せられた言葉は次のものだった。「下着を穿いていないのね」

彼はにやりとした。「そうだな。そのせいで、今度はきみのほうがたくさん着すぎという事態に陥った。それを正すことにしようか」

彼もベッドに乗り、ジェインのほうを向いて座った。両手を伸ばしてジェインの肩を撫でる。心地よくて、しかもそそられるような絶妙な触り方だ。肩から腕を撫でおろし、最後に手首をつかんでジェインを引っぱり起こし、抱き寄せた。

耳たぶの下の感じやすい場所にキスをしながら、指を背中にまわして、ブラジャーの留め金をはずした。

首筋の肌に舌をらせん状に這わせながら、両手でいまや覆うもののなくなった乳房を見つけて、乳首をいじり、ぎゅっとつまむ。

彼の指と口から電気が放たれたかのように、興奮がうねりながらジェインの体を駆け抜け、腹部を通り抜けて股間を直撃した。

彼の腕にぐったりもたれ、血が血管をどくどく流れる感覚に身をまかせる。あえいでいるうちに、喉元の肌を彼が歯で優しく触れるのを感じた。

また激しい衝撃とともに青い光線に貫かれ、頭をまっすぐ保つことができず、後ろに倒した。リースに圧倒され、彼の両手に、歯に、唇によって、体の内側に激しい興奮がわき起こった。

彼がジェインをそっと押し倒してのしかかった。彼のどっしりした重みでマットレスに押しつけられる。彼の口がジェインの首筋から唇に向かって這い、そのあいだも両手はジェインの胸を優しく愛撫した。

両手を彼の背中にまわし、ほてった肌を撫でた。彼の唇がジェインの口を離れて胸に移り、硬くなった乳首をとらえる。脈打つ部分を口に含み、深く吸った。

ジェインはまたあえいだ。荒い息ともうめき声ともつかない、苦痛と恍惚の入りまじったような声がもれる。

彼がもう一方の胸を唇で愛撫しながら、片手でジェインの体を撫でおろした。周囲の空気が静電気を帯びてぱちぱち鳴っているかのように感じる。

ジェインは両目を閉じて自制心を保とうとした。電流の中心はまだ触れられてもいないのに、もうどうにかなってしまいそう。

「リース」ジェインは言った。せっぱ詰まって声がかすれる。「もう我慢できないわ。お願い」

彼がジェインの胸から顔を上げた。一途な視線でジェインを見つめ、飢えたような笑い声をもらす。「もうすぐだ、ジェイン。だが、きみをたっぷり味わってからだ。あまりにもきみが欲しくて、どうしても我慢できない」

彼の片手がパンティの中に滑り込み、中指でジェインの濡れそぼった襞《ひだ》に分け入った。

燃えるような瞳でジェインを見つめる。「すっかり熱くなっている」

ジェインはうめき声をもらし、唇を噛んだ。

「そして濡れている」

「ええ」一瞬、禁欲すべきだったのにという思いが頭をよぎったが、その思いも、彼の指全体が滑り込んできたとたんに、たぎるような欲望の波によって押し流された。彼の親指が彼女のセックスの先端の核心をとらえる。

ジェインは身もだえした。ああ、大変、もう死んでしまいそう。

「中に入れてほしいかい？」

ジェインは何度もうなずいた。

彼の指がさらに深く沈められ、親指の撫でる圧力も強まった。「イッていいよ」

ジェインはなすすべもなく、とぎれとぎれに叫び声をあげた。

彼の中指が何度も出し入れされ、親指が円を描くように撫でては圧迫する。粉々に壊れそうだった。そしてついに、この絶え間ない責め苦によって絶対に死んでしまうと確信した瞬間――彼の唇が乳首に戻ってきた。

彼の固い歯が乳首をとらえて強く噛むのを感じた。痛みと紙一重の感覚に襲われた。それから突然、その痛みにも似た感覚が気も遠くなるほどの開放感に変わって、ジェインの体をオーガズムが貫いて千々に切り裂き、快感の波が何度も押し寄せて、激しくジェインをとらえたのだった。

16

リースはジェインの胸から口を離し、唇をなめた。ジェインが浅く激しくあえぎ、強い絶頂の余韻にまだ全身を引きつらせている姿を見つめる。

もう一度唇をなめて、唇に残るジェインの絶頂感を味わった。温かく甘い味が口の中に広がる。その味わいだけで、すでにぎりぎりまで押しやられている――こらえているのは、どうしても彼女の中で達したいからだ。

〝なぜ彼女の絶頂の味がわかるんだ?〟心の奥で問いかける声がした。ぼんやりとした疑念がかすかにうごめく。なぜジェインの欲望を味覚として特定できるのか。

リースにはわからない。気にもならない。わかっているのは、自分がジェインのエキスを飲んだのだということ――そして、それが思い描いていたとおりの味だったということ。まさに善良な味、そして、純粋そのものの味だ。

自分をどうにも止められず、リースはジェインの下着を脚元まで引きおろした。ジェインはほとんど反応を見せない。目を閉じて、ずっとあえぎ続けている。

太腿を開かせ、しっとり濡れた愛らしい場所を見つめる。そっと撫でると、指の下でそこがまた痙攣《けいれん》するのが感じられた。

ジェインがはっと息をのんでリースを見あげた。欲望のせいでまぶたが下がり、鮮やかな緑色の瞳に黒いまつげがかぶさっている。

「まだぼくを受け入れられるか?」尋ねながら、ノーという答えが返ってこないことを祈った。

ジェインはわなわな震えながらもほほえんだ。「ええ、お願い」

位置を合わせ、彼女の中にゆっくりと埋めていく。そのとたんに彼女の熱にのみ込まれた。内側の筋肉が彼を抱きしめ、受け入れ、歓待する。

リースはジェインにキスをした。彼女の中で動き始め、甘いうめきとあえぎを口で受けとめた。彼女が彼にしがみついて一緒に動く。そして、リースは自分が天国を見つけたことをはっきり理解したのだった。

目覚めると、ジェインはリースの胸にもたれ、彼の両腕に抱きしめられていた。きっと、愛の行為に消耗しきって、ふたりともそのまま眠り込んでしまったのだろう。

彼の胸から下りて、身を伸ばした。手足が重すぎると筋肉が文句を言っている。

リースを見つめた。いつものように――死んだようにぐっすりと――眠っている。美しい黒髪が枕に落ちている。黒いまつげは長くて、閉じたまぶたの下できれいにカールしている。眠っているとまるで天使のようだ――この世のものでないことは明らか。地上に降りてきた大天使。ジェインはひとりでほほえんだ。これは絶対に夢だわ。こんなにすばらしいもの――人がこの世に存在するなんて知らなかった。愛し合うことが気持ちよくて楽しいことであってほしいと漠然と願ってはいても、現実にこんなことが起こるとは思ってもみなかった。

リースと愛し合うのが楽しいことはたしか、でも気持ちいい？　いいえ、もっとすごくて、息ができないほどで、言葉にできないほどエロチックで、そして……。

ジェインはまた伸びをした。筋肉が悲鳴をあげる。そして、とても大変なことだわ。

さらに少し彼の美しさを楽しんでから、寝返りを打ってベッドを滑りおりた。ふたりの服がかかっている椅子まで歩いていき、リースのセーターをつかむ。頭からそれをかぶり、バスルームに入った。

疲労しきった体は、もう一度ベッドにもぐり込み、リースに寄りそって横になれと指示を出していたが、生理的欲求は無視できない。

バスルームは真っ暗で少し寒かった。パチンと電気をつけて見まわす。冷たい空気に異変はない――ただのすきま風、ただ気温が低いだけ。前の二晩に感じた気味の悪いぞっとするような気配はまったくない。

トイレをすませてから、洗面台に行って手を洗った。両手で石鹸を使いながら、ふと眉をひそめた。このバスルームはやはり奇妙な感じがする。ぞっとするとか、気味が悪いというのではないが、何か違う。なんのせいだろうと思いながら、あたりを見まわした。

鏡がない。突然思いあたった。鏡がないバスルーム？ さっきリースが言った言葉を思い出した。

〝鏡は嫌いなんだ。〟

なぜだろう？ 鏡をのぞいても、身体的な完璧さが見えるだけのはずだ。

それとも、鏡を見たときに別なものが見えるのだろうか。たぶん、身体の傷ではないもの――心の奥底に抑圧しているものが見えるのだ。彼の奇妙な記憶喪失の原因となっているものが。

ジェインはぶるっと身を震わせ、水の蛇口を閉めた。知ったかぶりで精神分析するとは、電話だけで診断するやぶ医者と変わらない。リースに必要なのは専門家の助力だ。それも、可能なかぎり優秀な医者。

ゆっくり寝室に戻った。リースの寝ている位置は変わっていない。ジェインが起きても、まったく目を覚まさなかったようだ。こっそり近づいて、彼の絹のような髪をひと房、そっと持ちあげる。指から髪が滑り落ちて白い枕に広がった。愛が消えるのを象徴しているようだ。とにかく、彼が助けを得られるようにしなければならない。たとえ、それによって彼を失う結果となろうとも。それがわかっていても、ジェインの一部はこのままでいたいと訴えていた。彼の優しい言葉がうれしかった。将来をともにしようという約束がうれしかった。だが、正しいことをするべきなのだ。

ため息をつき、ベッドから下りて、床に落ちているはずのパンティを捜した。ベッドの脚元の固まりがそうだった。身につけながら、サイドテーブルの上の時計を見た。午後三時五十八分。リースとセバスチャンと一緒に暮らすようになってから、昼間中眠り続けている。驚くほどすぐに、きょうだいの生活リズムになじんでしまった。

それでも、医者を探す時間はまだあるだろう。専門家で、できれば、リースの記憶喪失についてはっきりした診断をくだせる医者がいい。

振り返ってリースを見つめて、またため息をついた。正しいことをしなければならない。ぶ厚いパイル地のバスローブを着ると、キッチンに向かった。朝食——いや、むしろ夕食か——を作って、電話帳を探そう。

カップに水を入れ、温めるために真新しい電子レンジに入れた。まるで、それまで一回も使ったことがないように見える。パンを二枚、これもまったく使った様子のないトースターに入れた。そして、トーストが焼けて紅茶が入ると、キッチンに電話帳がないかと探し始めた。戸棚がほとんど空だったせいで、電話帳を見つけるのは簡単だった。

トーストと紅茶とコードレス電話を持って食堂に行き、イエローページを開く。

記憶喪失の専門家を見つけるには、どうしたらいいのかしら。とりあえず〝い〟のページを開けて、医師の項目を眺めた。リースに必要なのは神経科医だろうか。それとも、一般の開業医に予約をとり、総合的に検査をしてもらってアドバイスを得たほうがいいのだろうか。でも、事前に精神科医に話して、リースが身体的にまったく悪いところがないことを伝えるべきだろう。身体的に問題がないのは明らかだ。

トーストを食べながら、黄色い紙に黒く印刷された名前を検討していった。この医者たちを判断する情報は名前だけ。どうやってひとりを選べばいいのだろう。

ため息をつくと、その数ページをもう一度眺めてから、ひとつの名前を選んだ。サブリナ・ハリソン医学博士。自分と同じ名字だという以外に理由はない。

受話器を取って番号を押し始めたとき、セバスチャンが部屋に入ってきた。

「やあ、何しているの?」セバスチャンはあくびをしながら、片手で自分の裸の胸を撫でた。

「ええと……」セバスチャンに話すべきかどうかわからなかった。

勝手に行動を起こそうとすることで、セバスチャンに不快感を与えたくない。でも、リースのためには何かせずにはいられない。

「リースの記憶喪失が選択性であることに気づいてた?」

セバスチャンは椅子を引いてジェインの前に座りながら眉をひそめた。「そうかな?」

「十九世紀の子爵だったら驚くようなことでも、まったく気にしていないことに気づかなかった？　電気とか、水道をひねれば水が出てくることとか、そういう種類のこと」

セバスチャンはジェインの言ったことを少し考えているようだった。「たしかにそう言われてみれば、兄貴はそういうものに驚かないな」

「それに」ジェインはためらった。「昨晩、ふたりで街に散歩に出かけたの。何を見ても平然としてたわ」

セバスチャンのくつろいだ姿勢が急にこわばった。「出かけてはいけなかったのに」

一瞬罪の意識がもたげかけたが、憤りによって抑えつけられた。「わかってるわ。なんとか阻止しようとしたけれど、リースの決意が固すぎたの。それに、彼はまったく問題なかった。さっきも言ったように平然としてたわ」

「でも、自分が何かということは、まだ思い出していないんだよね？」

ジェインはセバスチャンを見つめた。「自分が〝何〟？」

セバスチャンはじれったそうに手を振った。「何。だれ。ぼくの言いたいのは、自分が子爵じゃないことに気づいていないかどうかということだ」

ジェインは首を振ったが、セバスチャンの使った言葉にまだ戸惑っていた。「いいえ、昨日の晩の時点では、まだ自分が子爵だと思ってたわ」

「それで、歩いていて、何かおかしいことに気づかなかった？」

ジェインは眉をひそめた。「あなたのお兄さまが、ニューヨークをロンドンだと思っている以外にもっていう意味？」

「たしかにそうだな。でも、ほかにたとえば、だれか変な人につけられたとか？　兄貴以外に」

ジェインは首を振ろうとして動きを止めた。「ああ、でも、あれは……、いいえ、なんでもないわ」

セバスチャンが身を乗り出した。真剣な面持ちになっている。「なんだ？」

「ひとり男の人がいただけ」ジェインは小さく笑い声をたてた。「なんでもないわ。ただ奇妙な感じだっただけよ。怖いとかそういうのは何もなかった」

「本当に？」

ジェインはうなずいた。だれがあとをつけるというのか。見張られてる？　リースが忘れようとしていることに関係のあること？　あるいは、ジェイン自身も忘れていることに関係があるのだろうか。不安感で肌がうずくように感じた。

セバスチャンのほうはどさっと椅子の背にもたれ、ほっとした表情を見せた。

「何か知っておくべきことがあるのかしら？」ジェインは尋ねながら、もう一度彼の反応を観察した。

「いいや」セバスチャンはまた背筋を伸ばした。「いや、兄貴ときみが街に出るのはあまりいい考えじゃないと思っただけだ。きみはここに来たばかりだし、今のリースはあまり信頼がおけないからね。治安のよくない場所とかにさまよい込んでは困る」

たしかにセバスチャンが心配するのはもっともだ。だが、リースは道をよく知っているようだった。それも、彼の記憶喪失の奇妙な症状のひとつだ。

「あなたは、リースの記憶が戻っていなくてほっとしているみたいね」リースに自分が違う人間だと信じ続けてほしい理由があるのだろうか。

「とんでもない」セバスチャンがすぐに否定した。「いや、そういうんじゃないんだ。ただ、ぼくは——リースが街なかで、すべてを一度に思い出してしまっては困ると思ってさ。驚くだろうし、混乱するだろうし。むしろ——」ため息をついた。少し動揺しているように見える。「ここでぼくと一緒にいるときのほうがいいと思ってね。ぼくが助けられるだろう?」

ジェインは納得できずにしばらくセバスチャンを見つめていたが、彼の言葉を信じることにした。なんといっても、彼はリースの弟だ。そばにいたいと願う権利がある。

「リースを助けたいと思うのはよくわかるわ」ジェインは手を伸ばして彼の手を軽く叩いた。「わたしもそうよ。だからこそ、こうしてお医者さまを呼ばなきゃと思ったの」ジェインは電話帳を指さした。「もちろん、わかっているけれど、あなたがたの家庭医が——」

「ノー!」セバスチャンがきっぱり言って、さっと受話器を奪い取った。「ノー」ジェインのびっくりした表情を見て、少し落ち着いた声で繰り返す。「ドクター……ノー……は有名な医者なんだ。リースにとってこれ以上ふさわしい医者はいない」

「ドクター・ノー?」

「ああ、アジア系だ」

ジェインはセバスチャンが真面目に言っているのかどうか見極めようと顔を近づけた。彼の瞳は真剣そうで、引きしめた口元からも断固とした決意がうかがわれる。

ジェインはため息をついた。「あなたが、自分が信頼できるお医者さまに頼みたいと思うのはよく理解できるわ。でも、その方はまだリースを診察に来てくれていないでしょう。専門家なら飛んでくるべきじゃないかしら」

「そうなんだけど、すごく忙しい人なんだ。なんといっても有名な医者だからね。でも、もう一度電話してみるよ」セバスチャンは立ちあがって、きっぱりした様子で電話を振ってみせた。「今すぐ」

そう言うなりキッチンのほうに歩き出し、戸口で決意を示すようにもう一度受話器を振ってみせてから、後ろ手に扉を閉めた。

ジェインは扉を眺めていたが、それから朝食に戻ってトーストをひと口かじった。セバスチャンはちゃんとやってくれるだろう。彼ほどなんでも答えられる人はいない。とても奇妙な答えが多いけれど。

トーストを食べ終わり、紅茶をひと口すすったとき、リースが部屋に入ってきた。ジェインを見たとたんに、眉間の皺が広がった。まるでジェインがいないことを恐れていたかのようだ。

おばかさん。

「おはよう」ジェインはほほえみかけた。

ほほえみ返されて、リースのあまりにも美しい容姿にジェインは改めて感銘を受けた。心臓が激しく高鳴る。

「起きたときに隣にきみがいなくてがっかりしたよ」そう言いながら、ジェインの向かいに座った。「計画があったのに」

「そうなの？」

リースはうなずき、笑みを深めた。「きみの全部を味わう約束をしたが、何カ所か抜かしたところがある」

ジェインは少しゆがめた唇のあまりのセクシーさに思わず見とれ、視線を上げて瞳を見つめた。きらきら輝いているのは欲望のせい、それから多少おもしろがってもいるらしい。

ああ、自分がわたしにどんな影響を与えるか、彼ははっきりわかっているのだ。その巧みな唇に触れられた場所すべてが今も粟立っているような感じがする。

「悪い人ね」そう言いながらも、彼の唇を見つめて、今この瞬間にジェインのどこを味わいたいと考えているのか思いめぐらさずにはいられない。

「うーむ、たしかに」彼の同意する声が低くやわらかく響いた。

ジェインは椅子の中で身動きした。座り直し脚を組む。

「それで、きみは何をしているの?」リースがテーブル越しに手を伸ばしてぶ厚い電話帳を引き寄せた。急いで奪い返してページを閉じたが間に合わず、リースはすでに縦に並んだ名前に視線を走らせていた。

「医師?」リースが眉をひそめてジェインを見あげた。「具合が悪いのか?」

「いいえ」答えたが、それ以上何か説明する前にセバスチャンが大声でしゃべりながら部屋に入ってきた。「ドクター・ノーに連絡がついた。今晩来てくれるそうだ」

リースは弟を見て、それからジェインに視線を向けた。ふたりのぎょっとした表情から推察して、医者の来訪はリースに言わないでおくはずのことだったようだ。

「どうなっているんだ?」

ジェインもセバスチャンも一瞬何も言わなかった。それから、同時にしゃべり出した。

「それはつまり――」

「わたしは――」

顔を見合わせて、またふたりとも黙り込む。

「ジェイン」リースは手を伸ばしてジェインの手を握った。指が冷たくなっている。「きみが医者に診てもらうのか？」

ジェインはリースと視線を合わせ、ゆっくりと首を振った。「いえ――」

「そうなんだ」セバスチャンがふいに口をはさんだ。「つまり……つまり、ジェインが妊娠しているかもしれないと兄貴が言ったから、医者の診察を受けたいとジェインが思ったわけだ。万が一のために」

「それなら、なぜぼくに相談しなかったんだ？」リースはジェインに尋ねた。嫉妬に胸が締めつけられる。なぜジェインはセバスチャンのところに行ったんだ？

ジェインが何か言おうとしたが、声を出す間もなくセバスチャンがさえぎった。

「兄貴を心配させたくなかったんだよ」

リースは顔をしかめて弟を見た。セバスチャンの振る舞いはどうも奇妙だ。動揺しているし、どうもうさんくさい。

何かがおかしい。

「ジェイン、失礼して弟と少し話したいんだが、かまわないかな？」

ジェインは目を細めてセバスチャンを見やってから立ちあがった。「ええ、もちろんよ」

リースはジェインの指を一度優しく握りしめ、彼女が出ていくのを見送った。扉が閉まるのを待ってセバスチャンに向き合う。

「いったいどうなっているんだ？」

セバスチャンは知恵を絞った。なんとか辻褄の合った話をでっちあげなければ――今すぐに。うまい嘘を考えつかなければならないが、それよりもまず頭に浮かんだのは、ジェインがリースに真実を話すだろうということだ。それをなんとかくい止めなければ。その〝医師〟が自分のためだとリースが知る必要はない。セバスチャンは、リースが、過去二百年間ずっと治療が必要だったことを思い出す可能性を危惧していた。

「どうって何が？」オーケー、時間稼ぎをするしかない。少しぐらいの言い逃れは許されるだろう。

「ジェインはなぜ、医師を見つけるのをおまえに頼んだんだ？」

「だから、さっき言った理由だよ。ジェインは兄貴を心配させたくなかったんだ」

「ぼくが心配しなければならないようなことがあるのか？」

セバスチャンはしばしためらった。「ジェインは……ええっと、子どもを産めないいんじゃないかと心配している」

リースはセバスチャンを見つめた。「なぜだ？」

「家系だよ」

「子どものできない家系なのか？」

セバスチャンはうなずいた。「彼女のははお……いや、お姉さんが不妊症なんだ」

「ジェインに姉はいない」

しまった。「ああ、じゃあ、たぶん、お母さんのお姉さんと言ったんだろう。そう、絶対そうだ」

リースは疑わしそうに、まじまじとセバスチャンを見た。「医師に何を相談するつもりなんだ？　妊娠したかどうか確認するには早すぎるだろう」

「確認して安心したかっただけだと思うな。ほら、産めるかどうか――兄貴の子どもを」

セバスチャンは天を仰ぎたくなる自分を抑えた。なんでぼくはこんなことを一生懸命やっているんだ？

リースはセバスチャンの言葉をしばし考えた。「もしそれでジェインの気持ちが楽になるのなら、特にまずいことはないだろう」

セバスチャンは話が受け入れられた様子にほっとしてうなずいた。だが、弱った。このたわ言も、よくもって二、三日だろう。嘘がばれてリースが記憶を取り戻してしまったら、リースは愚かにも、自分がジェインを必要としていることに気づかないだろう。ジェインとなら幸せになれることも、そのために必要なのはリース自身の気の持ちようだけだということも気づかないままだろう。セバスチャンは一連のばかばかしい辻褄合わせをでっちあげるのにうんざりしていた。もっとほかにやりたいことはたくさんあって、それでなくても忙しいというのに。

「ジェインがすでに妊娠している可能性の話だが……」

セバスチャンはそのあとに何が来るか察知して、うめき声をこらえた。

「特別許可は手配してくれたか？」

「ああ、今準備中だ」

リースがうなずいた。「許可が下りしだい、司祭に来てもらって式を挙げてもらうように頼んでくれ」

「もちろん、すぐやるよ」まずは、ドクター・ノーのふりをしてくれる人物を探し出して、それからすぐに。ほんとに、なんでこんなことをやっているんだろう？

リースの顔が、ようやく疑わしげな表情から心からの笑顔に変わった。「よかった。では、失礼してぼくは婚約者のところへ行くよ」

「どうぞどうぞ」セバスチャンは返事をして、兄が出ていった扉に向かってにやりとした。記憶が戻ったあかつきには、リースも弟の健闘を評価してくれるだろう。兄貴の性生活のために、架空の医者を創造し、〝特別許可〟を実現させる弟なんてそういるものじゃない。

セバスチャンはため息をついた。ディケンズが『クリスマスキャロル』でいみじくも書いたように、ぼくは親切なゆえの殉教者になっている。

ジェインは自分の部屋を歩きまわりながら、セバスチャンがリースに何を話しているか考えた。といっても、想像をめぐらすしかない。いったい全体、セバスチャンはなぜリースに医者はジェインのためだと言ったのだろう。医者が到着すれば、自分の診察に来たことはすぐリースに知れるだろうに。

ジェインは、正気を失っているのが、ヤングきょうだいのどちらのほうなのかわからなくなった。ため息をつく。どんなやり方にしろ、リースが専門家の助けを得られるのならそれでいいけれど。

ふたたび、ジェインの決意が鈍った。リースには記憶を取り戻してもらいたい。そして、心から望んでいるのは、そのあとも彼が自分を望んでくれること。ジェインがこの状況を利用した情けなくてつまらない女だと、リースが思わないこと。

「きみはぼくのところに来るべきだった」背後でリースの声がした。

はっとして振り返る。彼は戸口に立っていた。厳しい雰囲気を漂わせている。

「わたし……」なんと言ったらいいかしら。セバスチャンは彼に何を話したのだろう。

リースは扉を閉めると、大股で歩いてきてジェインの真ん前に立った。「きみの夫になるのはぼくだ、セバスチャンじゃない。きみの心配はぼくの心配だ。きみの問題はぼくの問題だ。なんでも一緒に解決していける」

ジェインはリースを見つめた。彼の琥珀色の瞳にとらわれたように感じて、胸がどきどきと高鳴った。彼の言ったことのほとんどは理解できない。それでも、彼の言葉ににじんだぼくがきみを守るという決意が心からうれしかった。ジェインの人生に何があろうと、彼が一緒にいてくれるという思いがいとおしかった。

「もうセバスチャンのところには行ったりしないでくれ」

「ええ」行かない。そもそも行ってなどいない。ジェインは目をしばたたいた。やっぱり、あまりにも事態は混乱している。

「ぼくのところにだけ来るんだよ」

ジェインはうなずいた。

リースがジェインにキスをした。彼の唇の押しあて方は、言葉と同じくらい所有欲に駆られたものだった。ジェインはそれに従い、その強引さを愛し、支配される感覚に焦がれた。

リースが唇を離した。彼の胸が欲望のせいで激しく上下している。「そして、ぼくのためだけにいってくれ」

熱に浮かされたような状態で、ジェインがその言葉が何を意味するのかよくわからないでいると、リースは彼女のバスローブの合わせに片手を滑り込ませて、じかに乳房を包み込んだ。手のひらが少しざらざらして燃えるように熱く感じた。

はっとあえいだ声が、歯のすきまからもれる。

彼が前かがみになると、暖かいそよ風のように息がジェインの肌にかかり、髪をそよがせた。「言ってくれ、ジェイン。きみをこんなふうに触った者はほかにいないと。きみの中に深く埋めたときの感じを知る者はほかにいないと」

ジェインの息は喉に引っかかり、心臓が外に飛び出してしまいそうなほど激しく打った。彼の要求に体が震え、欲望が高まる。

「いないわ、だれも」あえぐようにささやくと、顔を向けて彼の唇をとらえた。飢えるような激しい気持ちをこめて唇を押しつける。

リースの片手に胸を包まれたまま、もう一方の手で背中を撫でられ、強く引き寄せられた。ジェインは両手を彼の髪に差し入れ、ふたりの体を密着させた。ふたりの肉体が、ふたりの唇が、互いのすべてを要求する。そのすべては、おそらく地上に戻ったとたんに与えられなくなるものだ。現実に戻ったとたんに。

でも、今この瞬間、そんなことはどうでもよかった。

ずいぶんたってリースは抱擁を解いたが、それはただ、ジェインを部屋の奥に連れていくためだった。そっと押して後ずさりさせていき、ジェインの踵がベッドに上がる踏み台に触れると、抱えあげてベッドにのせた。自分も続いてベッドに上がり、キスを続行する。むさぼるような荒々しいキス。

そして、くずおれるふたりを、やわらかいマットレスが受けとめた。

リースが唇を離し、両手でジェインのウエストのベルトをさぐって引っぱった。バスローブの前を開き、裸体をあらわにする。じっと見つめられると、彼の乱れた髪が落ちて顔の一部が隠れていても、スタンドの光に照らされて琥珀色の瞳が輝いているのを見ることができた。その瞳を見たとたんに、最初に彼に会ったときの野性的な目つきを思い出した。

あのときは怖いほどだった。今のリースも、前に愛を交わしたときとはまったく違う。前のときのリースはひたすら優しくて寛大だった。今の彼の瞳は、すべてをむさぼりたいかのようにジェインの裸体を凝視している。その視線に不安を覚えながらも、反応せずにはいられない。乳首が硬くなり、ずきずきとうずく。脚のあいだが脈打ち、濡れてくるのが自分でもわかった。彼が欲しかった。彼のものになりたかった。

ジェインの全面降伏を察知したように、リースが彼女に覆いかぶさった。唇がジェインの乳首をなめて、深く口に含む。震えるつぼみの表面に歯を当てる。

ジェインは叫び声をあげた。興奮はあまりに強く、快感と苦痛のどちらかわからないほどだったが、彼の攻撃的な愛撫に狂おしいほどそそられて、ジェインは彼の下で身をよじり、彼の髪をつかんで引き寄せた。

唇で乳首を攻めたてながら、彼は片手をジェインの腿のあいだに滑り込ませた。押し広げ、濡れそぼった場所を撫でる。その指は唇と同じように荒々しく、耐えがたいほどの快感を与えてくれた。

身もだえして彼に体を押しつけながらも、ジェインはどうしたらいいかわからなかった。

どうしたら彼を喜ばせることができるのか。

「味わわせてくれるだけでいい」彼が乳房のふくらみに向かってつぶやくのが聞こえて、それが本当に彼が言った言葉なのか、自分の興奮しきった妄想の一部なのか、ジェインはますますわからなくなった。

彼が体の位置を下にずらした。濡れた唇で熱く口づけ、小さくついばみながら下腹を這いおりていく。そしてついに、ジェインの大きく広げた脚のあいだにひざまずいた。ジェインはうめき声をもらし、脚を閉じようとした。だが、彼ががっしりつかんで、閉じさせてくれない。

「きみを見たい」彼の声は低くて、うなり声と言ってもいいほどだった。「広げてくれ、ジェイン」

彼が自分のあいだに膝をついている様子を見て、ジェインの口から荒い吐息がもれた。彼の瞳が飢えた獣《けだもの》のように光る。ジェインを、まるで獲物のように求めている。

それがわかって、ジェインの頬が熱くなり、そのほてりが胸にまで広がった。腿のあいだも同じように燃え始める。

両脚は激しく震えたが、それでも彼に求められたように、彼の広げるままにまかせた。

彼がうめき声をもらす。視線はジェインの両腿の合わさった部分、彼を渇望している部分に釘づけになっている。ジェインに触れ、両手を使って花びらを押し広げ、すべてを露出させた。

「すごくきれいだ」彼はつぶやいた。「そしてぼくのものだ。ぼくだけの」

その言葉に心をとらわれて、ジェインは目を閉じた。言葉にこめられた渇望に、そして、自分自身のこみあげるような欲望に、ただ圧倒されていた。

彼の髪が腿の内側を撫でるのを感じたが、そのくすぐったい感覚を消すかのように、彼女をなめる、燃えるようなざらざらした舌の感触が襲いかかってきた。

ジェインがもらしたあえぎ声は、舌がクリトリスを発見したときに悲鳴に変わった。硬くなったつぼみがしゃぶられ、まわりをなぞられ、ついには唇でむさぼるように吸われた。

彼の名前を叫び、彼に懇願する。何を懇願しているのか、ジェインは自分でもはっきりわからなかった。わかっていたのは、彼こそが自分の欲望をかなえてくれていることだけ。

リースは両目を閉じて、ジェインの味を飲みほした。ジェインの両手が彼の髪にからみ、腰があおるように彼の口に押しつけられる。ジェインが彼の名前を何度も叫び、頭をマットレスに当たるほど激しく振った。

リースは舌をクリトリスから離し、割れ目の中心に押し入れた。彼女の快感を、彼女のエキスによってさらに強まった欲望と興奮を心ゆくまで味わう。

ジェインを欲情の渦に巻き込み、解放へと一気に押しやりながら、リースは自分の中の激しい欲望をなんとか制御した。

彼女を味わうほうが先だ。さらに深くさらに貪欲に、あふれ出る欲望のエキスを堪能する。彼女と一体になりたかった。ふたりの存在がとけ合うのを感じたかった。身が引き裂かれるほど強い願望を、どうしても満たさなければならなかった。

もう一度、硬く小さなつぼみをなめる。ジェインが悲鳴をあげて、彼の口に腰をさらに強く押しつける。リースは自分の歯が唇に鋭く当たるのを感じた。口の位置をずらして、巻き毛にふっくらと覆われた小丘に口づける。

目を開けて、彼女を見つめた。見ることで頭がはっきりして、自制心を保てることを期待したが、まったくの逆効果だった。彼女の肌は光に照らされてクリーム色に輝き、彼の口に身を押しあてようともだえるたびに乳房が細かく揺れていた。両目は閉じられ、口はわずかに開いて、浅くあえいでいる。

リースは目を閉じた。

ああ、この女性が欲しい。自分のものにしたい。永遠に。

ジェインの鋭くつんざくような悲鳴が聞こえ、直後に、口の中で彼女が激しく痙攣するのを感じた。解き放つようにわき出した彼女の甘い芳香が口全体に広がった。彼女の絶頂に深く引き込まれ、彼もほぼ同時に達した。

ふたりのオーガズムが合わさって、ついにリースは自分でなくなり、ジェインも自分でなくなった。ふたりの熱情がひとつとなり——そして、ふたりは一体となった。

17

「ジェイン」リースの呼ぶ声が聞こえた。いつもよりさらに低く、がらがら声と言えるほどしゃがれている。

無理やり目を開けると、リースが琥珀色の瞳でジェインをじっと見つめていた。眉間を寄せて、ほとんど両方の眉がつきそうだ。

ジェインは深く息を吸い込み、いまだに全身を貫くように押し寄せる快感の波を静めようとした。

わなわなしながら、なんとかリースにほほえみかけたが、体の中心はまだ激しく痙攣《けいれん》している。いったい何が起こったのだろう。

なぜか、完全に交わったときよりももっと多くのものをリースにあげられたような気がするが、それは理屈に合わない。彼がジェインにたくさんのものをくれたのだ。彼がジェインを喜ばせてくれたのだ。

いいえ、喜ばせるという言葉では、彼がしてくれたことを充分に表現できないくらいだ。

それなのに、絶頂に達したときに、自分の魂を彼にあげたような、そんな気がした。そして同時に、彼も彼の魂をくれたような、そんな実感があった。

ジェインはまた目を閉じた。何がなんだかわからなかった。筋が通ることなど考えられない。骨の髄まで消耗しきって、全身がぐったりと重く感じられた。

リースが体を動かし、ジェインの脇に横になるのを感じたが、それでもまだ、まったく力が入らず、目が開けられない。

「大丈夫か？」彼の声は相変わらず低かったが、前に呼ばれたときのような荒々しさは消え、心配そうな声になっていた。

なんとか頭を動かして声のほうに向き、目を開けて彼にかすかにほほえみかけた。「ええ。とても疲れきっていて――とても満足しているの。動くこともできないくらい」

その誉め言葉もリースを安心させるには足りなかったらしい。手を伸ばしてジェインの頬に触れた。彼の指がかすかなささやき声のように肌をかすめる。

「肌がすごく冷たくなっている」

ジェインは穏やかな笑みを浮かべた。寒いとはまったく感じなかった。体が弱っているように感じ、多少めまいもしたが、とにかく心身ともに満足しきっていた。体が、冷たい雲に乗って漂っているような感じだ。とても気持ちがいい。

まぶたが重くなり、また目を閉じた。

「ジェイン？」

ジェインはまばたきして、なんとかリースの視線を受けとめようとした。「ううん？」

「きみのために浴槽にお湯を満たしてくる。きみがくつろいで温まったら、何か食べるものを用意するよ」

「ありがとう」ジェインは答えたが、実は何を言われたかほとんどわかっていなかった。ただ眠りたかった――満ちたりた状態でふわふわの雲に乗って漂いたい。

「すぐに戻るよ」リースが安心させるように言ったが、その声もはるか彼方から聞こえるようだった。

ジェインはうなずいた。もしかしたらうなずかなかったかもしれない。ひたすら漂っているような気がした。

リースはジェインを眺めて様子を推し測ろうとした。唇にかすかな笑みが浮かんでいるものの、それ以外は、性的満足を得たばかりの女性には見えない。

肌は、ベッドの天蓋から垂れている薄紗と競えるほど真っ白で、まるで透けているようだ。目の下には血管が薄青く浮き出ている。普段はバラ色の唇も今は不自然な感じの暗い藤色に見える。

その朝と同じように、ジェインの息遣いを見守った。さすがに胸が激しく上下するのはおさまったが、呼吸は今も浅く速い。

くそっ、何をしでかしたのだろうか。彼女に対する心配と自分に対する憤りの両方に突き動かされた。こうなったのが——彼女のどこが悪いにしても——自分のせいであることは明らかだが、実際に何をしたのかはっきりしない。わかっているのは、彼女に触れていた口に彼女の内側の反応を感じたとたんに、すべてが朦朧《もうろう》としてしまったことだ。覚えているのは、自分とジェインの両方の情熱に包み込まれて、そのまま一気にクライマックスの叫び声をあげるまで押しやられたことだけだ。

ジェインが寒くないようにバスローブの前を合わせた。ジェインはあまりに青白く、あまりにも弱々しく見えた。無造作にベッドに投げ出された磁器の人形のようだ。

また新たな怒りに駆られた。

いったい何をしてしまったのか。

もうしばらくジェインを見つめてから、リースはバスルームに向かおうとした。だが、最後の瞬間に考えを変えた。ジェインは消耗がひどい。浴槽にひとりで入っていられるとは思えない。

それに、あまりにも血の気を失っている。食べ物が先だ。

ベッドのところまで戻り、ジェインの全身を毛布で覆った。起こさないようにできるだけ静かにやったつもりだったのに、ジェインが目を開けて彼を見あげた。またかすかにほほえんだ。「なあに」

「やあ、寝心地はどうかな?」

「うーん、いい気持ちよ」

リースはほほえみ返したが、ジェインのまぶたが震えるように閉じたとたんに、唇をゆがめた。彼の問いに答えたのはいい兆候だが、とにかく何か食べさせなければ。

毛布の位置をそっと直し、キッチンに行った。

キッチンに入ると、立ったまま細長い部屋全体を見まわした。ジェインは何が好きなのだろうか? リースは知らなかった。何を食べさせるべきかもわからない。そもそも、以前に食事の用意をしたことがあっただろうか。いや、おそらくないだろう。

酔った勢いでコックに休暇を与えたのがまずかった。

悩んだ末に、リースは冷蔵庫まで歩いていき、扉を開けた。何か用意できるはずだ。

冷蔵庫の中をのぞき、乏しい在庫に眉をひそめた。卵、牛乳、オレンジジュースとチーズが少し。それに何かの袋が……。このたくさんの袋は何が入っているんだ?

黒っぽい液体が入っている小袋のひとつと、オレンジジュースを取り出してから、戸棚に行って、ジェインに用意できるものがないか確認した。

戸棚を探しながら、黒い液体が入った容器の栓を抜き、ひと口すすった。顔を少ししかめて飲みくだす。飲み物は冷えきっていて古い味がした。塩味で、かすかだが、化学物質が入っている奇妙な味がした。

ジェインはもっとずっと甘い味がした。

リースはその思いを頭から追いやった。今は、性生活を楽しく思い返す場合ではない。ジェインが食べ物を必要としている。

棚の缶詰を眺めた。ツナ――缶に入ったツナ？　ぞっとするな。そう思いながら、無意識に、冷えた赤黒い液体をひと口飲んだ。

手を伸ばして、白い紙に包まれた別の缶を取る。デビルド・ハム？　こんなもの、本当に食べられるのか？

リースはその缶を棚に戻し、ピーナッツバターと書いてある瓶を選んだ。少なくとも、バターが何かはわかっていたし、その茶色いクリーム状のものを嗅いで、それほどひどい匂いがしなかったからだ。

ピーナッツバターを持ったまま、ジェインはこれを何にのせて食べるだろうかと考えた。クラッカーか？　パン？

戸棚にパンの塊を見つけた。ということは、パンだな。

引き出しをいくつか開けて、ナイフを一本見つけ出し、ジェインの食事を用意し始めた。

「いったい、何をやってるんだ？」急にセバスチャンが背後に現れた。

ぎょっとして、思わずべたべたしたバターを親指に塗りつけてしまった。振り向いて弟をにらみつける。「いい加減にしろ、セバスチャン。なんで死人のようにこそこそうろつくんだ？」

セバスチャンがにやっとした。「わざとしてるんだ」だが、すぐに真剣な表情に戻った。

「ジェインはどこだ？　彼女は大丈夫か？」

リースは顔をしかめた。彼女は大丈夫か、だって？　リースにははっきりわからなかった。「ジェインは寝室だ。休んでいる」

セバスチャンは一瞬リースを凝視して、それから彼が嘘を言っていないと判断したとでもいうようにうなずいた。「それで、兄貴は何をしてるんだ？」リースの持っているナイフと親指についたピーナッツバターのほうを身振りで示した。

「ジェインがお腹がすいているから、食べるものを作っている」

セバスチャンはまたうなずき、表情を少しゆるめた。「なるほど。それはいい考えだ。確実に助けになる」

「助け？」セバスチャンはジェインの具合が悪い原因を知っているのだろうか。

セバスチャンが手を振った。「どういう意味かわかるだろう？」

いや、わからない。

「聞いてくれ」セバスチャンが言った。「ぼくはしばらく出かけてくる。兄貴は平気だよな、しばらくなら？」

「ぼくは平気だ」リースはむっつり答えたが、ふいにこの会話が不愉快になった。もちろんぼくは平気だ。ジェインも大丈夫だろう。状況はすべてコントロールできている。自分のこともコントロールできている。

セバスチャンはまじまじとリースを眺めた。「よかった。すぐに戻る。兄貴はそれをたくさん飲んだほうがいいよ」そう言いながら、カウンターの上の液体の袋を指さした。「兄貴用だ」

リースはそれには答えずに、セバスチャンがエレベーターのある通路に出ていくのを見送った。

セバスチャンが行ってしまってからも、リースはしばらくそこに立ち尽くしていた。なぜ、自分の知らないことをセバスチャンが知っているような気がするのだろうか。

「大変だ」セバスチャンはエレベーターの落とし戸を引きおろしながら、つぶやいた。この分では、本物の医者を調達することになりそうだ。もちろん、リースのためでなく。

キッチンに入ったとたんに、摂取の匂いを感じ取った。リースは血に飢えた匂いを漂わせていた。それも、ジェインの血だ。

リースがあまりにも夢中になりすぎれば、すぐにも、非常に危険なことになりかねない。幸いなことに、ジェインの気配ははっきり感じられた。元気であることはたしかだ――少し枯渇《こかつ》気味ではあるが、食事と休息によって回復する程度の状態だ。

落とし戸を引きあげて二階に下りた。そこにナイトクラブの通用口がある。

リースに充分な血液をとらせるように、もっと注意しなければならないだろう。定期的に摂取していれば、血に飢えるという問題は起こらないはずだ。リースが血液バンクによる血液を飲むようにすればいいわけだ。

セバスチャンはクラブの裏に通じる鋼鉄製の重たい扉に手を伸ばした。だが、まずはドクター・ノーを見つけなければならない。


リースはサイドテーブルに皿とオレンジジュースのグラスを置いてから、ジェインのベッドの端に腰掛けた。

ジェインは枕に頭をのせて眠っていた。リースが部屋を離れたときからまったく動いていない。小さな手の一方を胃の上に置き、もう片方は頭の横に上げている。とても小さく、すぐにも壊れそうに見える。リースは、その肌の青白さが気にかかった。

〝これをしてはいけない〟、リースの心が命じる。〝おまえはこの女性にふさわしくない。彼女は、おまえがしたようなことをされるいわれはない。〟

リースは目を閉じて、こうした思いを頭から追いやろうとした。ジェインを大切にすること以外になにもしていない。彼女を守りたい。抱きしめたい。愛し合いたい。何も悪いことはないはずだ。普通の男が結婚するはずの女性に抱くであろう普通の反応にすぎない。

男。リースの脳がこの言葉に反応した。普通。自分は普通ではない……？　奇妙な思いが消えないかと期待して目をいったん閉じた。それからふたたび開けて、ジェインを見つめた。人差し指でジェインの頬をそっとなぞる。肌はまだ冷たいが、ほんのわずかながら唇に赤みが戻ってきている。

手をジェインの額に当てた。大丈夫そうだ。だが、これからはもっと気をつけなければならない。愛し合うときも、強引になってはいけない。とにかく大切にしなければ。

「ジェイン？　ジェイニー、愛しい人、起きなさい」

ジェインが目をぱちぱちさせて彼を見あげた。また唇に笑みが浮かんだ。「うーん」伸びをしたせいで、バスローブの前が少しはだけて、片方の胸の丸みが見えた。

自制心、と、リースの心が警告を発する。顔だけを見るようにしてみたが、優しいほほえみと、とろんと眠そうな目つきのせいで、彼の中に芽ばえた欲望はまったく減少しない。

「ぼくは……」リースは顔をしかめ、彼女に何を言おうとしていたかを思い出そうとした。深呼吸をして、なんとか言葉を継いだ。「食べ物を持ってきた。少し食べたほうがいい」

「おなかがすいたわ」ジェインはそう言うと、両腕をついて起きあがろうとした。

リースはジェインの腕に手を置いて、その動きを止めた。上半身をひねってヘッドボードにもたれると、ジェインを引きあげて自分の両脚のあいだに座らせ、寄りかからせた。オレンジジュースを取る。「さあ、これを飲んでごらん」

ジェインは頭を少し持ちあげ、彼の手に自分の手を添えてグラスを口に持っていった。かなりの量を飲んでから、そっとグラスを押し戻す。

リースはそれを脇に置き、皿を取った。ジェインの膝に皿をのせて優しく言った。「嫌いでなければいいんだが。ピーナッツバターとかいう名前のものだ」

「ピーナッツバターは好物よ」ジェインは答えながらも、それが塗られたパンを手に取ろうとしなかった。

リースはジェインの前に両手を出した。腕がジェインの脇腹にこすれる。そして、パンを小さくちぎり、ひと口サイズにしてジェインの口に持っていった。「さあ、食べなきゃだめだよ」

ジェインが頭をぐったりと彼の胸にもたせかけ、また、まぶたを閉じるのがリースの高めの位置からも見えた。

リースは狼狽した。気を失ったのか？　具合がよくないのだろうか？

「ジェイニー？」

「なぜわたしをそういうふうに呼ぶの？」

安堵感に襲われたせいで、ジェインがなんと言ったか聞き取れなかった。「何？」

「ジェイニー。なぜ、その名前でわたしを呼ぶの？」

リースは顔をしかめた。自分がそう呼んでいたことさえ気づいていなかった。その呼び方が自然に思えただけだ。

「もし、きみがいやならば――」

「いいえ」ジェインがリースの言葉をさえぎった。目は閉じているが、口元に笑みが浮かんでいる。「大好きよ。ただ、なぜそういうふうに呼ぶのかしらと思っただけ」

リースはちょっと考えた。「ジェインはきみに合わないような気がしたんだ。普通すぎるし、地味な感じだ」

彼女の笑みが深まり小さなえくぼが見え隠れした。「それがわたしよ。地味なジェイン」

「とんでもない」リースはすぐに言った。「きみはまったく地味じゃない。きみは美しくて愛らしくて、とても魅力的だ。なんでそうじゃないと思うのかな。きみに抱かれるとぼくが完全にわれを忘れてしまうことを知っているくせに。ああ、近づいただけですぐにきみを抱きたくなるというのに」

ジェインの目が開いた。リースをじっと見つめる。「わたし……あなたが少しでも長くそう感じてくれるといいと思うわ」

「少しどころじゃなく、ずっとそう感じているさ。永遠に続くと思っていてほしい」かがんで唇をジェインの唇に押しあてた――ジェインに自分のことを信じてもらわなければならない。ジェインも同じように感じていることを知らなければならない。

ジェインは頭を後ろに少し傾け、リースの有無を言わせない、だがうっとりするほどやすてきなキスを受けとめた。永遠に。この人と一緒にいられるならば、永遠でも長いとは言えないくらいだ。

疲れているのに、体の奥がまた騒ぎ始めた。彼の欲望がジェインの欲望を引き出し、一緒になってふたりを包み込む。まるでふたりの思いが完全に通じていて、互いを結びつけているかのようだ。ジェインにはそれがいつまで続くのかわからない。だが、今はふたりは一心同体だ。一回のキスだけでこんなにも独占され、守られている感じがする。

その感覚が、いかなる栄養や睡眠よりもジェインに活力を与えてくれる、と思った瞬間、リースが、彼にしては短くキスを終わらせて言った。「それでも、食べることも必要だ」

ジェインは首を振った。彼がジェインの思いを読めるらしいことが本当に不思議だ。でも、ジェインは質問はせずに、素直に口を開けて、ピーナッツバターのパンを口に入れてもらった。

ゆっくり噛んだが、実際には味わっていなかった。パンをもうひと切れちぎって、ジェインの口に入れてくれる彼を、ただひたすら見つめていたからだ。彼の指にピーナッツバターが少しついていたので、次のひと切れを食べるときに舌を出して親指の腹をちらっとなめた。甘い焦がしたようなバターの味が混じった彼の肌の味を楽しむ。

ジェインは耳のそばで、彼がため息のような息をもらすのを聞き逃さなかった。その反応に力づけられ、強くそそられた。

リースはジェインにパンを与え続け、ジェインも食べながら、そのつど、舌と唇で彼の指をさっとなめるのを楽しんだ。

ほどなく、全部食べ終わった。

体をひねって、リースを見あげる。彼の目は半分閉じられ、呼吸が荒くなっていた。

「顔色がずいぶんよくなった」低くしわがれた声に肌を撫でられるような感じがした。

「とてもいい気分になったわ。まだ体は疲れているけど」体をくねらせて彼に寄り添おうとしたせいで、ジェインの腰が彼の股間をこすった。

リースが眉を上げた。セクシーな笑みでジェインに笑いかける。「そうなのか?」

彼女はまた体を少し動かし、今度は岩のように硬く、準備万端になったペニスを感じた。

ジェインの息遣いも荒くなる。わたしって淫乱? 彼を見つめた。ゴージャスな顔立ち、筋肉の張った胸、セクシーな笑顔。どうせ淫乱になるのならこの男性と一緒になりたい。

また位置を変えようとしたが、彼の両手がジェインの腰を持ってジェインの動きをさえぎった。

「スウィートハート、愛し合いたいのはやまやまだが、きみはもっと休む必要がある」

「すごくいい気分だもの」ジェインは言い張った。

「こうしようか?」彼の指がバスローブの分厚い生地越しにジェインのウエストを愛撫した。「きみにもう一杯ジュースを持ってこよう。それを全部飲んでから、愛し合うことについて話し合う」

「話し合う？」

「話すだけでも、かなり興奮できる」リースは思わせぶりに眉を上下させてみせた。

ジェインの心臓が跳びはねた。リースとセックスについて話したら興奮するどころじゃないに決まっている。この人となら、天気について話してもかなりそそられるはずだもの。

だが、ジェインは彼の提案を思案するようなそぶりでため息をついた。うーん、楽しそう。「いいわ。ジュースを飲む」

リースはジェインにすばやくキスをすると、彼女の後ろから滑り出た。

「休んでなさい。すぐに戻る」

ジェインはうなずき、彼が出ていく姿を見守った。背中と引きしまった小さなお尻も、ほかの部分と同じくらいゴージャスだ。

マットレスに体を横たえ、ベッドの上にかかる薄紗の天蓋を眺めた。ばかげていると思いながらも、あまりに幸せな気分に思わず笑みが浮かんだ。

もっと賢くこの状況に対処すべきだとわかっている。リースの記憶が戻ったときに備えて覚悟しておくべきだ。だが、今この瞬間にそれを考えるのは不可能だった。奇妙なことだが、考えたくないことを抑圧しているのはリースだけでなくジェインも同じだ。

ジェインはため息をついた。悲しい気持ちにはなりたくない。あまりにもいい気分すぎて、とても悩んでなんかいられない。

寝返りを打って横を向き、重ねた両手に頬をのせた。両手を上げようとして腕が胸に触れたとき、ちくっと痛みが走った。鋭い痛みではなかったが、紙で切ったような鈍い痛みだ。最初はなんだかわからなかったが、かすかな痛みが消えなかったのでよく見ると、小さく傷になっているのがわかった。深いピンク色のふたつの点。乳輪の色に溶け込んで、ほとんど気づかないほどだ。

だが、近くに目を寄せると、傷があるのがはっきりわかった。指で撫でて、なんだろうといぶかった。治りかけの刺し傷のように見える。

ここに傷があるのをずっと知らなかったとは考えられなかった。完治するほど長いあいだ気づかないはずがない。傷跡をもっとよく調べた。

おぼろげながら、昨晩リースがその場所を噛んだことを思い出した。だが、ちょっと噛んだだけでこんな傷はできないだろう。それに彼に噛まれたとき、まったく痛くなかった。というよりは、ものすごくエロチックですばらしい感覚だった。

しかも、もし彼が噛んだせいでこの傷ができたとしたら、もっと新しい傷のはずで、こんなふうに治りかけている状態のはずがない。

ジェインは肩をすくめて、バスローブの前を合わせ、傷のことを忘れようとした。だが、この傷がどこか奇妙であるという思いは、どうにも頭の隅から去らない。

「とても不思議だわ」声に出して繰り返した。この家では、不思議が普通らしい。ちょうどそのとき、戸口にリースの顔が現れた。セクシーな笑みは消えていた。今は、彫刻のような唇が一文字に結ばれている。

「セバスチャンが、医者が来たと言っている」

そう聞いたとたんに不安で胸が苦しくなった。セバスチャンがついに医者を連れてきたことで安堵すべきだとわかっているのに。

無理に笑みを浮かべた。「よかった。すぐに服を着るわ」

リースはうなずき、何か言いたそうにちょっとためらった。だが、またうなずいた。

「居間で待ってるよ」

ベッドに横たわったまま、リースが閉めた扉を見つめる。ふいに、セバスチャンが医者を手配しないでくれればよかったと思った。あまりにも幸せな今夜のあとだけに、リースとの完璧な日々が少しでも長く続いてくれることを願わずにはいられなかった。

彼が何百年も昔の時代を生きていることはわかっている。そんな状態をずっと続けるわけにいかないことも知っている。でも、あと数日だけ。そのくらいなら害はないはずだ。

ジェインの分別が、そんなささやかな望みとせめぎ合った。それでも、ジェインはただひたすら、リースが感じさせてくれたことを信じ続けたかった――自分が魅力的なこと、彼を興奮させられること、そして、彼に大切にされていることを。生まれて初めて感じたこのすばらしい感覚を、今はまだ失いたくなかった。

いいえ、利己的な考えは捨てなければいけない。リースは助けを必要としている。助けを得る道をさまたげるなんて、とんでもないことだ。

スーツケースを捜して、ジーンズとトレーナーを見つけ出した。できるだけ急いで服を着て、リースのもとに向かう。医者が彼のために呼ばれたことをリースが知るとき、そこにいて、彼の反応を見るべきだ。

リースがいい反応を示すとは思えない。記憶喪失になってまで忘れたいことがあるとしたら、それを他人に無理やり思い出させられたくはないはずだ。思い出したときに彼が大丈夫であるように、それだけをジェインは願っていた。

居間に着くと、リースがひとりでジェインを待っていた。「セバスチャンとお医者さまはどこ？」

リースは図書室を示した。「セバスチャンは医者と一緒に待っている」

ジェインがうなずいても、リースは動かなかった。なるほど、リースはジェインが先に行くのを待っているのだ。ジェインのために医者を呼んだと信じているのだから当然だ。

ジェインはリースに笑いかけ、その笑みでも不安を隠せなかったことに気づきながら、図書室の扉に向かった。最後にもう一度彼に目をやった。リースがほほえみ返した。琥珀色の瞳が思いやりにあふれている。

すべてが終わったあともリースがこうして見つめてくれるようにと、ジェインは祈った。深く息を吸い、取っ手をまわして扉を開く。

セバスチャンが火を焚いていない暖炉の前に立っていた。「ああ、来たね。さあ、高名なドクター・ノーを紹介しよう」そう言って、まるで新製品を紹介するかのように腕を大げさに広げた。

その手の先を眺めて、飲み物を手にソファに座っている人影に気づいた。

小柄な男性が立ちあがり、ジェインに挨拶するようにグラスをかかげる。それから、悠然とジェインにほほえみかけた。〝好色〟としか形容できない満面の笑みを浮かべて。

18

この人がドクター・ノー?

ジェインは、こちらに向かって歩いてくる男をまじまじと眺めた。おそらく三十代で、茶色の髪を短く刈りあげている。細い腰にだぼっとした黒いパンツが引っかかり、シャツの青い生地がスタンドの明かりにきらめいている。だが、一番驚いたのは、年の頃でも体格でも服装でもなかった。彼の耳だ。あるいは、彼の耳についているピアスと言うべきか。いいえ、ピアスという言葉では正確に言い表しているとはいえない。耳に開いたたくさんの穴は、引きのばされて、最初の十倍ぐらいの大きさになっている。そのうえ、その広げられた穴全部が、金属で縁取りされているのだ。

アジア系にはまったく見えないという事実も、そのピアスの穴と比較すればたいしたことには思えない。

ジェインはふいに、あまりにも長くその男性を見つめていたことに気づいた。だが、眉を上げ下げして、例の好色な表情でまたジェインに笑いかけたところを見ると、ジェインの不作法をまったく気にしていないらしい。ジェインにまた一歩近づき、手を差し出した。

「ああ、おれがドクター・ノーだ」

ジェインは彼の手を握り、彼の耳に視線を戻さないように必死にこらえた。

「いらしてくださってありがとうございます」なんとか挨拶を言葉にすると、また好色な笑みが戻ってきた。

「そそられてねえ。セバスチャンに聞いて、この目で見なくちゃと」

ジェインは眉をひそめた。心配している主治医の言葉とは思えない。当惑した視線をセバスチャンに投げた。

セバスチャンが前に一歩出て、医者の背中をぽんと叩いた。「デイヴ——ドクター・ノーは珍しい症例を常に研究しているんだ」

「セバスチャン」リースのゆったりした声が聞こえ、ジェインは初めてリースが戸口に立って、ジェインと同様にあっけにとられた表情で医者を見つめていることに気づいた。

「居間に来てくれないか？　きみにちょっと話したいことがある」

リースは医者に向かってうなずき、琥珀色の瞳でもう一度耳を見てから、近づいてきたセバスチャンのほうを向いた。

「すぐ戻る」リースが言って、セバスチャンをうながした。戸口を抜ける前に立ちどまり、ジェインを振り返った。「ここにいてくれ」

ジェインはうなずき、医者の耳の穴を通して、きょうだいふたりが居間に消えるのを見送った。

「で、リースはナッツバターよりおかしく《ナッティ》なっちまったか、はあ?」

ジェインはぎょっとして男を見つめた。これが、リースの病気に対する彼の専門的診断? 「彼は少し混乱してるんです。だから、専門的な助けが必要だと思うの」多少無礼だとは思ったが、〝専門的〟という言葉を強調せずにはいられなかった。

「いいかい、セバスチャンの話からして、リースは長いあいだ助けを必要としてきたんだ。あいつは堅苦しい野郎だよ。今みたいに幸せそうな様子は見たことがない。まあ、そんなによく知ってるわけじゃないが。おれに言わせりゃ、記憶喪失がうまく効いてる」

ジェインは自分の耳が信じられずに、呆然と医者を見つめた。この人が、セバスチャンが信頼している大人気のお医者さま?

「じゃなきゃあ、あんたがリラックスさせてやってんだろ?」ドクター・ノーがジェインを肘でこづき、いかにもわかってるよという顔でまた眉を上げ下げした。

ジェインはあとずさった。この人がリースを電話で診断したというのは、たしかに納得できる。これまで、すべての試験をそうやって切り抜けてきたに違いない。

だが、疑わしきは無罪の原則にのっとって、ジェインは質問した。「リースが病院に行く必要はないでしょうか。あるいは、専門家に診てもらうか。たぶん精神科医に」

「ああ、精神科医ね。おれもいっぺん行ったことがある。リースにゃ、ジャックダニエルズの瓶と娼婦のほうが効くさ。アルコールでリースにしゃべらせて、娼婦に問題を聞いてもらう、どうだ、そのほうがずっと安くすむ。しかも、聞かせるあいだに、口でも介抱してもらえる。精神学的助けを得るには最高の方法だ」ドクター・ノーは、実際にすばらしい解決策を提示したと思っているように、ジェインに向かってうなずいた。

ジェインは少しのあいだぼうっと彼を見つめていたが、戸口のほうに横ずさりした。

「ちょっと失礼します」

ドクター・ノーはうなずくと、椅子のひとつにどすんと座り込んで、コーヒーテーブルの上に青いスエード靴を履いた脚をのせておもむろに交差させた。

ジェインはもう一度彼を見やってから急いで扉に手を伸ばしたが、握った取っ手は手からつるりと抜けてしまった。ちょうど扉が開き、きょうだいが部屋に入ってきたのだ。リースは不安げだ。セバスチャンは緊張しているようだ。

「ジェイン、ちょっと話せるかな?」質問の形はとっていたが、リースの瞳に浮かんだ表情から、異議を申し立てる余地がないことは明らかだった。話したいわけではなかったが、ドクター・ノーのいやらしげな視線と呆れた発言から逃げ出せるだけでもありがたい。

ふたりで居間に行き、背後で扉が閉じると、リースはジェインのほうに振り返った。

「あの男にきみを診させたくない」

「わたしもよ」ジェインは心から同意した。ドクター・ノーがジェインの診察に来ているのではないとわかっていてもだ。

「よかった。では――」

扉がばたんと開いて、セバスチャンの顔がのぞいた。「ドクター・ノーが、ジェインの診察は終わったってさ。今度は兄貴と会いたがっている」

リースは心配そうな表情でジェインを見つめた。「もう診察されたのか?」

ジェインは即座に首を大きく振った。「いいえ、ただいくつか質問されて、提案されたの」ジェインは咎めるような目でセバスチャンを見やった。「専門的なアドバイスを」

リースはほっとしたようだった。セバスチャンのほうは、まったく表情が変わらない。

「とにかく、兄貴と話したがっているんだ」セバスチャンがもう一度リースをうながした。

リースは困惑した様子で弟に尋ねた。「なぜ?」

「兄貴にアドバイスがあるらしい」

リースは少しためらってから、図書室に向かって歩き出した。戸口で立ちどまって振り返る。「きみは大丈夫?」

ジェインはうなずいた。「平気よ」

セバスチャンもリースのあとについていこうとしたが、ジェインが引きとめた。「待って、セバスチャン。少し話したいんだけど、いいかしら」

セバスチャンが、神さま助けてくれというような表情をした気がしたが、ジェインをまっすぐ見たときにはほほえんでいたので、目の錯覚だったかもしれない。「もちろんさ」

リースは図書室に姿を消したが、セバスチャンは居間に戻った。

「あの人があなたの言ってた著名なお医者さまなの？」ジェインが語気荒くささやいた。

「見た目で判断しないでほしい。彼はもっとも優秀だ」そう、クラブでこれまで雇った中で、もっとも優秀なディスク《D》ジョッキー《J》だ。しかも、新人だから、おそらくリースは会ったことがない。知らない顔なら、さすがのリースも、〝馬車を用意させる〟だのなんだの、思いつきでばかげた用事を頼まないだろうと見込んでいる。

「リースの記憶喪失をいいことだと考えているみたいだったわ」

「へえ、よかったんじゃないか。少なくとも、悪い症状だと考えるよりは」

ジェインは首を振った。緑の瞳がショックで陰っている。「セバスチャン、こんなのおかしいわ。記憶喪失が悪い症状でないわけがないでしょう？　あなたのお兄さまは助けを必要としている。それなのに、だれも心配していないみたい」

セバスチャンは歯をくいしばった。だれも心配していない！　もし心配していなかったら、医者をでっちあげることなどしない。ジェインがリースと一緒にいてくれるようにこんなどえらい努力をしたりしない。リースを守ろうとなんてしないだろう。「ぼくは心配してるよ、ジェイン。だけど、今のリースのほうが好きだってことは認めざるを得ない。

うちひしがれていない。妹のことを悼むこともない。妹のエリザベスはずっと昔に亡くなっているのに、それを乗り越えられなかったんだ。それから二番目の兄のクリスチャンについて自分を責めることもない。この兄とはもう何年も音信不通だ」

セバスチャンはふいにぴたっと口を閉じた。自分たちのきょうだいのことをジェインに話すつもりはなかった。いつかはジェインにも話すときがくるだろうが、それはリースのやるべきことだと思っていた。

だが、知るべきかもしれない。知らないですむには、もうすでに深く関わりすぎている──記憶が戻り、以前のリースがいつ戻ってくるかわからないのだから。

ジェインはセバスチャンを見つめた。目には涙が浮かんで、湖の底で輝いているエメラルドのようだ。「わたし──わたし、知らなかった」

「知りようがないだろう？　今現在は、リースだって知らないわけだから」

「そうね。そして、あなたは、それが記憶喪失の原因だと考えているのね？」

セバスチャンはうなずいた。「部分的には、イエスだ」

「まあ、なんて気の毒な」ジェインの声はあまりに共感にあふれ、絶望に満ちていた。

ジェインの瞳に浮かんでいる涙と、表情にはっきり表れている苦悩を見て、初めて、やりすぎたのかもしれないという考えがセバスチャンの頭に浮かんだ。

「悪いけど、失礼するわね」ジェインがつぶやき、セバスチャンの返事も待たずに廊下に出ていった。

「いいよ」遅ればせながら返事をする。これまでリースに、彼が欲しているもの――つまり、ジェイン――を与えることしか考えていなかった。ジェインの人生を、彼女の将来を、彼女の感情をもてあそんでいるとは、思いつきもしなかったのだ。

ジェインはリースを愛している。彼女が起きてから寝るまでずっと、彼女の愛の香りが家中に漂っている。

やれやれ。セバスチャンは自分のしていることが、リースとジェインのどちらにとってもいい結果となるように祈った。


ジェインは逃げるように寝室に戻った。リースを気の毒に思う気持ちと涙で、窒息しそうな気がした。なぜ、こんな混乱に足を踏み入れてしまったのだろう。

でも、ようやくリースが抑圧しているものを理解した。そして、あのバーで出会った冷たい男のことも理解した。彼はとてもよそよそしかった、あまりに冷静だった。傷つけられ、苦しんでいる人だった。ジェインが今知っている、親切で優しい、いつもほほえんでいるリースは、その苦痛から解放されている。大声で笑うこともできる。

ふいに、ジェインは自分があまりに利己的だと感じた。リースの記憶が戻ったときに、自分に何が起こるかばかり心配し、彼に何が起こるかについてちゃんと考えていなかった。

セバスチャンが示唆したように、リースがこのままファンタジーの世界でずっと生きていけるとは思えない。妄想によって、昔の心の痛みは感じないで生きていけるかもしれないが、結局は妄想にすぎない。いつかは思い出すことだ。

思い出さないこともあるだろうか？　ジェインの父親こそ、死ぬまで空想の世界に生きたいい例だ。だが、リースのためにも、そうなってほしくはなかった。

空想の世界が非常に限定されていることを、ジェインは知っている。父親は自分の信じる世界を否定するものはいっさい受けつけなかった。そのために、自分自身を孤立させた。そして、そうすることによって、ジェインとの関係も断ったのだ。

だが、どんなに父親と距離があろうとも、ジェインは父親の限界の中で生きなければならなかった。父親の妄想に調子を合わせなければならなかった。ほかにやりようがなかったからだ。父と自分を守るために、外の世界から孤立せざるを得なかった。そして、ついには、現実的で普通のことをすべて失わざるを得なかった。

リースにはそんな生き方をしてほしくない。本当の人生を生きてほしかった。

彼は古い傷に立ち向かうべきだ。傷を癒す方法がそれ以外にあるだろうか。

いや、それしか方法はない。ジェインははっきりそう信じていた。でも、セバスチャンと同様、リースの気持ちを思うとやるせない。思い出すことは、すべてを失うのと同じだ。エリザベスも、クリスチャンも。

なんてひどいことだろう。ジェインはどうすればいいかわからなかった。どうすればリースを救えるのかわからなかった。

革張り椅子のひとつに座り込み、両手に顔を埋めた。

「ジェイン?」

ジェインははっと頭を上げた。涙に濡れた目で、部屋の真ん中に立つリースを見る。彼は琥珀色の瞳で心配そうにジェインを見つめていた。

「リース」答える声がかすれた。「本当になんといったらいいか。悲しいわ」

リースはジェインのところまで来てひざまずいた。彼女の両手を取り、手の甲を親指で撫でる。

「悲しく思うことなんてないよ」請け合うように言う。

ジェインはリースを見つめた。リースのためにも自分のためにも、悲しむことがいっぱいだ。すべての苦しみを、すべての喪失を、そして、いけないとわかっていたのに、ふたりの関係を続けてしまったことも。

「聞いてくれ。もし子どもができなければ、子どもなんていなくていい。跡継ぎが欲しい気持ちなど問題にならないほど、ぼくはきみを望んでいる」

ジェインはあっけにとられてリースを見つめた。「え?」

「もし、きみが子どもができない体なら、それはそれでかまわない」

ジェインはリースを見つめた。ジェインを包む苦悩の中に彼の言葉が徐々にしみ込んできた。子どもができない体？　跡継ぎ？

ジェインは歯をくいしばって、胸からあふれ出そうな苛立ちをのみ込んだ。もちろん、これはセバスチャンのまた別の作り話に違いない。辻褄合わせの嘘、兄を守るための嘘のひとつだ。

何を言ったらいいか思いつかなかった。自分の中にせめぎ合う感情や思いをうまく整理できない。考える時間が必要だ。リースと自分のふたりに一番いい方法が何かを判断するための時間が欲しい。

「リース」ジェインは彼に握られた手を引き抜き、指でリースの頬に触れた。「わたし、休みたいわ」

リースはうなずき、彼が何をするつもりなのかジェインが理解する間も与えずに、両腕でジェインを抱えあげた。

「リース、わたしは歩けるわ」

リースはジェインを見おろしてほほえみかけた。「きみが歩けることはわかっているが、今日は大変な一日だっただろう。きみを甘やかしたいんだ」

ベッドまでジェインを運び、横たえた。指をジェインのジーンズのボタンにかける。

ジェインはその指をつかんだ。「リース」ゆっくり言ってみたものの、どのようにノーと伝えればいいかわからない。これまで、ずっと一貫してイエスと言ってきたから。

「ジェイン、ぼくは盛りのついた獣《けだもの》じゃない」かすかに笑っていたが、瞳を見れば傷ついたことはよくわかった。「ただ、もっと楽に寝られるようにと思っただけだよ」

ジェインはふいに罪の意識を感じた。彼は信頼できるのに。決して無理じいされたことなどないのに。無理ばかり要求していたのはジェインのほうなのに。

リースは器用にジェインのジーンズを脱がせてから、枕をふくらませてジェインの頭にあてがい、毛布で全身を包み込んだ。

「寝ているあいだ、そばについていようか？」ジェインの頬にかかった巻き毛をそっと払いながら、静かに言う。

ジェインは首を振った。「しばらくひとりになりたいわ」彼がすぐそばにいたら、判断力が鈍ってしまう。リースにとって何が一番よいことかを考えるためには、ひとりになることが必要だ。

リースはうなずき、まるで、すでに答えがわかっていたかのように、譲歩するそぶりを見せた。

額にキスをされると、そのあまりにも優しい感触のせいで、ジェインの瞳に涙があふれた。この優しさをどうして失うことができるのか。どうすれば、全身全霊で恋こがれている人のもとから去ることができるだろう。

リースはスタンドの明かりを消して、部屋を出ていこうとしたが、戸口で立ちどまった。背の高いシルエットが廊下の明かりに浮きあがる。「ジェイニー、すべてうまくいくよ」

ジェインは目を閉じた。そして、そうなるように願った。

心の中にこれほどたくさん悩み事を抱えていて、どうして眠ることができるのかジェインにはわからなかったが、それでも眠ったらしい。

目が覚めて、目覚まし時計を見た。午前十一時三十一分の数字が光っている。重たいまぶたを閉じた。疲労感がまだ残っている。新しい生活パターンを考えると、起き出すにはいくらなんでも早すぎるだろう。

またうつらうつらし始めたとき、何かわからないが肌がちくちくするのを感じた。ぱっと目を見開き、体は動かさないであたりをうかがう。

肌を刺すような感触がしだいに強まり、全身が総毛立った。

両目をぎゅっと閉じる。もう前と同じことはしない。

だが、この感覚はただの想像だと自分に言いきかせた瞬間に、何か重たいものが全身にかぶさってきて、体をベッドに押しつけられた。じっとしているように自分に命令する。これは夢だ。まだぐっすり眠っているのだ。夢なら傷つけられることはない。

心臓の鼓動が耳に鳴り響き、全身は戦うようにと叫んでいたが、ジェインはもがかないように必死にこらえた。

血が駆けめぐって全身がどくどくと脈打つ中で、ジェインはその〝何か〟にさらに強く押さえつけられるのを感じ、おぼろげではあったが、ベッドがかすかにきしむ音を聞いた。ジェインの本能が戦って逃げるべきだと告げている。

それでもジェインは横になったままじっと動かずに恐怖を抑えようとした。だが、数秒後に、その〝何か〟に形があることを認識した。それは体だった。体の存在を感じることができた。だが、触れようと手を動かしても、何もぶつからない。

突然、その形がジェインを触り始めた。冷たい指がジェインの脚を、それから腕を撫でるのを感じて、ジェインは身震いした。

恐怖にのみ込まれて、なすすべもなくもがいた。

だが、その指の影はジェインの手首をつかみ、両脇に押さえつけた。そのとき初めて、低い、安定した息遣いが聞こえた。

その音から逃れたくて、必死に頭を上げようとしたが、息はさらに近づいてくる。

そして、ジェインは聞いた。低いざらざらした声――不自然なほど低くこもった声が、ジェインの耳に向かってささやくのを。

「ハロー、ジェイニー」

19

リースははっと目を覚まし、ひと飛びでベッドから下りた。

〝ジェイン〟

彼女が危険に瀕している。なぜそうわかるのかは考えなかった。ただ、わかった。鼻につく香水のような匂いがさっと空中を満たしたのだ。ジェインの恐怖の匂いだ。

まだ体は骨の髄までだるく、まるで、外側から重みがのしかかっているかのようだったが、リースの動きは普段と同じとまではいかなくても、非常にすばやかった。ジェインの部屋まで突っ走った。取っ手は簡単にまわった。なぜかわからないが、まわらないのではないかと半ば思っていたのだ。

ジェインはベッドの中央に横たわり、両腕を脇に下ろしていた。脚をまっすぐに伸ばし、目を見開いている。緑の瞳が恐怖にきらめく。目に見えないものに押さえつけられて、まったく動けない様子だ。

強いむかつくような刺激臭に取り巻かれて、リースは一瞬立ちどまった。だが、力を振り絞るようにしてその匂いを無視し、ベッドの脇に駆け寄った。

手を伸ばしてジェインに触れると、その強烈な匂いが急に薄れ始めた。ジェインが、まるで束縛を解こうともがき続けていたのがようやく解けたかのように、リースのほうに身を投げかけてきた。両腕でリースに取りすがり、リースが本当にそこにいることが信じられないという表情で、両手で彼の顔を、それから髪を撫でまわす。

「しーっ」リースはささやきながら、ジェインを撫でた。安堵感が押し寄せる。ジェインは無事だった。もう大丈夫だ。なんとか間に合った。何に間に合ったのか、はっきりわからなかったが、そんなことはどうでもよかった。とにかく、なんとか切り抜けた。

「あなたは、何か……何か見えた?」ジェインの声が激しく震えている。瞳からはまだ恐怖が消えていない。

「いや、見なかった」だが、何かを感じた。

「リース、これは夢だと自分に言ってきかせたの。何かおかしな夢を見ているんだって。でも、今夜のは、なんであろうと、絶対に現実だった」

リースはジェインを見つめ、それから、視線はそのままで、意識だけをまわりに向けて、部屋の中にいたものの気配を感じ取ろうとした。臭気は完全に消えている。残っているのは、ジェインの恐怖の匂いだけだ。

「ぼくのベッドで一緒に寝よう」

ジェインはうなずいて、ベッドから這い出した。両腕でジェインを抱えるようにして歩き出した。ジェインの体はまだ小刻みに震えている。両手で触れると、肌が氷のように冷たくなっているのがわかった。

リースの部屋に戻ってベッドに入り、ふたりでしっかり毛布にくるまって、リースがジェインを抱きしめると、ジェインはようやく言葉を発した。「あなたも何か感じた？　何かがいるのを？」

リースはうなずこうとして、すぐにやめた。自分の経験した感覚をジェインに話して、なんになるだろう？　自分自身ですら理解できないのに。リースはうなずくかわりに、ジェインの髪と肌の新鮮な匂いを吸い込んだ。何を感じていたにしろ、それは消えた。ジェインは安全だ。大切なのはそれだけだ。

「きっと、非常に真に迫った夢を見たんだよ」気分を落ち着かせようと、手のひらでジェインの背中を上下にゆっくり撫でた。

ジェインはしばらく黙った。リースに信じてもらえなかったという失望感が、ジェインの肌から発散している。

リースはジェインの言うことを信じていた。だが、信じたくなかったのだ。あの匂いが意味するものについて考えたくなかった。考えるつもりもなかった。

「あなたは、幽霊を信じる？」

リースは手を止めた。「幽霊?」

ジェインがうなずいた。髪の毛がリースの顎をくすぐる。「ええ。わたしは今まで、絶対に信じなかった。葬儀場で育ったくせにね。たぶん、葬儀場で育ったからかも。たぶん、父のせいかも。でも、今は……今は、わからないわ」

「ジェイニー、あれは幽霊なんかじゃないよ」ジェインに向かって断言した。だが、どうしてそれがわかるかについては考えないようにした。

ジェインが頭を上げた。部屋には明かりがついてなかったが、リースはジェインの輝いている緑の瞳を見ることができた。

「つまり、あなたはそういった死を超えた存在を信じていないということ?」

いや、彼は信じていた。彼は知っていた。

しかし、そう告げることはせずに、リースはただジェインにキスをした。そこに息づく命の味を、そして、善の味を、心ゆくまで味わった。

「きみはとてもひどい悪夢を見たんだよ」唇を離して言う。

ジェインはゆっくりと息を吐き出した。「でも、ほんとに現実のようだったわ」

「悪夢を現実のように感じるときもある」自分の言葉が事実を述べていないことをリースは知っていた。

「わたしがあなたを必要としていることがどうしてわかったの?」声は前よりも落ち着い

て、静かだった。リースの愛撫によってとろんとした状態になっているらしい。

だが、ジェインの発した他意のない質問がリースの心をかき乱し、不安な気持ちにさせた。この質問の答えもわかっているが、意味をなす答えではない。自分は子爵だ。領地をいくつも所有し、しかるべき富の恩恵を享受し、キツネ狩りを楽しむ男だ。いたって普通の男で、こんなにもすばらしい女性と結婚するという幸運に恵まれた男。彼女の恐怖を感じ取るはずがない。その恐怖を感じたり味わったり匂いを嗅いだりできるなんてあり得ない。

「きみの叫び声が聞こえたんじゃないかな」なんとか返事をした。筋が通る説明はそれしかない。

ジェインがリースにさらに身をすり寄せて、うとうとしながらあくびまじりで言う。

「叫んだ覚えはないけど」

たしかに声に出して叫んだわけではない。だが、彼を呼んでいた。リースには、それがはっきりと聞こえたのだ。

「その何かはわたしをジェイニーと呼んだわ」ジェインがつぶやきながら、すうっと眠りに落ちていったが、その静かな言葉がリースの体を凍りつかせた。

奴は、リースがジェインに与えた呼び名を知っている。いや、これはなんの意味もないことだ。ジェインは悪い夢を見たのだ。

その悪夢をふたりで分かち合っている。

クリスチャンは仮住まいのベッドに横たわっていた。体は完全に力尽きて、指一本上げることさえできない。今夜は、摂取に出かけるぐらいがいいところだろう。だが、この耐えがたいほどの疲労もそれだけの価値はあった。体を離れた今回の遠出で、かなりのことがわかったうえに、とても愉快だった。

自分の力がどんどん強くなっていることを実感する。普通のヴァンパイアで、肉体を離れて日中に移動できる者はほとんどいない。

体は弱りきってしまったし、あの遠出をあれ以上続けるわけにもいかなかったが、かなりの成功をおさめたと言える。あの兄と、兄が執着している小さな人間《モータル》を首尾よく脅えさせた。

クリスチャンは目を閉じた。しかも、非常に興味深いことがわかった。部屋にだれがいて何をしているか、リースはまったくわかっていなかった。

ライラの死の復讐は、呆れるほど簡単なことになりそうだ。

「今は、あなたのほうが凍りそうに冷たいわ」ジェインがリースの耳元でささやき、体をすり寄せた。背中に彼女の胸がぴったり張りつき、頭も同じ枕のすぐ隣に寄り添っている。

「問題ないさ」そう答えながらも、肌で感じる冷たさと同じくらい声も冷えきっているのが自分でもわかった。頭の中の声は、身を引けと唱え続けている。彼女と距離を置けと。だが、ジェインはリースのよそよそしい反応に気づいたふうもなく、腕を彼にまわして、小さな手のひらを彼の胸に当てた。脚を彼の脚に巻きつけた様子は、まるで彼を包む毛布役を務めようとしているかのようだ。

リースは目を閉じ、意志の力を総動員してなんとか反応を抑えようとした。ジェインの指が彼のごわごわした胸毛を撫でる。親指がわざとか知らずにか、平らな乳首をこすって硬くさせた。温かい吐息が髪の毛をそよがせる。

彼女を手放す必要はない。ちゃんと面倒を見てやれる。守ってやれる。自分にはできるはずだ。

背後でジェインが体の位置を上にずらし、彼の耳をそっと噛んだ。甘く熱いキスが首筋を下りて顎を這う。

彼の体は即座に反応した。ペニスが張りつめて腹部にそそり立つ。リースは身を返して自分の下にジェインを抱え込み、激しく口づけた。どれほどジェインを必要としているかを口で伝える。本当は伝えるべきじゃないのに。

「どうやってこうするの？」ジェインが彼の唇に向かってささやく。

「何をするって？」

「わたしにすべてを忘れさせることよ」

リースは乾いた笑い声をたてた。「きみのことをまったく同じように考えていた」

ジェインは指で彼の顔に触れた。「あなたは何かを忘れているの?」

ジェインの質問がリースを驚かせた。鋭すぎる指摘。怖いほど当たっている。

リースはジェインから身を引き、しかめっ面とも苛立ちともつかぬ表情を浮かべた。

「ぼくたちが話していたのは、きみが忘れることだよ、ぼくのことじゃないだろう?」

「ええ。でも、あなた――あなたも、何か忘れていることがあると思わない?」

リースは体を起こした。ジェインの言葉に対する最初の反応は身を引くことだった。しかし、苛立ちはすぐに静まった。その言葉に動揺する理由はない。つまり、答えは単純、何を忘れていようが、ジェインと一緒にいたい。彼女を守りたい。

「人間というのは、不愉快なことは忘れるものだ。そうしないと生きていけない」

ジェインも起きあがり、頭を彼の肩にのせて、背中のこわばった筋肉を手で撫でた。

「どうか覚えていて。どんなことがあろうと、あなたが望むかぎり、わたしはあなたのものよ」

ジェインの優しい言葉が稲妻のようにリースを貫いた。これほどまでに心を打つものはほかにない。だが、その言葉は同時に、彼に痛手を与える可能性を、いや、それより深刻なことに、ジェイン自身を傷つける可能性も秘めている。

いや、そんなことはない。すべてうまくいくはずだ。ジェインの部屋でのあの奇妙な出来事……。

なんでもないはずだ。

リースはかがんでジェインにキスをした。

「話は終わりにして、風呂に入ろう」リースはベッドを下りた。「お湯をためてくるから、ここにいて」

ジェインはリースがバスルームに入っていくのを眺めた。心は乱れていても、見つめずにはいられない。頭は完全に理性を失い、目が彼を観賞するのを止めさえもしない。長く伸びた筋肉質の脚、引き締まった腰とがっしりした肩、なんて美しいのか……。

ああ、でも、自分はなんということを言ってしまったのだろう！

〝どんなことがあろうと、あなたが望むかぎり、わたしはあなたのもの。〟

ジェインはベッドに倒れ込んだ。心臓はいまだに、肋骨から飛び出しそうなほど激しく打っている。まるで、過剰反応した臓器が、脳がすべき決断を勝手にしてしまったかのようだ。昨晩のことはどうなってしまったのか？　ふたりにとって最上なことをやろうという試みは？　理性的になるという決意はどうなってしまったの？

ジェインは常に自分のことを分別のある人間だと思ってきた。分別がありすぎて退屈なほど。だが、クリスマスイヴにあのさびれたバーに足を踏み入れて以来、もともと知っていたジェインは完全に姿を消した。すてきな顔立ちに魅せられたというだけで。いいえ、違う。リースはたしかにすてき――顔だけでなくすべてが。でも、ジェインは彼のすべてに惹かれたのだ。彼の笑い方に。ジェインを美しいと感じさせてくれることに。守られていると、大切にされていると感じさせてくれることに。

ジェインは目を閉じた。リースがお湯を入れている音がする。

興味深いのは、リース自身、自分が何かを抑圧しているとわかっているらしいことだ。まだ、それが何かはわかっていない。ただ、ジェインが忘れていることについて話すと、明らかに落ち着かない様子になった。

おそらく、思い出す寸前まで来ているのだ。そして、思い出したら、もしかしたら、ジェインを必要とするかもしれない。抑圧した記憶と立ち向かうために、ジェインの愛情を必要とするかもしれない。

少なくとも、ジェインはそう願っている。

いまや真実はひとつだとわかっていた。立ち去ることはできない。彼と一緒にいるのをやめられない。もう手遅れだ。

彼はジェインに信じさせてくれた。永遠に一緒にいられると。ふたりはそのように運命づけられていると。そして、ジェインはそれを信じたかった。彼を自分のものにしたかった。バーで彼を初めて見た瞬間に思ったように。自分の名前を知っているくらいはっきりとわかっていた。自分がずっと彼を望んでいたことを。

「風呂の用意ができたよ」リースが戸口から頭を出し、唇をゆがめてにやりとした。

ジェインもほほえみ返した。〝どうか、ふたりが運命づけられていますように。〟

リースは期待に満ちた視線でジェインを見つめた。ベッドカバーから滑り出て、興奮と恥じらいが入りまじった表情を浮かべて彼のほうに歩いてくる。

「なぜ、ぼくの前でまだ恥ずかしそうにするのかな?」ジェインの両手をとらえ、あとずさりしながらバスルームに引き込んだ。

ジェインが顔を赤らめる。湯気に当たって肌がしっとり湿っている。まるで、夜明けのバラの花びらのようだ。

リースは眉をひそめた。なぜ夜明けのバラの花びらなんて思いついたんだ? 最後に夜明けを見たのは、そして、バラの花びらを愛でたのは、いつのことだったか。最近でないことだけはたしかだ。

リースは一瞬目を閉じた。こんなふうに考える理由はない。特にジェインと一緒にいるときは。今はだめだ。ジェインはぼくが失ったすべてを取り戻してくれたのだから。

リースはジェインを見おろした。信頼しきったように、両手を彼の手にあずけている。その指は華奢で温かい。

かがんで彼女の唇をとらえ、すべての思いが消えることを望んだ。例外はジェインだけ。

ジェインの甘い味。おずおずと舌の先がリースの舌をかすめたときの喜び。彼女のうっとりするような香りが彼のまわりを渦巻き、彼を包み込んで守ってくれる。そのおかげで、何も考えなくてすむ。

彼女のおかげで安全だと感じられる。彼女と一緒にいるかぎりは安全だと。

ジェインは、両腕をリースの首にまわした。ふいに欲望とあこがれが安心感と混じり合って、彼の強い腕と同じくらいしっかりとジェインを包み込んだ。

〝きみといると安全だと感じられる。〟

その言葉が、まるで耳に聞こえたようにはっきりと頭の中をよぎったが、すぐに、彼の唇による情熱と欲望に埋もれた。彼の唇がジェインの唇を巧みになぞり、ふたりの舌がからみ合うと、その夢のような感触にジェインはわれを忘れて夢中になった。

だが、がっかりしたことに、リースはあまりにもすぐに身を引いた。

ジェインは失望を隠せずにうめき声をもらした。リースにもっとキスしてほしかった。

「きみを風呂に入れなければ」リースの声はしわがれて、瞳は、退廃的な楽しみに誘うかのように深く輝いている。

彼のキスも好きだけれど、彼の両手に撫でられるのも同じくらい好き。たしかに、お風呂というのはどちらも得をする提案だ。

彼がにやりとするのを見て、ジェインが何を考えているかリースにはわかるらしいという奇妙な感じがさらに強まった。

リースがジェインを浴槽のほうに引き寄せる。ジェインの部屋と同じ深くくぼんだ形の浴槽だ。お湯が縁まで満たされて、表面から湯気が立ちのぼっている。タオルもすぐそばに用意されていた。

この浴槽がふたりに充分なくらい大きい贅沢なものであることを証明することになる。もちろん、リースが一緒に入るつもりがあればだが。

彼の関心を一身に受けることばかり考えている自分が急に恥ずかしくなった。

〝お湯に入れてあげるよ、ジェイニー〟

ふたたび、言葉がはっきり頭の中に入ってきた。ジェイン自身の言葉でないことはたしかだ。まるで、リースに耳元でそっとささやかれたようだ。

ジェインはお湯からリースに視線を移した。彼は静かに立ったままジェインを見つめ、ジェインの返事を待っている。

言葉に出すことができずに、ただうなずいた。頭の中はひどく混乱しているが、体のほうは、すっかりその気になっている。彼の親密な言葉が頭の中に何度も鳴り響いているせいだ。ジェインが何も言わなくても、彼女の恐れも欲望もすべてをリースが理解しているような感じがする。そう思うと信じられないほどぞくぞくする。たとえジェインの空想の産物にすぎなくても。

リースがジェインのトレーナーを持ちあげて頭から脱がせた。薄青色のブラジャーとパンティだけで彼の前に立つ。

〝暖かい夏の日々、晴れ渡った青い空。〟

また、リースのしゃがれた声が耳をくすぐり、全身の肌をぞくぞくとさせた。だが、彼はジェインを見つめ、黙ったままだ。

「これが好きだ」今度は口に出してささやきながら、手を伸ばしてジェインの胸を覆っているレースを指でなぞった。「雲ひとつない青空のようだ」

ジェインははっと息をのんだ。彼の言葉と、その言葉によって信じられないほど急激に高ぶったことに驚いたのだ。

彼の両手がジェインの乳房を包み込み、そっと揉んだ。ふくらみを優しく撫でて、それから背中にまわる。唇が彼女の唇をとらえるあいだに、手が背中の真ん中の留め金をはずし、小さなレースがひらひらと床に落ちた。

「お湯が冷めるよ」ジェインの唇に向かって彼がささやく。

ジェインはお湯なんてどうでもよかった。ただもっと触ってほしかった。

「あとでもっと触ってあげるから」ジェインの言葉に対して彼が答える。でも、その言葉をジェインは声に出して言っていない。

だが、そのとき彼の両手がジェインの体を探り、指先の燃えたつような熱い感覚を残しながら脇腹と下腹を這いおりてパンティにかかったせいで、ジェインの思考は停止した。

彼が少しずつパンティを下ろし、脚元に落とす。そして、ジェインを抱きあげて浴槽に入れた。

温かいお湯が脚とくるぶしを洗い、膝のすぐ上まで来る。お湯はそこまでだったが、湿った熱はそのまま脚を上っていき、まるで股間の濡れた場所にとけ込んでいくように感じられた。

ジェインは身震いした。

リースもジェインのあとから浴槽に入り、ジェインの前に向き合って立った。

ジェインは彼の全身に視線を走らせた。心をうずかせるほど美しい顔、引きしまった筋肉、脈動する太い彼自身。まさに美と力の化身。海から生まれた神のようだ。

〝ヴィーナスの誕生かな。〟

ジェインは目をしばたたき、彼の顔に視線を戻した。熱い渇望をたたえた瞳でジェインを見つめている。

リースは浴槽の脇からウォッシュタオルを取ってお湯を含ませた。ジェインの胸にそのタオルを当てて、肩のほうまで滑らせる。お湯がジェインの肌を流れる。腕を、うずいている乳房を、お腹のかすかな曲線を伝い落ちる。

ジェインは身を震わせた。お湯が最初は熱く、伝ううちに冷める過程が、過敏になった肌には、まるで愛撫されているように感じられた。

「気持ちいい？」このすばらしい拷問を繰り返しながら、リースがささやく。さらにたくさんのお湯の熱さと冷たさが、高ぶった肌を刺激する。

「ええ、とても気持ちいいわ」

ジェインは目を閉じた。体がふらふらして彼の体にもたれかからずにはいられない。彼の手に触ってほしかった。彼女の内側の欲望を満たしてほしかった。

お湯がジェインの体を流れ落ちる。炎のように、それから氷のように。

〝目を開けて。ぼくを見て。ぼくがきみを愛するのを見てくれ。〟

ジェインは頭の中の声に従った。体が感じやすくなりすぎているのと、あまりにも触ってほしいせいで、心に入り込んだ声がだれのものであってもかまわなかった。それに応える必要しか感じなかった。

リースが頭を下げて、ジェインの突き出した乳首についた水滴をなめるのを見つめた。

〝ピンク色の熟れたラズベリーにのった雨のしずくのようだ。〟

彼の舌で硬くなった乳首をなめられると、ジェインの脚はもはや体を支える役を果たさなかった。彼の腕にとらえられて、たくましい胸に強く引き寄せられる。

「座って、ゆっくり入ったほうがよさそうだ」彼の唇がわずかにゆがみ、からかうような笑みになった。

彼は自慢すべきだとジェインは思った。こんなふうに愛してくれる人なんて絶対にいないはずだから。

リースはジェインの体を後ろに向かせて、お湯の中に腰を下ろし、ジェインの腰を引き寄せて広げた脚のあいだに座らせた。

お湯が乳房の上部をそっと洗う。脚のあいだの秘められた部分が激しく脈打ち、熱さに刺激されて強くうずいた。でも、そんなお湯でさえ、背中にしっかり押しつけられている彼の体に比べれば、ずっと貧弱な愛人にすぎない。

その事実を証明するかのように、彼の両手がジェインの前にまわって乳房を包んだ。

彼が愛撫する。膨張した乳首を指が優しくねじるたび、お湯が当たって肌がうずいた。

彼がさらに前に手を伸ばしたせいで、胸がジェインの背中にこすりつけられた。胸毛が絹と粗布の両方のような感触を与えてくれる。彼は作りつけの石鹸入れから石鹸を取って、手の中で何度もまわして長い指を泡でいっぱいにした。石鹸が手からお湯に滑り落ち、ふたりのからみ合った脚のどこか下に見えなくなった。だが、石鹸に気を取られている暇はなかった。石鹸だらけの手が胸を包み、ゆっくりとぬるぬる滑りながら揉みしだいて、ジェインの鼓動を一気に速め、呼吸を完全に乱したからだ。

「これも気持ちいいか」彼が耳元でささやいた。あるいは、ささやかなかったかも。もしかしたら、頭に響く罰当たりな声かもしれない。

どちらにしても、すばらしく気持ちがいい。

ジェインはうめき声をもらし、頭をそらして彼の胸にもたせかけた。彼の両手はなめらかに揉み続けている。

そのとき、片手が乳房を離れて下腹に下りた。

〝見てくれ、ジェイン。きみのここを触るよ。〟

ジェインはなんとか頭を上げたが、欲望のせいで弱ったように感じて、ただ彼の両手と指だけに意識を集中させた。

〝見てごらん、ジェイン。〟

そして、彼の声にも。

ジェインは目を開けて、彼が触れている場所を見おろした。大きな手が彼女を覆う光景に、ジェインの肌に長い男らしい指が触れるさまに、ふいに引き込まれるような陶酔を感じた。片手は依然として乳房を包んでふくらんだ乳首をもてあそび、もう片方の手は腿のつけ根で渦巻く毛を撫でている。短い毛がお湯の中で揺れて、触ってと彼を誘っている。

彼はそうした。とても軽くじらすように巻き毛をいじる。少し強く触るが、まだ分け入ろうとはしない。まだ、触ってほしいと懇願している場所に行きついていない。

三度目の愛撫で、彼はようやく花びらを押し開き、襞にそって指でなぞった。ジェインは身もだえした。もっと本格的に触れてほしくてたまらない。

〝我慢して、ジェイン。〟

「我慢できない」ジェインは彼に、いや、頭をよぎった声に向かって返事をした。「お願い、もっと触って」

リースがうれしそうに低く笑い声をもらすと、その振動が背中に伝わってきて、ますます興奮が高まった。

だが、リースはあくまで優しい動きで襞にそっと分け入り、何度も軽く撫でた。温かなお湯の絶え間ない揺らぎ、そして、いくらかごつごつした指の愛撫。またお湯が寄せる。指が前よりわずかに強く動く。押し寄せる波とまさぐる指を交互に感じるたびに興奮は少しずつ着実に高まっていく。ついにジェインはまさぐっている彼の手をつかみ、さらに自分に強く押しつけた。

彼のもう一方の手が下りてきて、ジェインの手に重ねられた。まるでジェインの望むものを、一番好きな圧力と一番好きな速度を、記憶に正確に刻みつけようとするようだ。

〝きみのすべてを知り尽くしたい。〟

ジェインは息をのんだ。聞こえてきた言葉があまりにエロチックで、あまりにすばらしかったから。彼の手にさらに腰を押しつけて導く。彼の手がジェインの動きに従った。

〝ぼくのすべてをきみに知ってほしい。〟

ジェインは大きくうめくと、その生々しい欲望の声がタイルの壁に反響した。自分の手が彼を導いているのか、それとも、彼に導かれているのか。はっきりわかっているのは、彼の触れ方が完璧だということだけ。

頂点まで高まった波が一気に崩れた。腰をわずかに持ちあげて押し寄せる最初の波を迎える。怒濤のうねりにのまれ、底まで沈んでいく。

「リース」ジェインは叫んだ。あるいは、心の中だけで呼んだのかもしれない。わからなかった。

いつしか、ふくれあがった大波は引いていき、ジェインの全身はさざ波に揺れていた。満たされた感覚に取って代わって、心地よい快感が身体中に広がる。抗しがたいこの感覚は、何よりも美しくて貴重で、そして真実だった。

〝永遠にきみに一緒にいてほしい。〟

ジェインは愛に包まれ、愛に満たされた。

頭をリースの胸にもたせかける。イエス。「イエス」

ジェインも永遠を望んだ。彼を愛していたから。

20

リースはグラスにもう一杯スコッチを注いだ。焼けつくような液体を一気に半分ほど飲みくだす。

ぼくは情けない臆病者だ。

ここに、この図書室に座っているあいだも、ジェインは浴槽にゆったりくつろいでいるだろう。ゴージャスな肌をお湯の熱でピンクにほてらせて。感じやすい体をリースのために用意して。

彼女は、望んでいるまさにそのとおりのものを与えてくれた。リースに対して、自分を開いてくれた。ふたりは、リースがほかの女に感じたことのない強い絆で結ばれている。

だが、彼女が自分を解き放ったあと、リースは逃げ出した。彼が逃げたことをジェインは知らない。お風呂を楽しんでくれ、食べ物を取ってくるからと言って先に出てきたのだ。

だが、彼女のもとを離れたとたん、リースは、ええと、ジェインが到着したときにセバスチャンが使っていた、あのぴったりの言葉はなんだったたか？　ああ、そうだ、〝いかれてしまった〟のだ。

ついさっきジェインと自分のあいだに起こったことは、セックス以上のものだ。最上のセックスでさえも及ばない。彼女の思っていることがわかった。ジェインも彼の思っていることがわかった。そうやってリースが行為のすべてをコントロールした。

なぜだろう。そんなことが可能だろうか。

「ここで何してるんだ？」セバスチャンが入ってきた。バーカウンターまで行ってグラスを取り、リースの向かい側の椅子に腰を下ろす。

「一緒に飲む相手を必要としているかどうか尋ねるべきだと、おまえは思わないのか」

「ぼくが？」セバスチャンは手を伸ばし、リースの前に置いてあったクリスタルのデカンターを引き寄せた。「もちろん、ぼくがつき合ってやれば兄貴はうれしいに決まってる」

リースは喉の奥でうなると、またひと口飲み物をすすった。

セバスチャンはデカンターを手にしたまま、目を細めてリースをまじまじと観察した。

「戻ってきたのか？」

リースは顔をしかめた。「ぼくがどこかに行ってたか？」

「さあね」

リースはグラスを普段よりもぞんざいにテーブルに置いた。「セバスチャン、おまえには、ときどき無性にいらいらさせられるよ」

セバスチャンは曖昧に眉を上げ、何も言わずに酒を注ぎ終えた。

ふたりはしばらく黙ったまま飲んでいた。リースが口火を切った。「おまえは幽霊を信じるか？　超常現象とか？」

セバスチャンは、ウイスキーのグラスを口に持っていく途中で動きを止めた。「なぜそんなことを聞く？」

リースは首を振った。この何時間かに起こった奇妙な出来事を弟に打ち明けたいのかどうか、自分でもわからない。気が変になったと思われるだろう。こいつのような軽薄な奴にそう思われるのは、さすがに避けたいものだ。

「そんな質問をしておいて理由を説明しないなんて、ありえない」

リースは琥珀色の液体をまたひと口飲んだ。やれやれ、まあ仕方がない。本当に気がおかしくなっているかもしれないし。

「ジェインが寝室に何かいるのを感じたんだ。これまでは、彼女が悪い夢を見ていると思っていた」リースはためらった。「だが、今回は、ぼくも感じた」

セバスチャンが身を乗り出した。膝がコーヒーテーブルにぶつかったのも気づかないほど、意識を集中しているようだ。「兄貴も感じたのか」

リースはうなずいた。「それに……」セバスチャンにこれをどう説明すればいいのだろう？　幽霊だけでも充分奇妙なのに。「ジェインの恐怖を感じたんだ」

セバスチャンは衝撃を受けた様子をまったく見せなかった。というより、リースがそう言うのを予期していたかのようだった。

「ありえないことだ」リースは断言し、自分が断定することでセバスチャンの同意を引き出すことを期待した。だが、もちろん、そんなことにはならない。

セバスチャンは肩をすくめた。「実際そうなったのなら、あり得るんじゃないの」

「いや、ない」リースはそんな返事を聞きたいわけではなかった。それが不可能だと請け合ってほしかったのだ。すべてリースの想像の産物だと。

想像の産物といえば、浴槽の中で起こったこともそうだ。ジェインの考えたことが聞こえたはずはない。それに、自分の考えがジェインにわかるはずがない。

たしかに奇妙ではあるが、すべて偶然の一致だ。単なる想像にすぎない。

「きっと、兄貴が特別なのさ」無頓着な口調だったが、目つきは違った。「感情とかを察知できるんじゃないか。見えない存在も」

リースは首を振った。「いや。そんなものは存在しない。それに、これまでこんなことは一度もなかった。なぜ今、急になるんだ？」

「実は、前にも経験してるんだよ、きっと」

「いや、そんなことはない」リースは言い張った。

「その存在をどんなふうに感じたんだ？」

リースはそれについて考えたくなかった。この話を持ち出すべきじゃなかった。自分でも奇妙な悪夢だと納得しようとしていたのに。

だが、あの浴槽は。あれはいったいなんだ？　こちらは悪夢ではない。空想。夢。完璧な瞬間。

だが、それでも〝錯覚〟という意味では悪夢と同じだ。

「それは、存在……というより、空中に漂う匂いだった。腐ったような悪臭だ」

セバスチャンはうなずいた。依然として驚いた表情は浮かばない。

「兄貴かジェインを襲おうとしてたのか？」

「ジェインを取り巻いていた」

「そして、兄貴がジェインを助けた」

今回はそうだ。

「リース、気が進まないのはわかるが、そういう兆候には注意するべきだと思う」

リースは弟を凝視した。「なぜだ？」

セバスチャンは残りのウイスキーを飲みほすと、グラスをテーブルに置いて立ちあがった。「残念なことに、その答えを知っているのは兄貴だけだ」

セバスチャンが部屋を出ていくのをリースは見守った。

たしかにリースは知っている。だが、ああ、理解したくない。

ジェインは浴槽の縁に頭をもたせかけて、熱いお湯と新しく知った感覚に浸っていた。リースが食べ物を取ってくると申し出たときには、ほっとしたほどだ。自分が彼を心から愛してしまったという認識があまりに衝撃的だったので、よく考える時間が欲しかったのだ。

だが、今になって思い返してみれば、本当に衝撃を受けたわけではない。命を救ってもらった瞬間に恋に落ちた。もっと前からかもしれない。その感情をすぐに認めなかったのはばかげていた。彼に対する愛は、この世で一番自然なこと。本当にそう思う。

愛こそ、ここにとどまった理由。自分がとどまりたかったのだ。どんなにそうではないと思い込もうとしても無駄なこと。愛こそ、彼とそういう関係になった理由。愛こそ、彼とこれほど深く結びついていると感じる理由。

こういうのをなんと言うのだったかしら。木を見て森を見ず？

ジェインはひとりでにっこりして、少し冷めてきたお湯を探って石鹸を拾いあげた。リースがやったように両手で石鹸を泡立てたが、その泡を体に塗って、同じようにゆっくりと撫でることはしなかった。あの愛撫によって、リースは、どれほどジェインを大切に思っているかをはっきり示した。

彼は愛という言葉は使わなかった。でも、いましがたの経験のあとでは、彼も同じように感じていると疑わなかった。疑えなかった。愛がふたりを包んでいた。その感情が空中に漂っているのがはっきりわかった。今、浸かっているお湯のように、実際には見えなくても、ジェインの体を包んでいた。

腕を洗ってから脚も洗った。立ちあがると、お湯が体を伝ってざあっと落ちた。ふいに不安がよぎった。あるいは恐怖だろうか。リースに対する自分の気持ちはわかっている。彼の気持ちも知っている。

だが、それだけでは、今回だけがこれまでとはまったく違ったこと、つまり、彼と完全にひとつになった感じがしたことについて論理的に説明できない。

ほかのときも、満足感はあった。あまりにも満ちたりて、その感覚を思い出すだけでぞくぞくするほどだ。それに、ふたりが一心同体であるかのような結びつきを感じることもあった。

でも、今回は……。ジェインは厚手のタオルに手を伸ばした。今回は、彼を感じた。ジェインを抱いているときに、触っているときに彼が感じていたことを。

タオルを体に巻いて、浴槽から出た。振り返って栓を抜く。お湯が音をたてて排水口に流れ込んだ。

彼の寝室に入るとだれもいなかった。リースを捜しに行ったほうがいいかしら。

そのとき、もっといい考えが浮かび、急いで廊下に出ていった。リースにでくわしたくない。

自分の部屋まで走っていき、サイドテーブルに近づいた。テーブルの真ん中には、クリスマスの晩にリースがくれたネックレスがそのまま置かれていた。スタンドの光に照らされて、宝石がきらきら輝いている。

ジェインはネックレスを取りあげて真ん中の宝石に触れた。リースの変わった色合いの瞳を思い出させる宝石。ジェインはネックレスを首にまわし、不安と期待で震える指でなんとか留め金をはめた。ネックレスが無事におさまり、ペンダントが胸のあいだに落ち着くと、またリースの部屋に駆け戻った。彼がまだ戻っていなかったことにほっとする。

ベッドの端に腰掛けて、そして待った。


リースは図書室を出た。しなければいけないことはわかっていたが、なぜしなければいけないかはよくわからない。頭の中がもやもやしてはっきりしないのだ。まるで、奇妙なことが起こった理由を頭は考え出したのに、その回答をどこかに忘れてしまったかのようだ。あるいは、メロディを口ずさむことはできるのに、題名だけ、手の届かないところに置いてきてしまったとか。

だが、ジェインと話をしなければならないことだけはわかっている。

寝室の前まで来た。扉がわずかに開いているが、ジェインの姿が見えるほどではない。

見なくても、そこにジェインがいることはわかる。肌から漂う温かな花のような香りを嗅ぐことができたからだ。

リースはぎゅっと目をつぶって、その思いと感覚をなくそうとした。自分はリース・ヤング、第五代ロスモア子爵。自分は……。

ごくりと唾をのみ込み、扉を押し開く。ほんの一瞬ためらい、部屋に足を踏み入れた。

ジェインはベッドに座っていたが、リースが入っていくと立ちあがった。その小さな完璧な肢体はタオルに包まれ、まだ濡れている髪の毛が頬にかかっている。

「あら、食事は忘れちゃったのね」

リースは自分の手を見おろした。たしかにそうだ。食事を取ってくるはずだった。

ジェインが彼のほうに一歩近づいた。爪先がぶ厚い絨毯に沈み込む。「どっちにしろ、お腹はすいてないわ」

リースはまた目を閉じた。くそっ、こちらは飢えている。

目を開けると、ジェインが手を伸ばせば触れるところに立っていた。リースの視線がさまよう。大きな瞳からふっくらした唇に、肩の透き通るような肌に、そして首、胸。

リースは激しく飢えていた。

「お風呂はとてもすてきだったわ」ジェインが彼の目を見つめながら優しく言った。

リースはうなずいたが、話せなかった。話すべきだということはわかっている。だが、何を？

「だから、あなたにも同じように感じてもらいたいの」ジェインがリースのすぐ前に立った。ジェインの華奢な指がリースのシャツの前にかかった。ひとつひとつ小さなボタンがはずされ、シャツの前が開く。両手がシャツを離れてリースの胸をさすった。

指が乳首で止まる。彼がジェインの乳首にしたのと同じように乳首をいじられて、リースは詰まるような息をもらした。彼女の両手がそのまま上っていき、指と手のひらが肩の筋肉を撫でて、シャツを押しやった。

シャツが床に落ちた。

ジェインは彼の腕を撫でおろし、また撫であげた。両手が彼の筋肉をくまなくなぞる。指が胸に戻ってお腹に下がり、ズボンの上にかかった。

リースはほんの一瞬、その手を止めることを考えた。彼女に言わなければ……。

ズボンのボタンがぱちっとはずれた。それからジェインはゆっくりとジッパーを下げた。ジッパーが全開になると、ジェインはズボンのウエスト部分を持って腰から下げた。勃起したペニスが飛び出し、下腹に沿って立ちあがる。岩のように硬くなり、激しく脈打っている。

ジェインがひざまずいてズボンを下ろし、脚から引き抜いて脇に放った。だが、そのあとも立ちあがらなかった。

スローモーションのように、手を伸ばして屹立したものに触れる。軽くて冷たい指が、感じやすい下側をそっと撫でてから先端をなぞった。

「硬いのとやわらかいのと両方なのね」

もう一度触れられて、リースは唾をのみ込んだ。今回は指が周囲に巻きつけられる。

「とても熱いわ」ジェインがつぶやいた。指で丸い亀頭を撫で、指先できらめくしずくに触れた。「そして、濡れてる」ジェインが彼を見あげてにっこりした。「わたしとそんなに違わないのね」

リースは胸が締めつけられるのを感じた。〝まったく違うよ、ジェイニー。非常に違う。〟

ジェインが少し身を起こした拍子に、タオルが開いて裸の腿と尻が見えた。前かがみになり、唇をそっと彼のものに押しあてる。もう一度。そして、もう一度。そのたびごとにキスが大胆になっていき、ついには舌で彼をさっとなめた。ああ、どうかなってしまいそうだ。

リースはじっとしていた。脳の理性的な断片が、反応してはいけないと命じている。そのとき、ジェインの舌がふくらんだ亀頭をさっとかすめ、ぐるりと周囲を這ってから、また先端をなめた。

リースはごくりと唾をのみ、必死に自制心を保とうとした。脇に垂らした両手が震える。

彼女の唇が開き、彼は焦がすような熱に包まれるのを感じた。そして、ぐるりと這う舌に包まれるのを。

リースは無意識に両手をジェインの髪に差し込み、自分のほうに引き寄せていた。ジェインは抗わず、ふっくらした美しい唇で彼をくわえ込んだ。

頭を後ろにそらし、目をつぶる。何も考えられない。ジェインが愛してくれているその感触に意識を集中する以外には何もできない。彼女の口が滑るように前後に動かされた。ペニスの中心を走る末梢神経を舌がなぞってのぼっていき、先端を円を描いてなめる。片手が彼の残りの、小さな口ではとても取り込めない部分を撫でる。そして、もう一方の手が下腹から太腿に移動し、睾丸を愛撫した。

閉じたまぶたの裏で光が爆発した。薄い光。明るい黄色の光。オレンジ色、ピンク色。それからまた、明るい温かな光が広がった。ジェインが自分の光のすべてを与えてくれている。彼女の日の出を、彼女の夕焼けを。

ペニスが彼女の舌と唇に包まれて激しく脈打ち、睾丸が引きつった。熱が全身を貫くのを感じた。彼女の唇の熱だ。そして、ジェインが与えてくれた光の熱。

だが、筋肉が張りつめて、まさに爆発しそうになる直前に、リースは身を引き、ジェインの髪に当てていた両手を下ろして腕をつかみ、立ちあがらせた。

「ジェイン、きみの中に入りたい」声は低く荒々しかった。

ジェインがリースを見あげる。彼をくわえていたせいで、唇がバラ色に染まって濡れている。リースにはジェインの表情が読めなかった。会って以来初めてのことだ。恐怖に引き裂かれ、欲望がさらに強まる。

そのとき、ジェインが下がってタオルを取った。

透き通るような肌がスタンドの光を受けて真珠のように輝いている。小振りだが丸い乳房はクリームのようになめらかで、乳首はまさにラズベリーだ。形のよい脚。白い太腿の頂点に渦巻くふんわりした茂み。息もできなかった。理性も分別もすべて奪われた。彼女のことしか考えられない。美しいジェイニー。

そしてついに、リースの視線が、完璧な形の乳房のあいだで輝いている宝石に留まった。トパーズとダイヤモンドがきらめいて彼女の肌に美しく映る。

あのネックレス。

「あなたのためにつけたのよ。わたしが受け取るべきものだと思ったから。あなたが言ったように」

リースははっとしてジェインの顔に目をやった。かすかに浮かべた笑みは自信なさげだったが、緑色の瞳は勇気と確信で輝いている。

ジェインは一歩前に出たが、それ以上進む必要はなかった。リースがふたりのあいだの隙間を詰め、ジェインを強く引き寄せて唇を奪ったからだ。

そのままジェインを後ずさりさせてベッドまで押していく。脚の後ろがベッドに当たり、ジェインがバランスを崩してマットレスに座り込んだ。

笑い出したジェインの肩をリースがつかんでベッドに押し倒す。

ジェインがリースを見あげた。目を見開いている。自分がひどく興奮して、どうかしてしまったように見えることはわかっていた。実際にそうだった。

ネックレスを見たせいだ。そして、彼女の体が自分の目の前に横たわっているのを見ているせい。この女性はぼくのものだ。ぼくだけのもの。

片手を腿のあいだに滑り込ませて、荒っぽくむさぼるように撫でた。ジェインはその独占欲に駆られた触り方を拒否せず、かえって彼の手に自分を押しつけようと身をよじった。すっかりその状態になっている。秘められた部分は濡れて彼の指もすんなり受け入れた。

両手をジェインの膝に当てて大きく広げ、あいだに入り込む。位置を合わせてひと突きで貫いた。

ジェインが叫び声をあげた。それは衝撃と喜びが混じり合った声だった。彼女の内側の筋肉が彼を締めつける。彼女の両腕がリースを抱きしめる。

そして、ふたりは動き出した。一緒になってはまた離れる。触れ合いたい、感じ合いたいという欲求は完全に制御不能であまりにも貪欲だった。

リースの下でジェインがのけぞり、胸を突き出す。秘められた部分が彼を包んで打ち震える。

リースは彼女を見守った。顔に浮かんだ喜びの表情を。肉体のしなやかな動きを。瞳を陰らせる感情のほとばしりを。

そして、ついにジェインが絶頂を迎えて、彼を包んだ筋肉が激しく痙攣《けいれん》したとき、リースはそれを感じた。あれが伸びるのを。唇に当たって鋭く刺すのを。血の味が舌に広がるのを。

彼の下でジェインが両目を固く閉じ、身をそらして最後の瞬間を求めて叫んだ。

リースは頭をのけぞらせた。歯がむき出しになる。

「愛してるわ、リース！　愛してる」

ジェインの言葉に根底から揺さぶられて、リースはほんの一瞬だけ動きを止めた。だが、その告白もネックレス同様、彼の飢えを強めただけ、彼女を奪いたいという欲求を高めただけだった。

覆いかぶさり、彼女の首の繊細な肌に牙を突き立てるのと、ペニスを奥まで埋めて彼女を満たすのとまったく同時だった。

ジェインが悲鳴をあげた。破壊的なエクスタシーに満ちた慟哭。

そして、リースが彼女の恵みと絶頂を飲みほしたとき、ふたりは一緒に尋常ならぬ恍惚の境地に達したのだった。

21

何をしてしまったのか。

リースはジェインを見おろした。彼女は眠っている。そのことをリースは知っている。だが、普通の眠りではない。激しいセックスのあとに訪れる、眠っているような眠っていないようなうつらうつらした状態とはまったく違う。

肌はシーツの白さにとけ込んでしまいそうで、髪の毛が冷や汗をかいた顔に張りついている。今にも壊れてしまいそうで、非常に具合が悪そうに見えた。

リースが彼女をそういう状態にしたのだ。

首の脇にある一対の痕跡に視線を落とした。

その傷からはまだ血が少しにじみ出ていた。鮮紅色がジェインの真っ白な肌にくっきりと浮かびあがっている。

ベッドから飛び出して彼女に背を向けた。自分がやってしまったことから顔をそむけた。

それでも、その刺した傷がリースをあざけっている。真っ赤な血の色が彼の瞳を射る。

〝これがおまえだ。これがおまえのしたことだ。それを変えられると信じたなんてどういうわけだ？〟

リースはジェインをじっと眺めた。それから、凍えきった体をすばやく毛布で包んだ。ベッドを離れようとして躊躇した。視線がまた彼がつけた傷に戻る。かがみ込んでその傷をなめようとした。そうすれば傷はすぐに癒える。だが、やめた。

自分がしたことをジェインに見せるべきだろう。彼女に対してリースがどんな仕打ちをしたか。そうでもしなければ、ジェインは理解できないだろう。

ジェインから離れ、ベッドの脚元を行ったり来たりし始めた。どうすればジェインに納得してもらえるというのか。自分も納得していないことを。

もう一度足を止めてジェインを見つめた。愛らしい顔。ふっくらした唇。眠っていると、三日月形に閉じられ、頬にこすれるほど長い黒いまつげ。

ここから立ち去らなければならない。

考えなければならない。

服を着て、部屋を出た。

居間に着いたときには、全身が震えていた。憤りと自己嫌悪が体内を駆けめぐり、血管を流れるジェインの血のぬくもりに同化する。怒りに駆られている状態でも、彼女を味わい、彼女を感じることができた。その甘さでさえ、リースの怒りをさらにつのらせるだけだった。

自分は怪物だ。

先ほど飲んだグラスとデカンターが、まだそのまま、図書室のコーヒーテーブルにのっていた。なみなみ注いで、ひと息に飲みほす。アルコールが舌と喉を焦がしても、ジェインの味はなくならなかった。

ソファに座り込んで、火のついていない暖炉を呆然と見つめた。

なぜここまで愚かになれたのか。ただ、すんなり戻れると信じるほど愚かで単純だったとは。かつての自分に戻れると考えたというのか。二百年のあいだ、戻る道はないと思い知らされ続けてきたというのに？

グラスをまた満たして、今度は大きくひと口飲むとテーブルに置いた。

路地の男。クリスチャン。ライラの死。いまや、すべてをまざまざと思い出せる。その衝撃や恐怖の度合いを考えれば、忘れたいと思ったことは理解できるにしても、ほんとに忘れたというのは信じがたい。しかも、なぜジェインをこのすべてに関与させてしまったのだろう。

椅子の背に頭をもたせかけて、目を閉じた。ジェイン。あの崩れ落ちそうなホテルに置いてきたはずだ。そのまま行かせた。彼女がバーに入ってきた瞬間から自分のものにしたかったことはたしかだ。だが、引きとめなかった。

それなのに、なぜリースのもとに戻ってきたのだろう。それについては、まったく覚えていない。そして、最初の晩に彼のベッドで起きたあとも、ずっととどまっていたのはなぜなのか？

クリスチャンに襲われたあと、だれが見つけてくれたのだろうか？

リースは頭を上げ、目を開けた。

もちろんそうに決まっている。セバスチャンだ。

弟を見つけるのになんの困難もなかった。記憶が完全に戻った今、セバスチャンが行っているクラブについてはよく知っている。たしかに〈ホワイツ〉でない。〈カーファックス屋敷〉のダンスフロアでセバスチャンを見つけた。たくさんのヴァンパイアとヴァンパイアの熱狂的ファンたちに囲まれている。リースはセバスチャンの後ろに立って、セバスチャンが感知するまで待っていた。

「リース」セバスチャンが赤いネオンサインと点滅する照明の光を透かして、リースをうかがった。「ここで何してるんだ？　もしかして――もしかして――」

「ああ」リースがにべもなく言った。「戻った。ふたりで話したい」

セバスチャンはうなずき、振り返ってがんがん鳴っているテクノサウンドに負けないような声で、人間《モータル》と非人間《イモータル》たちに向けて、行かなければならないということを叫んだ。

何人ものレディたちが失望のうめき声をあげる。

だが、セバスチャンはぐずぐずして彼女たちを慰めようとはしなかった。リースのあとについて裏の通路と貨物エレベーターにつながる扉を抜ける。

エレベーターに乗り、金属的なきしみ音とともにアパートのある階に向けてのぼり出すと、リースはセバスチャンに視線を投げた。「それで、ぼくが世界一の間抜け野郎を演じていると明かさないことに決めた理由はあるんだろうな？」

「間抜け野郎なんて言ってないさ。もちろん、例の〝馬車を用意しろ〟だのなんだのはちょっとばかり厄介だったけど」

リースは振り向いて弟をにらんだ。「なぜ止めなかったんだ？　なぜ、真実を告げなかった？」

「言っても兄貴は聞こうとしなかったと思うな。忘れたがってたんだ。それに、兄貴のためにはそれがいいと思った」

エレベーターががたがた揺れて停止すると、リースは鉄格子に手を伸ばした。必要以上に強く跳ねあげたせいで金属音が通路に鳴り響いた。

「なぜだ？」リースが尋ねた。通路に踏み出し、苛立たしげに大股でアパートに向かう。

「なぜだ？　最終的にはわかることなのに」

「なぜかといえば、兄貴がジェインを望んでいたからだよ」

リースはぴたりと足を止め、セバスチャンのほうに向き直った。「なんだって？」

「兄貴はジェインが欲しかったんだ。だから、自分が何かに関する記憶を抑圧した。そうしなければ、ジェインを自分のものにできなかったからだ」

セバスチャンがとりわけ洞察力に優れていると思ったことはなかった。気ままに好き放題やっているところしか見たことがなかったからだ。その弟が、リースのもっとも根底にひそむ渇望をぴたりと推測していたとは。

しかし、末の弟がうぬぼれ屋のくだらない快楽主義者より多少ましな存在であることがわかっても、リースがなんら幸せな気分になるわけではない。

「それで、おまえが彼女にここにいるように説得したわけだ」

セバスチャンがうなずき、したり顔でにやりとした。「ああ。医者から、常にだれかがそばで見てなければいけないと申し渡されたと言ってね。ぼくが自分で全部やるには、ナイトクラブの仕事で忙しいからって」

「それで、彼女が面倒を見ると申し出たのか？」

「いや、正確に言うとちょっと違うな。買収したんだ。それと、兄貴に命を救われたことを思い出させた」セバスチャンが誇らしげにまたにやりとする。「大金で買収した」

金？ ジェインが金で買収される女とは思えない。

「もちろん、兄貴たちふたりがやっちゃったあとは、お金は受け取れないと言ってきた。

その状況が安っぽくなってしまうからと」セバスチャンが首を振った。清廉さのレベルに感動しているらしい。「兄貴たちふたりは、ほんとにお似合いだ」

リースは最後のコメントを無視した。

「じゃあ、そのあと、彼女はなぜ残ったんだ？」

「兄貴のためさ」セバスチャンがリースに向かって〝あったりまえだろ〟という顔をした。

「あとは、ぼくが合法な仕事を提案した。ナイトクラブの会計士だ。彼女はどうしても仕事を探さなければならなかったから、受けるだろうと踏んだ」

リースはセバスチャンを凝視した。ジェインがナイトクラブで働く？　だめだ。

「すごくいい考えだろ？」

リースはセバスチャンのコートの襟をつかんで、壁に押さえつけた。

「これはノーという意味だな」セバスチャンがかすれ声で言って、大きく息を吐き出した。

「おまえは、自分のやったことがわかってるのか？　そしてぼくが何をしてしまったかも？」

セバスチャンがリースの腕を振りほどき、リースも放した。「もちろんだ。兄貴に、愛する女性と一緒になるチャンスを与えた。兄貴が自分ではできないからだ。それなのに、これがその礼か？」コートが皺になった場所を指さして、リースに向かって眉を上げてみせた。それから、くしゃくしゃになった服をまっすぐ伸ばした。

リースは少しのあいだセバスチャンを見ていたが、はっきり言った。「ぼくは彼女を愛していない」

「煙の匂いがしないか?」

あまりにも唐突な質問に、セバスチャンが、嘘について歌っている童謡の言葉を引用したことを理解するのに数秒かかった。

「おまえ、何歳になった?」

「二〇八歳だ。まだ若いよ」

「ぼくはあきらめている」リースはつぶやき、アパートの中に入った。まっすぐ図書室に行く。スコッチのデカンターのもとに。そこに答えが見つからないことはわかっている。というより、何をすべきかはもうわかっているのだ。必要なのは、もう少し気持ちを静めることだ。ジェインに話すときが来るまでに。さしあたり、ジェインは眠らなければならない。リースがやってしまったことから回復するために。

厄介なことに、セバスチャンがついてきていた。

「聞いてくれよ。ぼくは、正しいと思うことをしたんだ」セバスチャンがリースに言う。

「正しいとわかっていることを」

リースは自分のグラスをたしてから、窓のところまで歩いていき、弟に背を向けて立った。窓枠に片方の肩をもたせかけて、飲み物をひと口すすり、遠く広がる街並みを眺める。

ロンドンと思って見ていたときは、もっときれいだったような気がする。いや、きれいに思えたのは、ジェインの視点ですべてを見ていたせいか。

リースは目をつぶった。

「ぼくは、記憶をなくしていたときの兄貴のほうが好きだった」セバスチャンがぽつんと言った。

〝ぼくもだ。〟リースはすぐにそう思った。だが、目は開けたものの、セバスチャンのほうを振り返ろうとはしなかった。「そんな男は存在しない」

セバスチャンはしばらく黙っていた。座る姿勢を変えている気配がした。

「もちろん存在しているさ。さもなければ、現れるはずがない。おそらく、ジェインを愛したせいだ。それに、くよくよ悩むのにもうんざりしたんだろう。ぼくは少なくとも、兄貴がくよくよするのにうんざりしている。でも、この数日間のリースは昔の兄貴だった」

リースは振り返ってセバスチャンを見つめた。

セバスチャンは少しのあいだ見つめ返していたが、言い直した。「昔と違うのは、この数日間の兄貴がもっと幸せそうだったってことだ――生きていたときよりも」

ジェイン。

それがジェインの功績であることを、どちらもはっきり知っていた。

「路地でぼくを見つけたのか?」

セバスチャンがうなずいた。「襲撃されていた。傷から見て明らかにヴァンパイアだ」

ああ、たしかにヴァンパイアだ。「そして、ジェインもそこにいたのか?」

「そうだ。意識を失っていた。記憶の魔術をかけられていた。つまり、兄貴がヴァンパイアに襲撃されたってことだ」

「ああ、ヴァンパイアだ」リースはセバスチャンに言った。声からすべての感情を排除する。実の弟が自分を殺そうとしているときにどんな感情を抱いたらいいのか、リースにはまったくわからない。

セバスチャンが座ったまま身を乗り出した。「襲撃のことを覚えているのか?」

「ああ」

「偶然襲われたのか? どこかのならず者のヴァンパイアか?」

リースが乾いた笑い声をたてた。「いいや、偶然でないことはたしかだな」

「じゃあ、だれなんだ?」

リースは窓際を離れた。どこに行くあてもなかったが、ただ動かずにはいられなかった。暖炉の前で行きつ戻りつする。

暖炉に火が入っていたらよかったのにと思った。ひたすら寒かった。そして、ひたすら、むなしかった。

「だれなんだ、リース?」

リースは立ちどまり、グラスを見つめた。声に出して言うために、声に出した真実を自らの耳で聞くために、必死に気力をかき集めた。「クリスチャンだ」

沈黙が部屋を支配した。きっかり一秒後にセバスチャンが立ちあがった。「クリスチャン？　本当か？」

「ああ」リースはまたかすかに笑い声をたてたが、それは相変わらずいっさいの感情を封じ込めた声だった。「本当だ」

「なぜだ？　どうやって？　クリスチャンが兄貴より強いはずがない」

「激怒に駆られているからだ」

「だが、なぜだ？　今頃になってなぜ？」

この質問に関してはすんなり答えられる。まさにこのひと言を言うのを長いあいだ待ち続けてきたのだから。「ライラが死んだ。陽光の中に出ていったそうだ」

セバスチャンはしばし灰色の瞳を大きく見開いた。それから口をぽかんと開けたが、それでも、最初の驚愕とともに浮かべた笑みは消えなかった。「本当か？　あの人類の敵がようやく死んだか」

リースはうなずき、ほんの一瞬だったが、セバスチャンと喜びを分かち合った。だが、そのかすかな笑みもすぐに消えた。「クリスチャンはそれをぼくに告げに来たんだ。ぼくを殺すために」

「なるほど、うかつだった」セバスチャンは非常に驚いたようだった。「クリスチャンだとはまったく思わなかった。コミュニティでヴァンパイアの悪党や襲撃が噂になっていないかどうか、クラブで聞いてみたんだ。どうりで、だれも何も聞いていないわけだ」

リースはセバスチャンを眺めた。セバスチャンの関心の示し方には理解できない部分が多いが、とりあえず心配はしてくれている。強引なおせっかいと愚かしいコメントに苛立ちは感じるものの、リースはセバスチャンが常にそばにいてくれることをうれしく思っていた。生きていたときに知っていた弟と本質的には同じだ。

「それで、ぼくらはどうしたらいいんだ?」

リースは眉をひそめた。「何もする気はない。今度やってきたときは、うまく対処できると思う。まずはジェインに出ていってもらう必要がある」

「なんだって? なぜだ?」

「ジェインのところに来ていたのはクリスチャンだ。だから、彼女自身の安全のためには、ここから出すべきだ」

「ぼくたちと一緒にいたほうが安全じゃないかな? ぼくたちで守ってやれる」

だが、だれがぼくからジェインを守るんだ、とリースは思った。「だめだ。ぼくたち全員とのつながりを断ち切ったほうが、彼女にとってはずっと安全だ」

セバスチャンは首を振った。「彼女は兄貴を愛してるんだよ、リース。彼女の心を引き裂くつもりか？」

リースの胸が締めつけられた。「心は引き裂かれても、そのうち癒される」

「リース――」

「ほかに選択肢はない。ここではジェインは安全ではない。ここから出るべきだ」

セバスチャンはうなずいたが、同意していないことははっきり伝わってきた。彼は立ちあがり、扉に向かった。取っ手に手をかけたところでリースを振り返る。

「兄貴の人生でもっともすばらしいものを手放すのか？」

リースが答えずにいると、セバスチャンは首を振った。明らかにリースに愛想をつかしたという態度だ。扉がばたんと閉まり、セバスチャンの苛立ちをさらにはっきり示した。

リースは閉まった扉をしばらく眺めていたが、部屋を横切ってまた窓辺に戻った。空が鮮やかインディゴブルーに染まり始めている。日の出が遅いときに特徴的な夜明けだ。それでも、あと二、三時間のうちにはベッドに逃げ込まなければならない。隠れるために。昼間の光から、そして、人生から隠れるために。

ジェインはこんなふうには生きられない。長いあいだ死に囲まれて育ってきた。彼女には生き生きとした暮らしと愛情が必要だ。

ジェインがほかの男に抱かれることを考えただけで、リースの胸がまた激しく締めつけられた。

酒を口に含み、凍りついた窓ガラスに額を押しつけた。それでも、ジェインは行かせなければならない。永遠に。

クリスチャンは本当に危険だ。クリスチャンがジェインに何をするつもりかについて、リースは考えたくもなかった。

そしてまた、自分がジェインに何をしようとしていたかも考えたくなかった。すでにしてしまったことも。

ジェインとは別れなければならない。たとえ、セバスチャンが正しいとしてもだ。もちろん、セバスチャンは正しい。

リースはジェインを愛しているからこそ、別れようとしていた。

22

ジェインは起きあがり、目をぱちぱちさせながらあたりを見まわして状況を把握しようとした。今もリースのベッドにいるが、隣に彼は寝ていない。デジタル時計に目をやった。午後三時四十八分。夜半分と次の日ほぼ一日寝てしまったに違いない。なんという怠け者かしら。

でも、それだけ寝たせいか、気分は爽快だ。ジェインは伸びをした。いいえ、爽快どころではない。全身に活力が満ちあふれているような感じ。ベッドから飛び出して、楽に十キロくらいはすぐに走れそうな気がする。控えめに言っても、リースを見つけ出して、かなりゆっくりと濃厚な愛の時間を過ごすくらいは楽々できそうだ。

ジェインはベッドから這い出て、自分が裸であることに気づいた。着るものが落ちていないかと床を捜したが、ついにあきらめて、昨晩使ったタオルを体に巻いた。

自分の寝室に向かう。服を着て、リースを見つけよう。これまで、ジェインよりも先にリースが起きたことはなかった――少なくとも、先にベッドからいなくなることは。そもそも、彼が一緒に眠ったのかどうかも覚えていない。自分が死人のようにぐっすり眠ってしまったことはたしかだけれど。まるでリースの睡眠習慣が乗り移ったみたいだ。

そうはいっても、あんなふうに愛し合ったあとは眠って当然だろう。リースは信じられないほどすばらしかった。リースのしてくれたことが、どんな恋人でもできるわけでないことは、経験のないジェインにも容易にわかる。ベッドでの彼は本当にすごい。でも、すべてをさらにすばらしくしているのは、自分が彼を愛しているという事実だということをジェインは知っていた。

鼻歌まじりで自分の寝室の明かりをつけ、スーツケースをかきまわして着るものを探す。荷物をほどいたほうがいいかもしれない、と、もう一度服の中に手を突っ込んで下着を探しながら、ジェインは思った。そのほうが現実的だ。ここから去るつもりだと自分をだまし続けても仕方がない。

まだ着ていない服を衣装だんすにしまい始めた。作業をしながら、リースがどこにいるのだろうかと思った。

ジェインがここに来てから、リースが日暮れ前に起き出したことはない。ふいに不安感に襲われた。もし、外に出てしまっていたらどうしよう。この時間だったら、もう日差しは強くないだろうが、紫外線によってリースの敏感肌にアレルギー症状が出る可能性はある。

ジェインは手を止めた。いいえ、なぜかわからないが、ジェインは感じることができた。リースはこのアパートの中にいる。

ジェインは引きだしを閉めて振り返り、今夜のために選んだ服をひとまとめにした。

バスルームに入り、朝起きたときにすべきことをできるだけ急いですませる。少しでも早くリースを捜しに行きたかったからだ。

服を着て化粧をすませると、一歩下がって鏡に映る自分の姿を見つめた。そんなに悪くない。脇で結ぶデザインの上着は胸の谷間をより深く見せているし、ビロード生地の深緑色も瞳の色とよく合っている。スカートは鏡に映っていないが、フレアーになっている裾は、歩くと軽やかに揺れて女らしく見えるはずだ。

服にぴったりのストラップ付きのハイヒールを持っていたが、履かないことにした。裸足で歩くほうが好きだし、リースのためにおしゃれをしただけで、外出するつもりはない。

髪を流行の形にまとめてみる。悪くないかも。湿気で鏡が少し曇っているせいか、やわらかい感じに見える。つけたままだったネックレスに触れた。

見ているだけで笑みが浮かんでくる。よく見えるように持ちあげたとき、鎖が首元の傷をこすった。

「いたっ」ジェインは小声で言って、ペンダントを胸の位置に戻した。前かがみになって鏡で傷を眺める。

ぽつんとふたつ、炎症を起こしているように赤くなって、せっかく白い喉が醜く見える。傷をもっとよく見ようと頭をかしげた。水蒸気で曇った鏡の表面を手でぬぐったが、視界はあまり改善されず、細部ははっきり見えない。

少しでも傷をよく見ようと目を凝らした。このあいだ、胸にできた傷と同じように見える。あのときはほとんど癒えていたが、今回はそうではない。化粧ポーチから絆創膏を探し出した。裏紙をはがして、首の小さい傷にできるだけぴったり貼りつけた。

ジェインが目指しているセクシーな効果は多少損なうが、赤い傷よりはましだろう。よく見えないからわからないけれど、そう願いたい。それにしても、なぜこの鏡の水蒸気はなかなか消えないのかしら。

ジェインは首を振ってその疑問を振り払い、リースを捜そうと部屋を出た。彼は図書室にいる。居間に着いたとたんにそれがわかって、本当だろうかと一瞬思い悩んだ。

また首を振って、自分自身を笑った。なんと、彼とあまりにもぴったり合っているせいで、彼の居場所を感じることができるのかしら。もちろん、そこが彼のお気に入りの場所だという理由のほうが説得力があることは否めないけれど。

図書室の扉を押し開けて、目をしばたたいた。部屋の中は真っ暗だった。今まで、こんなに暗かったことはなかった。夜中でも、ふたつの巨大な窓を通して、都会の光がかすかに差し込んできていたからだ。

暗闇に目が慣れてくると、あつらえたぶ厚いブラインドで窓が覆われているのがわかった。ジェインは、そんなものがあることすら気づいていなかった。

部屋の中に入った。壁に手を這わせて電気のスイッチを捜したが、見つかる前にテーブルランプがぱっと灯った。

ぎょっとして跳びあがり、思わず胸に手を当てた。「リース！　びっくりさせないで」

彼はゆったりした椅子のひとつに座っていた。コーヒーテーブルに両脚を上げ、服はくしゃくしゃになっている。様子を見たかぎり、ひと晩中起きていたようだ。目が陰を帯びて黒く見える。

「夜中じゅう起きてたの？」

「昼だ」彼が訂正した。

リースの向かいの椅子まで歩いていって、端に腰掛けて膝の上で両手を握りしめる。また、激しい不安感が襲ってきた。

「具合が悪いの？」彼の無表情な瞳がそのせいであることを願った。

彼はしばらく答えなかった。「ジェイン」

名前を呼んだその言い方だけで――たった一語だったが――ジェインは知った。おかしなものだ。こんなにたくさんのことが、こんなちっぽけな一語からわかるとは。ちっぽけな言葉、ジェインの名前。

「記憶が戻ったのね」質問ではなかった。事実だった。

リースはうなずいたが、ふたりのどちらも全快を喜んでいる様子はまったくなかった。

「ああ、昨晩だ」

「あなた――あなたは大丈夫？」

彼は、そんなことはどうでもいいというように肩をすくめた。「ぼくは……ぼくは以前のままだ」

その言葉がどういうことを言っているのか、ジェインにはわからなかった。「エリザベスを亡くしたことを苦しんでいるのね？」

「妹のことを知っているのか？」厳しい口調だった。

「ええ」

「セバスチャンか？」

ジェインはうなずいた。彼の目を見ることができず、うつむいて、スカートの皺を撫でつける。

「あいつはずいぶん暗躍してたわけだな」

頭を上げた。「セバスチャンはあなたを守ろうとしてたのよ。あなたに何が起こったかわたしが理解できるように、エリザベスとクリスチャンのことを話してくれたの」

「そして、きみは理解した？」

ジェインは頭をかしげた。彼女の心は、この凍りついた男性の痛みを思って張り裂けそうだった。「もちろんよ。失うことがどれほど辛いか、わたしはよく知ってるわ。そして、あなたがどれほど家族を愛していたかということも知っている。あなたがどれほど責任を感じていたかも。たとえ忘れたいと思ったとしても、それはだれにも咎《とが》められないわ」

リースはジェインを見つめた。あの琥珀のような瞳で。その瞳は冷徹で諦観しているようで、そして、あまりに美しかった。

「ぼくが気高い人間であるかのような言い方はやめてくれ」

ジェインは立ちあがり、少しでも彼のそばに寄りたくてソファに移った。「リース、クリスチャンのことで自分を責め続けてはいけないわ。それに、エリザベスが亡くなるのを止めることはできなかった」

まるで歯をくいしばったかのように、リースの顎の筋肉がぴくっと動いた。「ぼくとクリスチャンの争いについて何か知っているのか？　エリザベスの死について何か知っているのか？」

「いいえ、でも――」

「それなら、ぼくがどちらも防げなかったなんて断定すべきじゃない」

「わたしはあなたを知っているわ、リース。もし助けられたなら、どんなことをしても助けていたはずよ」彼に触れ、慰めたい一心で、ジェインは彼の膝に片手を置いた。

彼はすぐに立ちあがり、暖炉のほうに歩いていった。ジェインを見ることが耐えられないかのように、こちらに背中を向けている。

ジェインは一瞬目を閉じた。胃の中で、不安が固まって恐怖に変わる。

「ジェイン」

一度は彼の唇から自分の名前が発せられるのがあれほどうれしかったのに、今は耐えられなかった。

「ぼくは間違いを犯した」

ジェインはまた目を閉じた。彼に最初に触れられ、キスをされて以来ずっと持ち続けてきた恐怖が一気にあふれ出た。

「ぼくは、きみにふさわしい男ではない。きみが知っていると思っている男性像でさえも、ぼくの実像とはまったくかけ離れている。そして、ぼくは――きみと関係を持ちたくない」

激しい痛みが胸を貫いたが、なぜかそれはすぐに怒りに変わった。「そういうことを言うときは、少なくともわたしのほうを見るべきでしょう?」

炉棚をつかんだせいで、彼の背中の筋肉がシャツの下でぐっと動くのが見えた。彼は振り返ってジェインを見つめた。

一瞬だけだったが、ジェインは自分の苦痛にも匹敵するような苦痛を見たと思った。だが、それはすぐに無表情な仮面の裏に消えた。

「ジェイン、きみを傷つけて本当にすまない」

ジェインはうなずいた。泣き崩れたかったが、あえて背筋を伸ばし、顎を上げた。泣かない。これは覚悟していたことだ。そうでしょ？

でも、昨日のことがある。

「そう言うのは、わたしがあなたを愛していると言ったから？」

リースはすぐに首を横に振った。「違う。こう言っているのは、ぼくたちが一緒にいるべきではないからだ。そして、この関係をやめることが一番いいとわかっているからだ。関わりが深くなりすぎる前に」

「つまり、愛し合ったり、わたしがあなたを愛していると言ったりするのは、深い関わりではないということね」ジェインは唇を噛んだ。こんなふうに反論するつもりはなかった。男性について詳しくないのはたしかだが、その気持ちがない男に無理に愛してもらうことができないことぐらいわかっている。

でも、彼にはその気持ちがある。ジェインには感じられた。ジェインはわかっていた。

「では、どんな人だったらあなたにふさわしいのかしらね」自分の声ではないようだった。

彼の琥珀色の瞳と同じくらい冷たい声だ。

「ジェイン、ぼくはそれについて議論する気はない。ぼくたちの関係は、そもそも始めるべきではなかった。あの最初の晩に終わらせるべきだった。きみをホテルに送っていったときに」

「でも、終わらなかった」

「ああ、終わらなかった。それについて、本当に申し訳ないと思っている」

「なぜ？　わたしのことなどどうでもいいから？　それとも、わたしのことがあまりにも大切すぎるから？」

　リースはジェインを見つめた。これは、リースが予期していたような反応ではない。涙を予想していた。新しくやり直そうと懇願するだろうと思っていた。

　このような冷たい態度を返してくるとは。ジェインはいつもやや内気で、自信なげな様子だった。しかし、今、彼の目の前に座っているジェインは、緑の瞳に決然とした表情を浮かべ、顎をぐっと引いて妖精の女王のようだ。小さくて壊れそうなのに、とても堂々としている。

　これほど美しく見えたことはない。

　そのとき、彼がつけた傷跡に斜めに貼りつけた絆創膏が目に入った。出ていってもらわなければだめだ。彼女のためにはそのほうがいい。ぼくとの結びつきをすべて断ち切ったほうが、はるかに安全だ。

「聞いてくれ、ジェイン。これ以上はっきりは言えない。きみがぼくを愛していると信じていることについては申し訳ないと思うが、事実として、ぼくはきみを愛していない。それに、この関係に関心を持っていない」

ジェインはリースの単刀直入な言葉にかすかにたじろぎを見せたが、すぐにまた顎をぐっと引いて背筋を伸ばした。

「あなたの言うことは信じられない」

くそっ！　リースはジェインにキスをしたかった。腕に引き寄せたかった。そして、抱きしめたかった。永遠に。

だが、リースはそうせずに、これまで何百年もやってきたように、自分のすべての願望を脇に押しやった。リースが何を望んでいるかを優先することはできない。ジェインに危険が及ばないようにしなければならないのだ。

「ジェイン」声は低かったが、哀れむような口調をこめた。「こんなことはやめたほうがいい。きみもぼくも困惑するだけだ」

今度はジェインも、その小さな顎を高く上げておけないようだった。まだ、緑色の瞳は彼を見つめていたが、彼の言葉がついに目的を遂げたことははっきり見て取れた。ついに、ジェインに疑念を持たせたのだ。

彼女の痛みを見ていることができなくて、リースは空っぽの暖炉のほうを向いた。「こんなことになってすまなかった。でも、ぼくが、きみが考えていたような男でないことはわかったと思う。そして、きみは、ぼくが関心を持つような女性ではない」

彼の背後ではまったく音がしなかった。リースは振り返りたかった。ジェインのもとに歩み寄りたかった。だが、リースは身動きしなかった。彼女のほうに引っぱられないために、自分を何かにつなぎとめておかなければならないかのように、炉棚を両手で握りしめた。

「ひとつだけ教えて」声は静かで、態度も冷静に見えたが、ジェインの心が壊れてしまったことをリースは察した。それを感じて、リースの胸の中も絶え間ない激痛にさいなまれた。

「なんだ?」

「そもそも、なぜわたしを望んだの?」

リースは目を閉じた。声を出そうと思っても、胸の痛みがひどすぎて、息も吸えないほどだった。

「なぜなら、きみがそこにいたからだ」

ジェインが立ちあがって戸口のほうに歩いていく音が聞こえ、彼女の手に包まれて取っ手がかちっとまわった。

彼女のほうを見ずにはいられなかった。

ジェインがほんの一瞬立ちどまったとき、リースは思った。ジェインが彼を見るだろうと。だが、彼女は見なかった。背中を鋼鉄の棒のようにぴんと張って、ジェインは部屋から出ていった。扉がばたんと閉まった。

リースは、どうしたらいいかわからず、呆然とあたりを見まわした。それから、ふらふらとテーブルに近づき、常に信頼できる友であるスコッチウイスキーを注いだ。グラスを口に持っていかずに、琥珀色の深みをのぞき込む。

息を吸い込もうとしたが、苦痛が強まり、窒息するかと思うほど胸が締めつけられただけだった。

自分は心を持たないとずっと信じてきた。ヴァンパイアは心を持たない——人間《モータル》とは違う。

リースは声に出して悪態をつき、くるりと振り向いて、グラスを暖炉に投げつけた。クリスタルガラスが粉々に砕け散った。

彼の存在しない心と同じように。

23

ジェインは自分の寝室までどうやって戻ってきたのかまったく思い出せなかった。というよりは、ぐらぐらする脚が、どうやって体をここまで運んできたのかわからないというべきか。とにかく部屋に入って扉を閉めるなり、ベッドに座り込んだ。

どうしようもなく震えるのを防ごうと膝のあいだにはさんで固く握りしめている両手を、呆然と眺めた。

その格好で座ったまま、どれほどの時間がたっただろう。ジェインは、何も感じていなかった。あるいは、一度にあらゆる意識があふれ出て、それぞれの感情が互いに汚し合って、最後にはなんの感情も残らなかったのかもしれない。

だが、しだいにひとつの感情が頭をもたげた。苦痛。恐ろしいほどの、心をねじ切られるような痛みがジェインを無力にした。

その痛みを抑えるために深く息を吸う。だが、その息を吐くときに、ふいにうちひしがれたすすり泣きが一緒にもれた。その哀れな声が、ジェインのもろい避難場所を一気に打ち崩した。

震える両手で顔を覆い、ジェインは泣いた。リースから発せられた冷酷な、感情のかけらもない言葉に泣いた。リースが、現実であり真実であるものをあきらめてしまったことに泣いた。そして、これまでいつも、最後はここに行き着くしかないとあきらめてきた場所にふたたび戻ってきたことに泣いた。つまり、孤独に。

いいえ。ジェインは怒りに駆られて涙をぬぐった。こんなにも絶望している自分に対する怒り。リースの気持ちを変えさせることができなかったからといって、あきらめてはいけない。こんなことで自分はだめになったりしない。

「また愛を見つけるわ」自分を取り囲む部屋に向かって、そして、自分に向かって、声に出して誓う。でも、その言葉が消えないうちから、リースと培ったような愛情はもう二度と見つけられないと悟った。ほかの男に対して同じように感じることなど決してないことも。

〝あなたは大げさに考えすぎよ。〟ジェインの理性が主張する。だが、心は、そうでないことを知っていた。リースとの絆は、人生に一度しか訪れないものだ。

もしかしたら、ジェインの両親が共有していたのは、こういう絆だったのかもしれない。もしかしたら、あまりにも深く愛し合っていたから、父親は、それが断ち切られたときに回復できなかったのだ。ジェインはずっと、父さえその気になれば、立ち直ることができるはずだと信じてきた。ジェインを大切に思っているなら、立ち直るのが当然だと。でも、もしかしたら、本当に不可能だったのかもしれない。

ジェインは立ちあがった。動揺と苦痛で、いてもたってもいられなくなったのだ。どうにも対処できない。これからの残りの人生を、手の届かなかったものに恋いこがれて生きることはできない。すでに父親のときに経験していることだ。子どもゆえの無邪気さがあったからなんとか切り抜けた。渇望だけで生きていくのは不可能だ。

ここから出なければ。雑踏と騒音の中に身をおいて、外にはさまざまな生き方があることを実感する必要がある。

コートを捜しながら、もっと暖かい服を着るべきかどうか迷った。だが、手間取りたくない。今すぐに出ていく必要があった。

でも、あのいまいましいコートはどこかしら。いくつかの場所を確認したが見つけられず、必死で部屋の隅々までかきまわしたあげくに、あのコートは、リースの部屋で、もう一度愛し合うことに同意したときに彼が椅子に投げ出したままであることを思い出した。

ジェインはためらった。リースに会いたくなかった。少なくとも、しばらくよく考えて、気持ちを落ち着けるまでは。でもこの家の中では考えられない。リースのすべてに取り囲まれていては無理だ。

ジェインは胸を張り、リースの部屋に歩いていった。扉は開いたままだった。リースはいなかった。立ちどまって理由を考えようとはしなかったが、なぜか、彼がいないとわかっていた。だから取りに来たのだ。おそらく、ただの本能的なものだろう。

まっすぐ入っていってコートを見つけた。急いではおった。ジッパーを上げるときに、胸に下がっている固く冷たいトパーズに指の関節が触れた。

ペンダントが突然とても重く感じられて、ジェインは首の後ろを探り、小さな留め金をはずした。はずしたネックレスを目の前にかかげると、ペンダントがきらめきながら前後に揺れた。真ん中の宝石がスタンドの明かりに照らされて、このネックレスがジェインのためのものだというのは単なる冗談だよとウインクしながら言ったように見えた。

リースのベッド脇のテーブルにネックレスを置いて、ジェインは部屋を離れた。貨物用エレベーターのところに来るまで、足取りをゆるめなかった。大きな鉄格子の扉と格闘して、ようやく閉めた。地上階を押す。

鉄格子の落とし戸は開けるほうがもっと難しかった。このばかげたエレベーターの中に閉じ込められたのではないかと不安に思い始めたとき、ミックが現れた。

ミックは軽々と落とし戸を上げてジェインを出してくれた。

「ありがとう」困惑しながらつぶやいた。もっと強靭にならなければ。肉体的にも精神的にも。

ミックがうなずいた。何も言わないのは毎度のことだ。

今回はジェインも自分の問題に心を奪われていたせいで、その沈黙も気にならなかった。裏口の鋼鉄の扉まで行き、いくつもかかっている錠前を開ける。ようやく全部解錠して扉を押し開け、冷たい冬の空気を吸い込んだ。

「外に行くなら気をつけなさい」ミックの声がして、初めて自分のすぐ後ろに彼が立っているのに気づいた。

ジェインは肩越しに巨大な男を見やった。「そうするわ」

ミックはうなずいて、ジェインの頭越しに手を伸ばし、ジェインのために扉を押し開けた。

路地に出てから、ちらりとミックを振り返った。

彼がまたうなずき、ジェインもおずおずと笑みを返した。今になって、この男に妙に親近感を覚えるのは滑稽とも言える。もう出ていくのだから。

ジェインは通りのほうを向いた。ハイヒールの踵《かかと》をコンクリートに鳴り響かせながら、急ぎ足で都会の喧噪に入っていった。


リースはいけないとわかっていても、自分を抑えられなかった。ジェインが大丈夫かどうか確認しなければならない。

彼女の寝室の扉は閉じられていた。外側で立ちどまったが、部屋にいないことはすぐにわかった。意識を集中させたが、アパートの中には、彼女の気配は感じられない。彼女の香りはまだ漂っていたが、バラの香りがそよ風に乗って運ばれていくように、拡散しつつあった。遠からず、まったく匂わなくなるだろう。

出ていってしまったのか？　早々と？

取っ手に手をかけてしばらくためらう。ようやく決心して扉を開き、中をのぞき込んだ。安堵感が押し寄せた。衣装だんすの脇にジェインのスーツケースがまだ置いてあったのだ。永久に出ていってしまったわけではない。ここでほっとするべきではない。できるかぎりすみやかに、ジェインを出ていかせるために冷たくしたのだから。ジェインをクリスチャンから遠ざけなければならない。リース自身からも。だが、実際に出ていってしまうことに対して、まだ心の準備ができていないというのが本音だった。

だが、行ってしまった。一時的であるにしろ。

そう思ったとたんに、追いかけなければという衝動に駆られた。どこに行こうとしているか知りたい。安全であることを確認したい。だが、その衝動をなだめて自分の寝室に向かった。出ていかせようとしているのだ。あとを追うべきではない。

〝もし、クリスチャンが外でジェインを待ちかまえていたら？〟

リースは踵《きびす》を返してエレベーターに向かった。

一階に下りると、迷うことなくミックを目指した。ミックは警備室でいくつも並ぶモニターを眺めていた。クラブ周辺に設置した監視カメラの映像だ。

「ジェインが出ていったか？」

ミックがうなずく。

「どっちの方向に行ったかわかるか？」

またうなずく。

「追いかけてほしい」

ミックは即座に立ちあがり、椅子の背にかけてあったコートに手を伸ばした。

「安全かどうかだけ確認してくれ」

「対象物は？」

ミックは非常に長い期間、リースとセバスチャンのために働いてきているので、よほど深刻な脅威がジェインに迫っていないかぎり、あとを追わせたりしないと知っている。

「クリスチャン」

その言葉に仰天した証拠に、ミックの目がかすかに見開かれた。だが、彼は時間を無駄にするようなことはせず、すぐに裏口に向かった。

巨体が外に出ていくのをリースは見守った。クリスチャンがどんな脅威になり得るか、ミックはリースよりもはるかに早く理解したようだった。

「失礼、今何時かわかるかな？」

ジェインは振り返った。本屋の前で、陳列窓に並んでいる新刊本をぼんやりと眺めていたときだった。

薄い、透明に近いブルーの瞳を見つめて、目をまばたいた。前に見たことのある瞳だ。あの珈琲店にいた男であることはすぐにわかった。

ジェインは口ごもった。動揺したせいで声が出ない。

その男がほほえんだ。温かな笑みだった。親しみを感じる笑み。それを見て、ジェインは神経質になりすぎたと反省した。路地でひどい目にあって、ニューヨークは怖いと思い込んだせいだ。

ジェインはこわばった笑みを浮かべた。自分が男の瞳を凝視していることに気づいたからだが、それでも、その瞳から目をそらすことができなかった。

「時計を持ってないので」

「それは、邪魔して悪かったね」男は立ち去らず、むしろジェインのそばに寄って本をのぞき込んだ。

ジェインも本を眺めるふりをした。自分が歩き去ればいいのに、なぜそれができないのだろう。

「あの『ヴァンパイア・インタヴュー集』を読んだことある？」

ジェインは男を横目で見た。「いいえ。おもしろいんですか？」

「とてもおもしろい」

ジェインはなんと答えたらよいかわからずに、ただうなずいた。

そのとき、男がジェインの顔をのぞき込んで眉をひそめた。眉間に寄った皺でさえも、顔立ちの美しさを損なうどころか、かえって引きたたせているような印象を受ける。「どこかで会ったことがあるかな？」

ジェインはとっさに首を横に振ったが、笑って答えた。「ええ、前にぶつかられました」

淡い色の瞳にわかったという表情が浮かんだ。「ああ、そうだ。下手なくどき文句を言った覚えがある」

「そうでしたか？」

彼は肩をすくめた。「きみが覚えていないなら、おれも忘れることにしよう」

男の気軽な冗談にジェインはほほえまずにはいられなかった。あわてて本に視線を戻した。

「ぶしつけで失礼だが、それに、今度こそ、本当にくどき文句に聞こえてしまいそうなんだが、何か一緒に食べないか？　道を渡ったところに食事のおいしい店がある」彼は混雑した通りの向こう側に見えるレストランを身振りで示した。

ジェインはノーと言おうと口を開いたが、何かが引っかかってためらった。男の唇の形か、目の細め方か、なんとなく、とてもよく知っているような気がする顔立ちのせいか。珈琲店で出会ったのとは別なことだ。

それもいいかもしれない、とジェインは決心した。この非常に魅力的な男性に関心を持たれるのは気分がいいだろう。あれほど辛い夜を過ごしたのだから。ちょっとおしゃべりすれば、元気を出せるかもしれない。自尊心を取り戻すにはうってつけだ。

ジェインは男が示したレストランをちらっと見やった。建物の入り口は美しく、パリのカフェのように飾られている。客がたくさん入って、にぎわっているようだ。暗い路地とは違う。みすぼらしいバーでもない。あそこなら、まったく安全だろう。

「本当のことを言うと、ちょっとお腹がすいてるの」

男はうれしそうににっこりした。「よかった」そう言って形のよい手を差し出した。手のひらは大きく、指が長くて爪は丸く整えられている。「クリスだ」

ジェインはほほえんで指を彼の指に触れた。「ジェインよ」

クリスはジェインの手をそっと握り、すぐに放した。

とても礼儀正しい。

クリスはジェインを連れ、こみ合った歩道を縫うように角まで歩いていき、交差点をレストランのほうに渡った。

しかし、やわらかな光に照らされた隅の席に腰を落ち着けたとたんに、ジェインは自分の決断に疑問を持ち始めた。レストランの中が、フランスの音楽から、白いクロスをかけたテーブルに置かれてゆらめく蝋燭《ろうそく》の炎にいたるまで、いかにもロマンチックな雰囲気を醸し出していたからだ。

わずかに身じろぎして、ジェインはバッグの留め金をいじった。

クリスの手がジェインの手をそっと覆った。「不安に思う必要はないよ。ひとりで食べたくなかっただけだから」

ジェインはクリスの目を見つめ、うなずいた。「ごめんなさい。この店が、いかにも恋人同士がデートをするような場所に思えたものだから。ただの知り合いでなく」

クリスは周囲をちらりと見やった。「たしかにそうだね。だが、今夜のきみは、多少ロマンチックな要素を必要としているような感じを受ける」

ジェインはそれを聞いて笑い声をたてた。その声が、自分の耳にもひどく暗いおぞましい音に聞こえた。「そんなに一目瞭然？」

クリスはジェインの両手から手を放し、慰めるような笑みを投げた。「悲しい目をしている。おれはそういう目に弱いんだ。あの珈琲店できみに気づいたのもそのせいだったような気がする」

ジェインは顔をしかめた。「本当に？　悲しい目？」

彼はうなずいた。「それで、なぜ悲しいの？」

ジェインはためらった。まったく見知らぬ人にリースのことを話したいかどうかわからない。そもそも、どうやって、ほかの人にリースのことを話せるというのか。非常に奇妙な話に聞こえるはずだ。

ジェインはナプキンを取り、黒いスカートの上に広げて撫でつけた。

「最近、ある人と別れたものだから」

「そうなのか？」

「ええ。彼はその……病気だったの。そして、それが治ったときに……その人はわたしと一緒にいるべきじゃないと決断したのよ。彼にとってわたしはふさわしい女じゃないと」

クリスチャンは、ジェインがつっかえながら話すのを聞きながら、内心の苛立ちを押し隠した。クリスチャンが関心のあるのは一点だけ、リースが〝病気〟だったということだ。

「その人はどんな病気だったの？」

ジェインがまたバッグをいじるのを見て、クリスチャンは乱暴にその手をつかんで、じっとさせたいという衝動を抑えた。

そして、いかにも関心があるというように頭をかしげてみせた。

「一種の記憶喪失だったの」

クリスチャンは一瞬あっけにとられ、それから、思わず浮かびかけた笑みを押し隠した。記憶喪失にやられるとは、いかにもお涙頂戴的な兄貴らしい。哀れなリース。自分を受け入れられないわけだ。自分がヴァンパイアであることを。

なんと陳腐な話だ。

もちろん、この事実をもっと前に知っていれば、リースをそのみじめな状態から救い出してやっていた。そうすれば、親愛なる兄は、自分を襲撃した者の正体を知らずにすんだだろう。

いいや、それではおもしろくもなんともない。クリスチャンはジェインを観察した。こっちのほうがずっといい……もっとはるかに効果的だ。

「だが、きみはまだその人のことを好きなんだろう？　それほど冷淡な態度をとられても？」

ジェインがうなずいた。「ええ」

不愉快なことに、このときウェイターが現れて、本日のおすすめ料理の長いリストについて、延々と説明し始めた。それがようやく終わると、クリスチャンはメルローワインのグラスを二杯注文した。

「悪かった」ウェイターが立ち去るのを待って、クリスチャンは言った。「きみのも勝手に注文して悪かったかな？」

「いいえ、とんでもない。わたし、あまり飲めないの。だから、どのワインを頼んだらいいかなんて見当もつかないわ。どうもありがとう」

クリスチャンは優しくほほえんだが、実際には天を仰ぎたいくらいだった。こんな純情そのものの小娘に惚れ込むとは、リースもやきがまわったものだ。

「その人はまだきみのことを好きだと思う？」

ジェインはその質問を長く考えたあげくに答えた。「思うわ。でも、そのことを彼に気づかせることができなかったの」

だが、彼はまだ好きでいる。クリスチャンの知りたいのはそこだけだ。この女性を失えばリースは傷つく。打ちのめされるはずだ。もちろん、リースの知り合いの人間《モータル》なら、だれを傷つけてもリースは悲しむだろう。だが、クリスチャンはリースをただ悲しませたいわけではない。狙いは絶望だ。この喪失によって永遠に苦しませたいのだ。

クリスチャンは歯をくいしばった。自分がライラの喪失に苦しんでいるように。

ワインが運ばれ、クリスチャンはひと口すすった。ひどい味だ。グラスを脇に置いた。

「リースは……それが彼の名前なんだけど、とても高潔な人で、わたしを守るために、別れるという見当違いの方法を採ったのだと思うの。なぜ確信を持ってそう思えるのか、自分でもわからないんだけど」ジェインはため息をつき、ワインを飲んだ。「でも、違うかもしれないわ。わたしはただ、彼が言ったひどい言葉を信じたくないだけかもしれない」

一心に聞いているふりをしていたが、クリスチャンの心は、ジェインの言ったひと言に引っかかっていた。〝リースは高潔な人。〟

このひと言を聞いただけで、クリスチャンは牙をむき出したくなった。野獣のようにうなりたくなった。リースが高潔。なんというたわ言を。

「外見とはまったく違う人間もいる」静かに言った。「おれは身近に知っている」

突然、この退屈で無邪気な小娘に気高いと思っている男の正体を知らせることが非常に重要に思えてきた。その男のために、この小娘は命を失うのだから。

「おれは昔、心から愛していた人がいた」クリスチャンはジェインに言った。「ライラはおれの命だった。何よりも大切なものだった。そして、恋に落ちた人はたいていそうだろうが、おれは彼女を家族に会わせたいと思った」

ジェインがうなずいた。じっとクリスチャンを見つめている。

「そして、たいていの弟と同じく、おれも兄貴を非常に尊敬していて、とりわけ兄に彼女を認めてもらいたかった」

「当然だわ」ジェインがつぶやく。

「そこで、ライラの開くパーティに出席してほしいと頼んだ。ライラは客をもてなすのがうまくてね。贅沢でエレガントなパーティを開くのが好きだったんだ。兄は出席することに同意した。その晩、兄はおれの婚約者に会っただけでなく、ライラをすばらしいと思い、自分のものにすることにした」

「まあ、クリスチャン」ジェインは手を伸ばして、クリスチャンの手に触れようとしたが、彼は触られる前に引っ込めた。この娘に同情してもらいたいわけではない。そのためにこの話をしているわけでもない。愛する男の本性を知らせたいだけだ。

「兄は無理やりライラを奪った。あとになって、ライラはおれのもとに戻ってきたが、以前の彼女ではなかった。兄がそんなことをしたあとで、もとに戻れるわけがないだろう？」

ジェインの緑の瞳が涙できらめいた。「クリス、なんて恐ろしいことかしら。気の毒だと思うわ」

クリスチャンはジェインをじっと見た。彼女の同情に感謝する表情を浮かべながらも、その内側は冷えきっていた。

無理にほほえむ。「わかっただろう？　おれたちはふたりとも、愛する人を失うのがどういうことかよく知っている」

ジェインは注文したスープを少し飲んだ。

クリスは軽口を叩き、ジェインをくつろがせようとしてくれたが、あんな話を聞いたあとでは、ほとんど食べられない。

どうしてお兄さんなのに、自分の弟に対してそんな恐ろしいことができるのだろう。それに、そのかわいそうな女性。

「おれの話で雰囲気を台無しにしてしまったようだな」クリスが悔やんでいるように言っ

て、身振りでジェインのほとんど口をつけていない食事を示した。

「あまりお腹がすいてなかったから」

「そうか。じゃあ、会計してそろそろ出ようか。家まで送るよ」

ジェインはその申し出を断ろうとした。そもそも帰る家がない。だが、リースのアパートに帰ったほうがいいと思い直した。もう遅いし、荷物も置いたままだった。それに加え、セバスチャンに会って、助けてくれたことにお礼を言いたかった。もちろん、ナイトクラブの仕事ができないことも伝えなければならない。

もうひと晩をリースと同じ家で過ごしても、悲しみで死んでしまうことはないだろう。そして、明日になったら、街に出ていって生きる場所を見つけるのだ。

「ええ、送ってもらえたらありがたいわ。もしあなたがかまわないなら」

「全然かまわないよ」

24

リースがこのナイトクラブを好きだったことはない。オーナーのひとりではあるが、実際に経営しているのはセバスチャンだ。リースはほかのヴァンパイアとつき合うことにまったく関心がなかった。その晩のスペシャルになるというアイデアに心を奪われた人間《モータル》たちはもっと始末が悪い。そのスペシャルディナーこそ、このクラブの提供しているものであるがゆえに、リースは通常、できるかぎり顔を出さないようにしている。

だが、今夜は別だった。自分の正体を思い出させてくれるものに取り囲まれていたかった。ジェインの思い出がいたるところにあるアパートに座ってなどいられない。彼女の香りやぬくもりはすでに消えてしまっていたが、それでも無理だった。

だから、リースはクラブにいて、バルコニーになっている二階部分に座り、きらめく光とうるさい音楽とゴスたちに包まれていた。椅子にもたれ、バルコニーの手すりに両脚をのせて、眼下のダンスフロアを見渡す。叩きつけるような音楽に人々が身をくねらせ、揺れている。なんの関心もなくその群衆を眺めながら、スコッチウィスキーをすすった。

彼女はどこにいるんだ？　ミックはどこだ？　自分で捜しに行くべきかもしれない。

「ジェインはどこだ？」セバスチャンがリースの横の椅子を引っぱり出して座面にまたがり、背もたれに組んだ腕をもたせた。

「知らない」リースは歯をくいしばった。今は弟と話したい気分ではない。

「彼女に望んでいないと伝えたのか？」

「そうだ」

セバスチャンが愛想がつきたという表情をあからさまに浮かべて首を振った。「いいか、最初は思ってたんだ。もし兄貴の記憶が戻って、それでもジェインが必要だと悟ることができないほど、相変わらず愚かだったら……何も言わないことにしようと」

「その計画を貫いてくれ。遠慮することはない」リースはそっけなく言った。

「おい、いい加減にしろ。そして、ばかな真似はやめてくれ。自分についてもジェインについても」

「彼女が安全でいてほしいと思うことのどこがばかなんだ？　自分の正体を彼女に知られたくないと思うのがばかか？」

「ジェインは兄貴がなんであっても受け入れるさ」

リースは顔をしかめて弟を見やった。

「まあ、最終的には受け入れるさ」

リースはそれを聞いて、呆れたように鼻を鳴らした。

「外にはクリスチャンがいるのに、彼女を行かせて本当に安全だと思うのか？」セバスチャンが指摘する。

リースは眼下の集団をぼんやりと見つめた。ここから追い出すことで、ジェインがリースにとってなんの意味もない存在だとクリスチャンに思わせることができれば、彼女は安全なはずだ。

たしかに、今夜はあまりにも性急すぎた。自分がジェインを愛していないと、ジェインに納得させることしか頭になかった。思慮が足りなかった。ジェインを追い出す前に、クリスチャンがふたりの関係に気づいていないことを確認する必要があったのに。

リースはミックがジェインを見つけてくれることだけを願っていた。

いったいミックはどこに行ってしまったんだ？

リースの思いが呼び寄せたように、その瞬間にミックがリースの椅子の脇に現れた。

「見つけられませんでした」

「なんだって？」恐怖がこみあげる。

ミックの首が左右に振られた。「しばらく彼女の通った跡をつけていたんですが、それが消えちゃったんですよ」

リースは自分自身に悪態をついた。なぜぼくはこんなに愚かなんだ？　なぜこうなることを予測できなかったのか？　決着をつけることだけに気を取られていた。もっと注意深くなるべきだったのに。

リースは立ちあがった。ジェインを見つけなければならない。もし、クリスチャンが彼女を傷つけたら……いいや、あの冷酷なヴァンパイアのどこかに、かつて愛した弟が存在すると信じたい。

リースはミックを押しのけて歩き出そうとしたが、その大男に腕をつかまれた。

「くそっ」背後でセバスチャンがつぶやいた。

セバスチャンを振り返ることも、ふたりの男たちの視線を追う必要もなかった。腐ったような匂いとともに、花の香りがすでにリースの鼻に届いていたからだ。

階下を眺め、すぐに人ごみの中にジェインを見つけた。そして、彼女のすぐ脇にクリスチャンが腕をジェインの腕にからませて立っていた。

きょうだいの視線がぶつかった。まったく調和しない薄青色と琥珀色が。

「不思議だわ」ジェインが驚いた様子でまわりを眺め、コートを脱ぎながら大声で言った。「この場所の上に住んでいたのに、ここに来たのは初めてよ」

「そうなのか？」答えは返ってきたが、クリスの注意がほかに行っていることはジェインにもわかった。

これほどぴかぴか光る照明と大きい音の音楽の中にいては、気をそらさないほうが難しい。それに、このたくさんの人々……髪を黒く染め、目にすごい化粧をして三つ揃いのスーツを着ている男がそばを通った。その奇妙な組み合わせを見て、ジェインは顔をしかめた。

ふいに、クリスの手がジェインの手をつかんだ。ぐいぐいとダンスフロアのほうに引っぱられる。

「まあ、やめて」ジェインは笑いながら抗議した。

だが、クリスには聞こえなかったようだ。

次に気づいたときには、のたうつ無数の体の海のど真ん中にいて、クリスの背の高い引きしまった体にぴったりと抱きしめられていた。

ジェインは身を引こうとしたが、クリスはジェインにまわした腕を鋼鉄のように締めつけて、さらに近くに引き寄せた。

「クリス！」

彼がにやりとしてジェインを見おろすのを目にして、彼女はふいに不安に襲われた。

「ダンスは嫌いかな？」

ジェインはなんと答えていいかわからなかった。食事のあいだ一緒に過ごしていた男性とは思えぬ振る舞いだ。顔つきも前より冷酷な感じで、骨ばかりが目立つように見えた。

ジェインの背中にまわった手が滑りおりて、尻を乱暴につかむ。まるで何か誇示しようとするように。所有欲？　力？

「おれたちがダンスするのを、彼が見たがっていると思わないか？」

一瞬、ジェインはクリスが何を言っているのかわからなかったが、すぐに、〝彼〟を感じた。踊りまくる人々の汗ばんだ熱や、クリスの衝撃的なほどのなれなれしさとはまったく関係のないぬくもりを肌に感じたのだ。

ジェインは周囲を見まわし、上階の手すりのそばにリースが立っているのを見つけた。ジェインを見つめている。

「あの人がリースよ」言ったとたんに、クリスがすでにわかっていたことに気づいた。クリスがまたにやりとした。「ああ、知っている」クリスが前かがみになり、ジェインの耳元に唇を寄せた。そして、低くなめらかな、そしてぞっとするような声で言った。「もっとちゃんと自己紹介すべきだったかな。おれはクリスチャン・ヤング、リースの弟だ」

ジェインは身を引こうとした。なぜかわからないが、彼の言葉が心底恐ろしかった。だが、がっしり抱きしめられてどうにもならなかった。そのとき、彼の舌がジェインの耳の輪郭をなぞった。

「リースにライラのことを聞くのを忘れないように」

その言葉が耳にほとんど入らないうちにクリスチャンはいなくなった。人の海に紛れて見えなくなった。

ジェインはふいに解放されたはずみと安堵感によろめいた。

ダンスフロアから離れようと歩き出す。脚ががくがく震え、目がまわってふらふらする。揺れる肉体にびっしりと囲まれて、どちらに向かっているかもわからない。

そのとき、リースが見えた。

ジェインから視線を離さずに螺旋階段を駆け下りてくる。ジェインはわななく脚を動かす試みを放棄した。ただ踊る人々のあいだに立ち尽くし、荒れ狂う嵐の中に立つ導灯であるかのように、彼を一心に見つめ続けた。

リースがダンスフロアに上がったとたんに、踊る人々にさえぎられて姿を見失ってしまった。でも、次の瞬間、彼がジェインの真ん前に立っていた。うねっている肉体の海の真っただ中で、ふたりは無言のまま見つめ合った。ひと言も発せずに、リースはジェインの手をつかみ、混乱の中からジェインを引っぱり出した。ジェインはついていった。ほかになすすべもなく、仮にあってもしたくなかった。

彼は大股でクラブの隅の暗がりにジェインを連れていった。くるりとジェインの向きを変えて自分のほうに向かせ、そのまま押してあとずさりさせた。ジェインは壁と彼の固い体のあいだにはさまれた。ジェインを見おろす琥珀色の瞳は燃えるように輝き、怒りと欲望と恐怖に満ちている。

肺がぎゅっと締めつけられて息が吸えない。

「何かされたか？」

ジェインは息が吸えないまま、ただ首を振った。リースの大きながっしりした体の重みと、その熱い凝視の両方にとらわれたような気がした。

「本当に大丈夫か？」

「大丈夫よ」あえぎながらなんとか声を押し出す。心の中では混乱と疑問が渦巻いているのに、体は彼に触れられてすぐに反応することにうろたえていた。

何か言おうと口を開ける。たった今起こったことに意識を集中しようとしたが、リースがそのチャンスを与えてくれなかった。

ジェインの両手を頭の上に持ちあげて片手で壁に固定しながら、唇を彼女の唇に荒々しく押しつけたのだ。

困惑しながらも、ジェインは応えずにはいられなかった。同じような荒々しさで彼のキスを受けて、彼の唇と舌を吸った。彼はあいているほうの手をジェインの全身に這わせた。その愛撫はキスと同じくらい激しく、まるでジェインが無事だったと思っていないか、あるいは、現実にそこにいることさえも信じられないようだった。

リースはいったん唇を離すと、今度は顎から首を伝って胸までむさぼるようにキスを這わせていった。頭を後ろの壁にもたせかけ、目を閉じて、ジェインは、彼の凶暴なほどの攻撃を受けとめた。

ジェインのブラウスの脇の結び目に指がかかる。ぴったりしていたブラウスがゆるみ、彼が前をはだけて、唇でブラジャーのレースの上から乳首を探しあて、強く吸った。片手がもうひとつの乳房を愛撫し、お腹と背中も撫でまわした。

ジェインは姿勢の許すかぎり、自分の体を彼に押しつけた。ジェインも彼に触れたかった。彼を落ち着かせ、安心させたかった。

「リース」ジェインのつぶやく声は渇望に満ち、すがりつかんばかりだった。

彼の唇が戻ってきてジェインの唇をむさぼり、体をさらに押しつける。乳房が彼の胸にぴったり重なってつぶれ、彼の膝がジェインの脚のあいだに当たった。

彼の愛撫は荒っぽくて刺激的だった。彼にすり寄ろうとする自分の体を抑えられない。乳首はレースを突きあげ、脚のあいだの盛りあがりが絹とデニム地を押しあげる。彼の膝がジェインの脚を大きくこじ開け、手がパンティ越しに彼女に触れた。それから、パンティが押しやられて、ごつごつした指がジェインを攻め、なぶり、彼女を満たした。

ジェインはあえいだ。彼に対する欲望はあまりに鋭く荒々しく、ふたりを包む音楽の激しいリズムと呼応しているかのようだった。

彼の両手が離れる。ジェインの体が勝手に動いて彼に戻ってくるように要求する。

彼は戻ってきた。ペニスの太い先端が指と交代して彼女の濡れてふくらんだ襞をこすった。両脚を使ってジェインの両膝をさらに開き、彼自身を押しあてる。

そして、強いひと突きで一気に彼女の中に入り、根元まで埋めた。彼の体が、両手が、そそり立ったものがジェインを壁に釘づけにする。唇がジェインの唇をとりこにする。

彼は張りつめたペニスと舌の両方でジェインを攻めたてた。激しいひと突き。もう一度、そして一度。拍動するリズムときらめく閃光、激しい高鳴りと容赦ない欲望、それに激しい痙攣《けいれん》が次々と続き、ついに暴力的なまでのほとばしりがジェインをとらえた。

ジェインのあげた叫び声はリースの口にのみ込まれ、彼の体に押さえつけられた体から力が抜けた。

リースは自分のしたことが信じられずにジェインを見おろした。彼女を奪った。ナイトクラブの壁に押しつけて。片隅の暗がりで、彼の体でさえぎられているから、彼がジェインの中に自分を深く埋めていることを、通り過ぎる人たちはだれも知らない。だが、リースは知っている。そして、自分がなぜ自制心を失ったかもわかっていた。

クリスチャンの腕の中にいるジェインを見て、打ち砕かれるほどの衝撃を受けたのだ。逆上し、クリスチャンがずうずうしくもジェインに触れたことに対する憤怒に体を引き裂かれる思いだった。

それから、クリスチャンが頭をかがめてジェインの耳に何かささやき、唇をジェインの首筋のやわらかな肌に近づけるのを見て、その憤怒が恐怖に変わった。真の恐怖にとらわれたのは、クリスチャンが今そこで、ジェインを殺すことができると理解したからだ。ダンスフロアの真ん中で。リースの目の前で。

そして、ジェインのもとにたどりついて、その大きな緑色の瞳をのぞき込んだとき、彼女を抱かずにはいられなくなった。彼女を愛することで、彼女の主張が正しかったことを確かめる必要があった。ジェインが今も彼のものであることも。

だが、こうしてジェインのぐったりした体を抱き、目を閉じて満ちたりた表情を浮かべた顔を見つめながら、リースはこれほどまで自分を抑制できなかったことに呆然としていた。

ジェインの両手を、無理に持ちあげていたせいでこわばってしまったのではないかと心配しながらそっと下ろした。

ジェインは目を開け、リースに向かって甘美このうえない至福の笑みを浮かべた。壁に押しつけられて乱暴に奪われた女性のようにはまったく見えない。

彼女に覆いかぶさり、通りがかる人の目をさえぎりながら、ジェインの服の乱れを直し、それから自分の服も整えた。

ジェインは壁にもたれたまま、リースを見つめていた。ひと言も言葉を発しなかったが、質問したいことが山ほどあるのはわかっていた。たった今したことについて。クリスチャンについて。

人目に耐えられるぐらい身支度が整うと、リースはジェインの手を取って裏口に連れていった。その戸口を見張っていた体格のよい用心棒は、近づいていくとすぐに脇にどき、ふたりは照明と音楽から抜け出した。

通路は対照的にしんと静まっていたが、エレベーターに乗っても、どちらも何も言わなかった。アパートの中に入っても、どちらも話し出さなかった。

図書室に行き、リースがふたりの飲み物を注ぎ終わってようやく、ジェインが口を開いた。

そして、彼女の最初の数語は、リースにとって完全な不意打ちだった。

「ライラのことを話してちょうだい」

25

リースのとっさの反応は、ジェインの要求を無視しようというものだった。何を言えるというのだ?

〝ああ、そうだな、ライラね。彼女はぼくとぼくの弟たちをヴァンパイアにクロスオーバーさせた悪魔のような女だよ。もう死んだけれどね。〟

「ライラはクリスチャンの恋人だったの?」

リースはこの呼び方に思わず笑いそうになった。クリスチャンの恋人。とても心地よい響きだ。いたって無邪気。まったくの正常。クリスチャンとライラの関係には、そういった要素はひとつもない。

「ライラという女は、厳密に言えば、女という単語は当てはまらないんだが、クリスチャンの人生を破滅させた女だ。文字どおりの意味でだ」リースは低い声で言った。

ジェインは両手に持ったグラスを見おろし、手のひらのあいだでゆっくりまわした。

「彼は、あなたが……その女性を利用したという意味のことを言ってたわ」

リースはふんと鼻を鳴らした。「ああ、弟はそう言うだろう」

「そうだったの？　それが、クリスチャンとの確執の原因なの？」ジェインは、そこまで言ってもリースを見ようとしなかった。

リースは一瞬、目を閉じた。ジェインがクリスチャンの言葉を信じているらしいことに、なぜこれほど傷つくのだろう。かまわないじゃないか。ジェインにここから逃げ出すように説得するためには、最悪のことを信じさせておけばいい。

リースはそうできなかった。

「ぼくらの確執がライラについてであるのは間違いない」リースは言った。「だが、起こった事実は、弟の記憶とはまったく異なる」

ジェインは目を上げてリースを見た。グラスをまわしていた手が止まった。「では、どういうことが起こったの？」

リースはしばらく何も言わなかった。この話をどのように話せるというのか。事実のどの部分を取っても、信じられないことばかりなのに？　ジェインに話してみようと思うことすらどうかしている。ただ、クリスチャンが言ったとおりのひどいことをしたのだと告げるべきなのだ。それ以上のことまで。そうすれば、逃げるように説得できるだろう。

だが、彼の口は、理性の説く論理に耳を貸そうとしなかった。「ぼくたちがイギリスに住んでいるときに、クリスチャンはライラに会った」

ジェインがリースをじっと見つめた。彼が言葉を続けるのを待っている。

「クリスチャンはロンドンで生活したいと考えた。それについては、家族の中でも論争になった。ぼくは田舎の屋敷のほうが好きだったが、クリスチャンは田舎住まいを嫌っていた。その静けさやゆったりしたペースがいやだったんだ。興奮を追い求めていた。ぼくは行かせたくなかった。長男として、彼について責任を負っていたからね」

リースのその性格――反抗的な弟のことも自分が気をつけているべきだったと感じている――については、ジェインもすでに知っていた。

「クリスチャンがロンドンに行ってすぐに、連絡が途絶えた。クリスチャンは気まぐれな奴だったから、最初はそれほど心配しなかった。だが、二カ月たっても一通の手紙も来なかったので、ぼくは自分が会いに行くべきだと考えた」

彼の使った言葉が気になった。手紙？　電話やメールでなく？　奇妙に思える。手紙で日常的にやりとりしている人は最近はあまりいないだろう。遊び歩いている若者だったらなおさらだ。だが、ジェインは何も言わなかった。

「彼は贅沢なテラスハウスに住んでいた。両親がかなりの資産を遺したので、クリスチャンは有閑階級の生活を享受していたんだ。だが、ぼくが行ったとき、その家は、パーティやら堕落的な集まりやらのせいで荒れ果てていた。使用人はほとんど辞めていた」

ジェインはまた彼の言葉を不思議に思った。自分が〝子爵〟だと思っていたときに話してくれたこととまるで同じだ。

「クリスチャンもまったく別人のようだった。青ざめ、だらしのない格好をして、目は血走ってね。それで、彼が精神的に混乱していることに気がついた」

「麻薬？」ジェインは尋ねた。

リースは乾いた笑いをもらした。「そう言ってもいいだろう。ライラはクリスチャンにとって麻薬と同じだったから」

「どのように？　その人は何をしたの？」

「クリスチャンを思いのままに支配した。彼は彼女の言いなりだった」

ジェインは眉をひそめた。リースが激しい憎しみをかろうじて自制しているのが声の調子でわかったからだ。「クリスチャンは、あなたもその人に夢中になったと言ってたわ」

リースはその言葉を聞いて眉を上げた。乾いた笑い声がまたもれる。「ライラに会ったときに、すぐにその美しさに惹かれたことは認めざるを得ない。たしかに非常に美しかった」明らかに認めたくない様子だった。「だが、その美しい幻影の下に何がひそんでいるかを見抜くのにさほど時間はかからなかった」

ジェインは困惑を隠すことができなかった。「その下に何がひそんでいたの？」

リースがジェインを見た。少しのあいだ、目の焦点が合わないような様子を見せた。まるでライラのもとに戻って、何かを見つめていたような——でも、何を？

リースは手のひらで顔をこすった。両手が震えている。

「彼女はよい人間でなかったんだ」ようやく言葉を押し出したが、その描写が、実際に彼女が覚えていることをまったく言い表していないことは、ジェインにもよくわかった。

それについてもっと尋ねたかったが、差し控えた。リースがこれ以上話してくれるとは思えない。代わりに、クリスチャンにほのめかされたことを言ってみた。「クリスチャンの言い方はまるで、あなたが……その人を襲ったみたいに聞こえたけど」

リースは首を振った。クリスチャンがそう信じていると考えると、いまだに心をえぐられるようだった。「いいや、ぼくは彼女を襲っていない。だが……」リースはジェインから顔をそむけた。「セックスはした」

リース、やめて。

彼の告白に殴られたような打撃を受けた。信じられないという思いと、失望、そして嫉妬がジェインの中で入り乱れた。リースがそんなことをするはずがない。彼が弟を傷つけるはずがない。違う。

「はずみだった」リースの声は低く、震えていた。「そのあとぼくは、自分の弱さを呪った。彼女を拒絶すべきだった。やめさせるべきだった」

ジェインは驚いて彼を見つめた。その広い背中と落とした肩を。ジェインがそこに見たのは、弟の恋人をだました男ではなかった。今日、ジェインを追い出した冷たい男でもなかった。

ジェインの見たのは、あまりにも長いあいだ、重荷を肩に背負い続けてきた男だった。リースを見て、そして理解した。過去に起こったことが、記憶から消し去ろうとするほど辛い出来事だったということを。

そして、リースが全部を話していないということも察した。疑問の余地はない。彼は弱い人ではない。弟の恋人に対して、セックスはおろか、自分からは言い寄ることさえもしなかったはずだ。いったい何が起こったのだろう。

ジェインはソファから立ちあがり、リースに近寄った。後ろから腕をまわして抱きしめ、背中に頬を押しあてた。彼の苦痛を取り去ってあげたかった。彼の重荷を少しでも背負ってあげたかった。

ジェインの抱擁にリースは身をこわばらせたが、体を引こうとはしなかった。

「ライラに何を強要されたの？」

リースは身動きひとつしなかった。ジェインの両手が彼の硬直した腹部の筋肉を撫でた。彼女の頬が、リースの緊張した背骨にすりつけられた。

「本当は何が起こったの？」ジェインがささやく。

リースはみじろぎもせずに立ち尽くしながら、ふと体全体の力が抜けるのを感じた。安堵感に力が抜け、彼女の信頼を得て謙虚な気持ちになった。ジェインはクリスチャンの言ったことを信じていない。リースが意図的に弟を傷つけるはずがないと思っている。女性に暴力を振るうはずがないと信じている。あんなふうに、壁に押しつけて、荒々しく取り憑かれたように彼女を奪ったあとなのに、リースが暴力的になれるはずがないと思っている。

だが、リースはきわめて暴力的にもなれる。必要ならば殺すことも辞さない。ジェインを守るためならどんなことでもできる。

リースはジェインのまわされた腕の中で向きを変え、彼女の率直な、信頼に満ちた表情を見おろした。この女性のためなら殺しも厭わないが、自分のために彼女を死なせるわけにはいかない。ジェインはここを離れなければならない。たとえ、クリスチャンの脅威がなかったとしても、ここでは安全ではない。リース自身があまりにも強く望んでいるからだ。

「何が起こったかはどうでもいい。もう過ぎたことだ。クリスチャンは自分の信じることを永遠に信じればいい。ぼくは弟なしでやっていく。世の中はそういうものだ」

ジェインが首を振った。彼女はあまりに善良なせいで、何事も解決できると信じている。すべての亀裂は修復できて、すべての痛みは癒されると。

そうでないことをリースは知っている。

そして、ここで彼女を失い、克服できない喪失をもうひとつ増やすつもりはない。〝もしあのときああしていれば"と思いながら、決して以前に戻って変えることはできないという状況をもうひとつ増やすのは耐えられない。

「彼に話すことはできないの？　真実を告げることは？」

リースがまた笑い声をもらした。声は苦々しげだったが、ジェインの頬を撫でる指は優しかった。「やってみたよ。数えきれないほど。だが、クリスチャンは真実を聞きたがっていない。ライラを信じている。信じ続けるだろう。だから、きみはここを離れなければならない」

ジェインは彼の理屈がわからないように眉をひそめた。

「クリスチャンは非常に危険だ。きみを傷つければ、ぼくに復讐できると思っている。だから、ぼくから離れるべきだ」

ジェインはリースを見あげ、小うるさいことを言うとでも思っているような笑みを浮かべた。

「クリスチャンのことは怖くないわ」

ジェインの口調はきっぱりとしていたが、リースはその言葉に隠された不安がかすかに空中に漂うのを感じることができた。

リースはまたジェインの頬を触り、やわらかい絹のような肌の感触を味わった。記憶に刻みつけるために。ジェインが去ることは辛いが、違う場所で安全に幸せに生活していることがわかっていれば耐えられる。

「いくらかまとまったお金をあげたいと思っている」リースは言った。ジェインは首を振ったが、リースは言葉を継いだ。「ミックに言って、どこか安全なところまで送らせる。どこがいいかな。どこでも行ける。ロンドン？　パリ？　それともどこか熱帯の暖かいところでもいい」リースの声がやわらいで、まるで子どもをなだめすかしているような口調になった。

ジェインはまた首を振った。「わたしはどこにも行かないわ。それがあなたから離れることを意味するのならば」

リースは苛立ちを感じて、ジェインから身を離した。なぜ、彼女を守ろうとしているということを理解してくれないのか？

「前にも言った。ぼくはきみと一緒にいたくない」怒ったような乱暴な口調だった。

ジェインは一瞬黙ったが、それからそっと言った。「一緒にいたくないから、あなたはナイトクラブの真ん中でわたしとセックスしたと言うの？　あの欲望の中に真剣さが感じられたのはなぜ？」

リースはジェインの目を見つめた。苛立ちはますますつのったが、冷たくにらみつけても、ジェインはひるまなかった。

それどころか、何歩か前に出て手を伸ばし、リースの両手を取った。ジェインの小さな親指がリースの大きな手のひらを行ったり来たりした。心地よい、慰めるような愛撫だった。

「リース、あなたはわたしを愛してくれている。わたしにはわかる。だから、わたしがどこに行ったら安全に暮らせるか考えるのはやめて、代わりにここにいて、安全でいられる方法を考えましょう」

「ジェイン――」

「わたしがここを去っても、何も得るものはないわ。ふたりのどちらにとってもね。ふたりとも結局孤独に暮らすだけ」

「そうだ」リースはそっけない口調で同意した。「だが、きみが生きていられる」

「もしクリスチャンがわたしに何かしたかったのなら、今夜のうちにやったはずだわ」ジェインの口調は静かで理性的だったが、だれかが自分を傷つけたがっているということに動揺しているのが、リースにははっきりわかった。

「これだけ答えてほしいの」ジェインが最後に言った。「その答えによってどこに行くかを考えるわ」

リースは待った。どんな質問でもあえて聞きたいとは思わなかったが、それで彼女を守ることができるなら、進んで答えるつもりだった。

「もし、わたしがここを去ることに決めて、そして、もう二度とあなたに会えないとして、わたしに言っておけばよかったと、これから何年も何十年もたったあとで思うだろうという言葉をひとつだけ教えて」

リースは眉を上げた。ここまで心配し、苛立ちを感じている状態でなければ、おもしろい質問だと思っただろう。ジェインのしつこさは賞賛に値する。

すぐには答えられなかった。ジェインを傷つけるつもりでも、大事に思っていないと納得させるつもりでもなかった。ただ、その言葉が言えなかったのだ。

最後にその言葉を言ったのはいつだったか。エリザベスに対して言ったのか? そうだ。相手はエリザベスだったはずだ。それから、二百年間、あまりにも長いあいだ、自分を遮断し、何も感じないようにしてきた。そして、ジェインによってまた感じるようになった。だが、それは凍傷にかかった爪先に血液と熱が戻ってきたように、地獄のような苦痛を伴った。

リースは深く息を吸った。感じていたのは恐怖だ。かつてはいとも簡単に口にしていた言葉だ。エリザベスに対して。両親に対して。セバスチャンやクリスチャンに対しても。その簡単な言葉を言うのがこれほど怖いとは。

だが、今、どうしても言わなければならない。おそらく、これが言いおさめだろう。

「言っておけばよかったと思う言葉は」リースはゆっくり言った。「きみを愛しているという言葉だ」

ジェインはほほえんだが、リースが予期していたような勝ち誇ったものではなく、おずおずとした小さな笑みだった。瞳をきらきら輝かせている。

「ありがとう」

リースはうなずいた。もうこれ以上、何か言えるとは思えない。

ジェインはくすんと鼻を鳴らし、それから、彼の両手を放そうとした。

リースはジェインが手を放す前にその手をつかみ、ジェインを自分のほうに引き寄せた。両腕をジェインにまわし、そっと抱きしめて揺らす。

いまや雪解けが始まって水が氾濫し、次々とあふれ出す感情をどうやってもコントロールできそうになかった。

「愛している、ジェイニー」ジェインの耳に向かってささやいた。「だれよりもきみを愛している」

ジェインは彼に抱擁を返し、両腕を彼の首にまわしてすがりついた。

「そういうことなら、わかったわ」ジェインも彼の耳にささやいた。感極まってか、声がかすれている。

やれやれ、やっとだ。ぼくが愛していることを伝えたのだから、頼んだとおりどこかに行ってくれるだろう。

「わたし、ここに残るから」

26

リースはジェインを振りほどき、にらみつけた。

「いや、出ていくんだ」その声は本棚と天井に反響して低く轟いたが、ジェインは一歩も引こうとしなかった。

「いいえ。わたしはあなたを愛している。だから、ここに残るわ」

リースは目を細めてジェインを見つめた。それから、大股で窓辺まで歩いていき、なすべきことをほかには思いつかないように、窓から外を眺めた。

ジェインは彼をしばらく見守っていたが、それからあとを追った。彼の胴に両腕をまわして抱きしめた。「わたしたち、このつながりを失うわけにはいかないわ」

「ぼくは、きみを失うわけにいかない」

「そんなことにはならない」

「常にきみを見張っていることはできない。クリスチャンがあそこにいるかぎり、きみは安全とはいえない」

リースの指しているのがこの街全体であるとわかって、ジェインはクリスチャンが今どこにいるだろうかと思った。

「大丈夫よ」リースを安心させようと言ってはみても、たしかにその保証はない。だが、ジェインの心はいまだに、クリスチャンが本気でジェインを傷つけたがっているという考えに同意できずにいた。

「お願いだ。ジェイン。そばにいてはいけない」

ジェインは首を振り、彼の背中に頬を当てた。「わたしは長いあいだずっとひとりだった。もうあなたなしでは生きられない。絶対に無理」

彼の背中のこわばりがすっとやわらいだ。緊張をゆるませたのが安堵の気持ちでないことはすぐにわかる。降参したのだ。ジェインの粘り勝ちだ、少なくとも今夜だけは。

だが、勝利を喜ぶ気持ちにはなれなかった。

「行きましょう」そう言って、リースが脇に垂らしていた手に指をからませて、動かない体を引っぱった。

彼は呆然とジェインを見つめた。「どこへ?」

「ベッドに行きましょう。クリスチャンのことは、明日になってから心配すればいいわ」

リースはためらった。もう一度窓の外に目をやり、街を見つめる。それからジェインの手が引くままに図書室を出て寝室に向かった。

ベッドに横になると、ふたりはただ抱き合い、互いの体が身近にいる感触にひたった。どちらもそれ以外は望んでいなかった。相手がそこにいるだけで満ちたりていた。

夜が昼にかわり、リースは徐々にいつもの深い眠りに落ちていったが、ジェインは寝つけなかった。疑問が多すぎた。ライラとは、実際に何があったのだろうか。リースが話していない事実がまだたくさんあることだけはわかる。

それに、そもそも、リースがこれほどジェインを遠ざけようとするのは、クリスチャンのことだけが理由だろうか。それとも、ジェインが見逃している何かがあるのだろうか。

何度もうとうととしては、また起きたあげくに、ジェインは眠ることをあきらめ、何か食べることにした。このアパートにいるかぎり安全なはずだ。あれだけたくさんの錠前とミック、そのほかにクラブの保安担当者もたくさんいる。ジェインの住んでいるのは、この街でもっとも安全なアパートだ。

素足でキッチンを動きまわっていると、大理石の床が冷たく感じられた。コーヒーカップに水を満たし、電子レンジで温めてティーバッグを入れた。それから戸棚まで行って、何を食べようか考えた。

空腹を感じているのに、何を見ても食欲をそそられない。シリアル？　食べたくない。トースト？　食べたくない。

冷蔵庫を開けた。サンドイッチを作ることもできる。だが、これも食べたいとは感じなかった。リースのタンパク飲料《プロテインドリンク》に目が留まった。手を伸ばして袋を取ろうとしてためらった。だめ、この黒い液体はすごくまずそう。

まあ、いいかしら。ひと口飲むくらいなら死ぬわけでもないし。まずそうに見えておいしいものもたくさんある。ハマグリの酒蒸し《スチームドクラム》とかほうれん草のクリーム煮《クリームドスピナッチ》とか。

ジェインは袋を出して栓を開けた。匂いを嗅いでみる。以前に匂いを嗅いだだけでまずそうだと思ったことを思い出した。だが、今回は匂いもそれほど悪くなさそうに思える。

食器戸棚まで行って、カップをもうひとつ取り出した。その重たい白いカップに、とろりとした液体を少し注ぐ。おそるおそるカップに唇をつけて、少しすすった。

顔をしかめ、舌に広がる味を確かめる。表情をやわらげて肩をすくめた。悪くない、本当に。かなりおいしい。

紅茶のことはすっかり忘れ、ジェインはそのカップにタンパク飲料《プロテインドリンク》をたっぷり注ぎ、図書室に向かった。少し読書をすれば、リラックスして眠れるようになるかもしれない。

実際に本が読みたいわけではなかったが、いまだに興奮している頭を冷やそうと、とりあえず本棚から本を一冊取ってソファに座った。

表紙を開けて、題名を読んだ。

『ヴァンパイアと狼人間の真実』

表紙を閉じて、表側に書かれた副題を眺めた。『事実と虚構――超自然的存在の行動に関する考察』

緊張を解きほぐすために最適な本とは思えない。テーブルにその本を置こうとして、はっと手を止めた。裏表紙に書いてあった言葉のひとつが目に入ったのだ。

鏡。

特に珍しい言葉ではない。だが、ジェインの気を変えさせるには充分だった。また本を開き、目次に目を通した。

思ったとおり、まるまる一章が鏡について書かれているようだ。

その章のページを開き、いくつかの段落にさっと目を通した。

〈歴史的に見て、ヴァンパイアは、人間のように鏡に姿が映らないため、鏡を避ける傾向がある。鏡に映るヴァンパイアの像は透き通り、どちらかといえば、幽霊や霊魂に近い。これに関して、かつては魂を失っている証拠と考えられていた。しかしながら、近年の研究により、この現象はヴァンパイアになる過程でイオン構造に変化が生じた結果であることが解明されている〉

リースの部屋のバスルームに鏡がないのはこれが理由？　自分がヴァンパイアだと思い込んでいるのだろうか？

ジェインはそんなことを考えた自分を笑った。あり得ない。

目次に戻った。十字架。ニンニク。

ニンニクについて書かれているページを開いた。

〈ニンニクは、かつて、ヴァンパイアに対して強力な抑止力を持つと考えられていたが、現在では、ニンニクの量が大量である場合のみ抑止効果を持つ程度であることがわかっている。これは、超自然的存在いかんによらず、ほとんどの生物について当てはまる〉

ジェインは首を振り、思わず笑みを浮かべた。たしかに、これはとてもおもしろい本だ。クリスチャンを追い払うのにニンニクを使ってみるといいかもしれない。

ページをめくった。

咬む行為……。

〈狼人間の咬む行為については、それによって人間が狼人間に変身するという点と、その行為が極端に苦痛を伴うものであるという二点ゆえに好ましくないものとみなされているが、ヴァンパイアの咬む行為は、それだけでヴァンパイアに変身することはなく、また不快でもない。それどころか、きわめて心地よいものであり、ヴァンパイアと相手の双方の性的満足につながる場合も多い。

反面、ヴァンパイアは咬む行為を用いて、人間をヴァンパイアにクロスオーバーさせることが可能であり、それによって人間を傷つけたり、状況によっては、死に至らしめたりする場合もある〉

読んでいるうちに、まるで読んだことに反応するかのように、首の小さな傷がちくちくうずき始めた。思わず目次に戻って、なんでもないのに病気だと感じる心気症の項目がないか確認した。ない。ヴァンパイアも狼人間もそのような症状には苦しんでいないようだ。

ジェインの指が傷の上をさまよった。ヴァンパイアの咬んだ痕のように思えることは否定できない。少なくとも、映画ではこんな感じだった。

咬む行為に関する記述に戻り、ヴァンパイアの咬み方は、歯の整合状態によってさまざまであることを学んだ。そして、歯並びが悪くてうまく咬めない場合には、実際に歯列矯正が有効であることも。

ジェインは声をあげて笑い出し、著者の名前を確認した。ドクター・カートランド・ファウラー。特にヴァンパイアらしい名前とは思えない。ドラキュラ伯爵ならぬファウラー伯爵？　冗談みたいに聞こえる。

著者に対する不信感にもかかわらず、ジェインは読み続けた。関心のあるトピックだけを拾っていく。

だが、見出しのひとつに目が留まって、おもしろがっていた気持ちが消え去った。日光の回避。

ジェインも古い映画などによって、ヴァンパイアが太陽の下に出ていけないことは知っていたが、ドクター・ファウラーの記述はなぜか気になった。

〈日光の回避はヴァンパイアだけの特性である。なぜ、ヴァンパイアが太陽の下に出ていくことができないかに関するそもそもの概念は、太陽が生命を象徴することから生じたものである。生物学的に人間の基準がまったく当てはまらず、また、しばしば死んでいる存在と勘違いされることから、ヴァンパイアが太陽光に耐えられないのは本質的に邪悪であるせいだと仮定されてきた。暗がりと夜の闇を好むのも同様である。

だが、実際にはこの太陽に耐えられない特質にそうした芝居がかった要素はまったくない。この忌避は、ビタミンDを適切に吸収できないという代謝特性に起因する。この反応は非常に激しく、しばしば死に至る。これまでのところ、対処法は発見されていない。

ヴァンパイアはまたガンマ線に過敏である。ガンマ線はヴァンパイアに対して鎮静作用があり、日中に非常に深い眠りに陥る原因となっている〉

書かれている言葉を凝視する。まるでリースのようだ。太陽の強いアレルギー、それに、あれほどぐっすり眠る人は見たことがない。

ジェインはしばらく開いたページをにらんでいたが、それから本をばたんと閉じた。本をソファの横の椅子にぽいっと置いた瞬間、ふいに不安に駆られた。本に書いてあったことと、それを読んで頭に浮かんだことの両方に衝撃を受けていた。

リースがヴァンパイア？　そんなことあり得ない。

リースの記憶が戻ったことで、ジェインに対する奇妙な振る舞いや、クリスチャンがジェインを傷つけたがっているという考えについては説明がついた。

だが、今読んだ内容は、まさに起こったことに符合しているように思える。リースが鏡は嫌いだと言っていたこと。ジェインの体に見つけた不思議な傷跡。リースの太陽光アレルギー。偶然の一致と考えるには、類似点が多すぎる？

椅子に投げ出した本を見やった。椅子の肘掛けの陰に隠れて本の角しか見えない。体を動かしてクッションにもたれ、両脚を膝の下に折り曲げた。ばかみたい。ヴァンパイアですって？　そんなものは存在しない。超自然現象など信じていない。

それとも信じているのかしら。ジェインに与えられた寝室で何か奇妙なことが起きていたことは確実だ。もちろん、彼女を目覚めさせたあの気味の悪い冷気が、夢か想像であると思いたい。だが、思えない。絶対に何かがいた。幽霊？　霊魂？　なんと呼んでいいかはわからない。だが、あれが現実であったことは疑問の余地がない。

もしあれが現実ならば、なぜヴァンパイアはあり得ないのか？

こんなことを真面目に考える自分が信じられなかった。だが、視線はまるで呼ばれているかのように、本のほうにさまよった。

やわらかいソファに寄りかかり、ばかげた考えをすべて頭から追い出そうと決心した。

窓の外を眺める。太陽はすでに低く、深いピンク色の空に薄紫色の雲が細くなびいている。ふんわりしたクッションに頭をのせて空の美しい色合いを眺めたが、気持ちを静めることはできず、かえって激しい疲れを感じた。

無理やり目を閉じたが、すぐにまた開け、夕焼けを見てから、本に視線を戻した。

起きあがって座った。もう一度、索引をざっと眺め、これ以上リースに当てはまる項目がないことを確認したうえで、ヴァンパイアと幽霊についてのばかげた考えを忘れよう。そして、もう二度と考えまい。あまりにもばかげている。

ジェインは身を乗り出して本を取った。座り直して脚を組み、膝の上に本を置く。

「ありがとう、ドクター・ファウラー。気がかりを増やしてくれて」ジェインは表紙に向かってつぶやき、おもむろに後ろのページを開いた。

〈十字架　49-52、112、176-181〉

〈呪い　2-4、280、291〉

ここまでは特に何もない。ジェインはページをぱらぱらとめくった。

〈聖水　53〉

ジェインはまた数ページめくった。

〈種　12、45-46、142、167、202、310-313〉

種？　ヴァンパイアや狼人間の伝説に種が大きな役割を果たしていた記憶はなかったので、読みたいと思うほどだったが、読まなかった。種はリースとは関係ないだろう。

そのとき、首の後ろの毛がぞくっと逆立った。ジェインをぞっとさせたのは表題だけではなかった。その下に副論題が並んでいたのだ。

〈変身〉

コウモリ。冷気。霧。もや。

リースとは関係ない。だが、ジェインが寝室で感じたものに当てはまる。ジェインは一瞬ためらってから該当ページを探し出した。

〈ヴァンパイアは肉体の次元を超越する能力を有し、変身することができる。狼人間をはじめその種の生き物は通常、自分のもととなっている動物にしか変身できないが、ヴァンパイアはさまざまな形に変容することができる。影、霧、冷気などがヴァンパイアによるもっとも一般的な変身形態である。こうした形態への変身は、村民たちの襲撃から逃れるのに最適な方法だったという理由で、もともと行われていたコウモリへの変身以上に普及したと考えられている〉

冷気。霧。これはまさに、ジェインが寝室で感じたものだ。また偶然の一致だろうか？　もし、ヴァンパイアがやってきたのだとしたら？　ということは、リースもヴァンパイアなのだろうか？　だからこそ、リースは何が起こったか知っていたのだ。ジェインの叫び声が聞こえたと言ったが、自分が叫ばなかったことはわかっている。恐怖のあまり身がすくんで叫ぶことができなかったのだから。

「みんなヴァンパイア」頭の中のもやもやをはっきりさせようと、声に出してみる。

「よくわかったな」背後から低い声が聞こえ、ジェインは悲鳴をあげて跳びあがった。あわてて振り返ると、クリスチャンがいた。ソファの背に腰をもたせかけ、もうかなり前からそこにいたかのように両腕を胸の前で組んでいる。口元をわずかに曲げて、あざけるような笑みを浮かべている。

「きみは利口な娘《こ》だ」

ジェインは彼から離れようとあとずさりして、先ほど跳びあがったときに床に落ちた本につまずいた。倒れないように椅子の背をつかんで体を支え、あとずさりを続ける。

「どう――どうやって、ここに入ったの？」

クリスチャンは大股でソファをまわり、立ちどまって本を拾いあげた。本を開き、あてもないようにページを繰る。「影になって来たんだ。冷気よりは気づかれにくい。きみが実証したとおりだ。霧も気づかれる」

ジェインは彼を見つめ、激しいめまいを感じた。これは現実のはずがない。現実であってほしくない。

クリスチャンは部屋の中をぶらつくのをやめなかった。ジェインにはほとんど注意を払わず、本をぱらぱらとめくっては眺めている。

「ヴァンパイアは原始軟泥から発生した最初の存在だと信じられている」クリスチャンが

声に出して読んだ。唇の端があざけるように持ちあがる。「原始軟泥。不快な響きだと思わないか？」

ジェインは答えなかった。

また数ページめくり、それから本をピアノの上に置いてため息をついた。「それで、リースにライラのことを尋ねたか？」

その質問が非常にさりげなく、打ち解けた感じで発せられたせいで、何を聞かれたか理解するのにしばらくかかった。

クリスチャンが苛々したようにジェインを見やった。

「ええ」

「それで、リースはおれが言ったことをすべて否定しただろう？」

「いいえ――そうでもないわ」

クリスチャンがジェインのほうに近づいてきた。「本当か？　なんと言ったんだ？」

ジェインはさらに下がろうとして、暖炉のまわりの大理石に背中をぶつけた。これ以上下がれない。

クリスチャンが腕を伸ばせば触れるくらいの場所で立ちどまった。「ぜひ話してくれ」

「彼は認めたわ――その女性と関係を持ったと。でも、強要したわけではないと」

クリスチャンが呆れた表情を浮かべた。「結局同じ言い訳だ」

ジェインは扉にちらっと目をやった。ここからでは逃げられそうもない。彼のそばを通るときにつかまってしまうだろう。どちらにしろ、影から逃げることなどできるのだろうか。

「だが、リースはたいした話はできなかったわけだ。ヴァンパイアについて隠していたのではな」

クリスチャンはジェインの返事を待たなかった。「兄貴は、ライラとの関係が一度ではなかったという事実も言えなかったんじゃないか？　数えきれないほどライラと関係したんだ。性交に及んだのが一回というのは事実だが、ヴァンパイアは親密になるのに必ずしも性交を必要としない。ヴァンパイアは咬むことでセックスと同じような快感を得る。リースはライラを何度も咬んだ」

ジェインはまた扉を盗み見た。ほんの少し扉のほうに体をずらす。

クリスチャンがそれに気づき、さらに近寄って、ジェインを壁に追いつめた。見あげるとクリスチャンの顔に冷たい笑みが浮かんでいた。それも口元だけで、凍りつくような瞳は無表情のままだ。

「リースがライラを咬んだことは気にならないのか？　きみにやったのと同じように咬んだというのに？」クリスチャンが指でまだジェインの首に貼ってあった絆創膏を撫でた。

リースがライラを咬んだ？　イエス。ふいにそれが真実だとわかった。

「リースに咬まれて気持ちがよかったか？」クリスチャンの声は低かった。絆創膏に触れた指がそのままむき出しの肌をなぞった。

ジェインは身を震わせた。彼に触れられると、身体中に寒けが走った。ジェインは何も答えなかった。

「きみはどう思うかな？　おれがきみを咬んでも快感を感じるかな？」

激しい恐怖に胃が飛び出しそうだった。

「おれがきみを咬んだら、リースは喜ばないだろう」クリスチャンが静かに言った。視線はジェインの目ではなく首筋に向けられている。彼は指で一カ所を、円を描くようになぞった。「絶対に喜ばないだろうな」

ジェインは唾をのみ込み冷静になろうとした。「その質問は間違っていると思うわ」

彼の指が止まり、視線が合った。冷ややかに笑う。「それでは、どんな質問をするべきなのかな？」

ジェインはまたごくりと唾をのんだ。「たぶん、ライラがリースに咬んでほしがったかどうかを尋ねるべきだと思うわ」

クリスチャンの笑みが消え、目が細められて冷酷な光を帯びた。「きみはライラを知らない。彼女はおれを愛していた。自分から進んでリースのもとに行ったはずがない」

「でも、わたしはリースを知っている。そして、リースは絶対に弟を傷つけたりしない。

彼はあなたを愛していて、あなたを失って苦しんでいる。もう一度家族を取り戻したいと思っているわ」

クリスチャンが笑い声をあげた。冷たくこわばった声だった。「きみは何もわかっていない」前にかがんで顔を近づけた。「わかる必要もないがね。おれはこれからきみに手伝ってもらって、この長い年月、おれがどんなふうに感じていたか、今もどんなふうに感じているかを兄貴に思い知らせてやるのさ」

ジェインはクリスチャンを呆然と見つめた。恐怖で息ができなかった。どういう意味？何をしようというの？

クリスチャンは片手でジェインの髪を触り、そのまま、ほとんど優しいとも言える手つきで撫でおろした。「自分が何をやったか、これでリースもわかるだろう」

突然、彼の指が髪をつかんで強く引っぱり、ジェインの頭をぐいっと後ろに倒した。痛いほど引っぱられて、喉が完全にむき出しになる。

ジェインは泣き声をもらした。

「きみを殺すことが、ジェイニー、おれの言いたいことを伝える最上の方法だと思うんだよ」

何も言えず、叫ぶ間もなく、彼の牙がジェインの首にくい込んだ。快感はない――感じたのはただ、痛みと心を凍らせるような恐怖だけだった。

27

リースは目のくらむような恐怖にとらわれた。ベッドからもがき出る。恐怖が強すぎて手足が動かないほどだ。

恐怖を押しのけて集中した。ジェインは図書室にいる。苦しんでいる。脅えている。ズボンだけ穿き、図書室に向かって走った。そこにジェインがいる——そして、だれかが彼女と一緒にいることもわかった。

〝やめさせなければならない〟と、心が叫んでいる。

廊下を走っているとき、セバスチャンの部屋の扉が開く音が聞こえ、セバスチャンもあとから追ってくるのがわかった。

〝どうか、どうか、無事でいてくれ、お願いだ。〟

最初、クリスチャンは認識しなかった。ジェインからあふれ出した温かな血をひと口吸ったとたんに、口中に広がった味を。かすかな、甘い風味だった。だが、吸えば吸うほど、その味はどんどん強くなった。

ふいに、ただ血を味わっているだけでないことに気づいた。クリスチャンはジェインを感じていた。彼女の感情が彼のものになった。彼女の思いも。その圧倒的な力にクリスチャンの膝ががたがた震え始めた。

気づくと、自分を支えるために、片手をジェインの後ろの壁に突いていた。この行為を続ける必要がある。これは待ち望んだ復讐だ。やめるつもりはない。

だが、ジェインの感情が爆撃のように降りかかってきた。痛み、恐怖、そして、そのどれよりもはるかに強い感情。それは、クリスチャンにはまったくなじみのない何かだった。その〝何か〟の味を、クリスチャンは彼女を咬んだ瞬間から感じていた。まったく理解できない感情だったが、クリスチャンはほかになすすべもなく、それを受けとめた。

そして、ふいにそのぼんやりした感情が、頭の中で具体化した。形になった。名前がわかった。心に鳴り響いたのだ。

愛。

ジェインの愛が自分を貫くのを、温かい波のように押し寄せるのを、自分を包み込んで肌を覆うのを、はっきり感じることができた。ジェインがリースに感じている愛。宿命的な愛。真実の愛。

なぜこの感情になじみがないのだろう？　クリスチャンはライラを愛していた。ライラは彼を愛してくれていた。なぜ、舌に触れたときにすぐにこの味を認識しなかったのか？

なぜなら、ライラの血の中に、一度もこの味を感じたことがなかったからだ、とクリスチャンの理性が言う。その言葉を否定しながらも、クリスチャンはそれが真実だと知っていた。優しさも思いやりも味わったことがない。自分を包むぬくもりも感じたことがない。

知っているのは貪欲な飢え、不断の渇望。それを愛と勘違いしていたのだろうか。

クリスチャンは摂取をやめて、ジェインを見おろした。もうほとんど意識がない。彼の両腕にぐったりともたれている。だが、意識がない状態でも、ジェインの中にリースとの絆を感じることができた。まったく損なわれていない。リースを呼び続けている。

このような絆をライラに感じたことは一度もなかった。ライラは決して手を差しのべようとしなかった。彼とつながろうとしなかった。そして、クリスチャンは一度たりともライラに届くことができなかった。こんなふうには。

クリスチャンは腹だたしげに首を振り、ジェインの首にまた牙を当てた。ライラとこういう絆を培うことができたはずだった。リースがすべてを台無しにしたのだ。リースこそがすべてをだめにした張本人だ。

だが、ジェインの喉に牙を戻しながらも、クリスチャンはそれが真実でないことを知っていた。ライラは決してこのように感じることができない女だったのだ。

クリスチャンはまた頭を上げて、自分の腕の中にいる女性を見つめた。兄の愛する人。

兄の運命の女性。だがいまや、クリスチャンに抱かれて、壊れた天使のように見える。打ちのめされた声がクリスチャンからもれた。おれは何をしてしまったのか？　これまで長いあいだ信じてきたことはなんだったのか？

クリスチャンはジェインを両手で横抱きに抱えあげ、ソファに運んだ。どうしたらいいかわからず、たくさん置いてあるクッションのあいだに横たえた。何年も彼を駆り立ててきた怒りはすでに消えて、困惑だけが残った。

そのとき、扉がものすごい勢いで開き、リースが部屋に飛び込んできた。殺気だった目をあちこちに走らせてジェインを捜した。クリスチャンの存在は眼中にない。

すぐにジェインを見つけて走り寄った。脇にひざまずく。両手を震わせながらジェインの髪を、顔を、首を触った。

それからリースは自分の手を見つめた。ジェインの血でまみれている。そして、ジェインの右耳の下のぎざぎざに裂かれ、血のにじんでいる傷を見た。

リースは立ちあがり、くるりと振り返ってクリスチャンのほうを向いた。

「何をしたんだ？」リースの声は低く、激しい怒りに満ちていた。「おまえは何をした？」

リースがクリスチャンに体当たりした。

クリスチャンはその一撃を受け入れて、後ろの本棚に激しく叩きつけられた。本が何冊もばらばらと降ってきた。

リースがクリスチャンを殴りつけた。今度は固い床に投げ出された。唇から血が流れ、鼻が折れた。だが、クリスチャンは痛みを感じなかった。

胸ぐらをつかまれ、無理やり立たせられる。憤怒に燃える両目を見て、クリスチャンはリースが自分を殺すつもりだと悟った。ちょうど自分がリースを殺そうと思っていたように。今回に限っては、殺されても当然であることをクリスチャンは知っていた。

リースは正当な理由があって、クリスチャンの命を奪おうとしている。

リースがクリスチャンを本棚に押しつけてにらみつけた。

「ライラはぼくにセックスを強要した。魔力を使った。洗脳した。それに気づいたとき、ぼくは罪悪感にさいなまれた。彼女を止められなかったことを悔いた」リースはうなった。牙がすでに伸びている。「それからはこちらから彼女を咬みに行った。家族を破滅させた報いを、大切な妹を殺した報いを受けさせるために」

クリスチャンは何も言わなかった。今になって、何を言えるというのか？　あまりにもライラに心を奪われて、真実を見ないようにしていたのだ。信じることを拒否した。だが、今、真実の愛を、純粋な愛を感じて、それがこれまで感じたことのない感情であることを知った。

リースが牙をむき出し、襲いかかろうと身構えたとき、セバスチャンの声がリースを止めた。

「リース、ジェインが死にそうだ」

リースは即座にクリスチャンを放し、ジェインのほうを向いた。

セバスチャンがジェインのそばに立って、心配そうな表情で見守っていた。「ほとんど息をしていない。切り抜けられるとは思えないな」

「だめだ！」リースが叫んでジェインのそばに駆け寄った。

「だめだ」もう一度叫ぶと、脇にひざまずき、ジェインの髪を撫でた。

セバスチャンは無力感と怒りの両方を感じながら、クリスチャンを見やった。

クリスチャンは壁にもたれたまま、リースを見つめていた。クリスチャンからは、長年彼の表情の一部となっていた非情さと憎しみがまったく感じられなかった。

打ちのめされているように見えた。

クリスチャンが自分の意志でそこに立ち、リースの殴打を受け入れたのをセバスチャンは見ていた。何がクリスチャンを変えたのかはわからない。ライラがやってきて以来姿を消していたクリスチャンを、いったい何が連れ戻したのか。でも、クリスチャンはそこにいる。本棚にもたれ、自分のしたことに苦しんでいる。

クリスチャンがもはや、ライラの創り出した怪物ではないことを、セバスチャンは理解した。

クリスチャンの視線とセバスチャンの視線が合う。ふたりはしばらく見つめ合った。それから、セバスチャンはクリスチャンに向かってうなずいた。ぼくは理解したとクリスチャンに伝えるために。少なくとも、理解する努力をすると。

クリスチャンは反応しなかった。ただ、ジェインの横にひざまずいているリースをしばらく見つめていた。そして、瞳に自己嫌悪の炎を宿し、影になって消えた。

セバスチャンはリースのところに戻った。今、セバスチャンがあと押ししなければならないのはリースのほうだ。

「ジェインはどうだ?」セバスチャンは尋ねたが、答えはすでに知っていた。ジェインの息はあまりにもかすかで、セバスチャンの鋭い知覚でも感じ取れないほどだったからだ。リースは返事をしなかった。ただジェインを撫で続けていた。顔や髪を撫でる指が震えている。

「やってみるべきだよ。ジェインをクロスオーバーさせろ」セバスチャンは言った。

「だめだ」

「ただ、このままジェインを死なせるのか?」辛辣な口調になったが、この際どうでもいい。何もせずにジェインを死なせるわけにはいかない。

「うまくいかない」リースが言った。ジェインから決して目を離さない。「ジェインは同意していない」

セバスチャンもリースの言うとおりであることはわかっていた。人間《モータル》は、暗黒の贈り物という古風な呼び方で呼ばれているこの能力を受け入れることを自ら決意しないかぎり、クロスオーバーできない。

「リース」セバスチャンはそっと言って、兄の肩に手を置いた。「何もしなかったら、どちらにしろ死ぬ。試してみなければだめだ」

リースは頭を深く垂れ、しばらく無言だった。それから、ようやく立ちあがると、そっとジェインを両腕に抱きあげた。

急ぎ足で部屋を出ていったが、セバスチャンは追わなかった。リースは自分のやり方でこれに対処する必要がある。

セバスチャンにできるのは、そのやり方が正しいことを祈るだけだ。

リースはジェインを自分の寝室に連れていき、ベッドの中央に横たえた。ただ眠っているだけに見えるように、体の位置を注意深く整えた。そして、ジェインの脇で自分も横になった。

ジェインの胸が上下するのを見ようと目をこらした。一分に一度くらいの間隔だ。それも見えるか見えないかの動きで、あるいは自分の願望のせいで呼吸をしているように見えるのかもしれないとリースは半信半疑だった。

ジェインの髪に優しく触れた。絹のような束の毛先がくるりと巻いて、リースの指にからみつく。かがんで額にキスをした。

顔を起こしたときに、ジェインの顔色が真っ白から土気色に変わったのに気づいた。目を閉じて、自分の優柔不断さと闘う。ジェインを死なせることはできない。だが、もし彼女をクロスオーバーさせられなければ、自分が彼女を殺したという事実に耐えられないだろう。

リースは目を開けた。頬が濡れるのを感じた。隣に横になったジェインはあまりにも小さく、壊れそうに見えた。

リースはジェインの死んだような体を胸に引き寄せて強く抱きしめ、ほっそりした首のくぼみに頭を埋めた。

「すまない」凍るような声でジェインに向かってつぶやいた。「ああ、ジェイニー、どうか許してくれ」

締めつけられるような苦悶のうめき声を吐き出しながら頭をもたげ、リースは、ジェインの頸動脈に牙を埋めた。

ジェインの息が完全に途絶え、心臓の鼓動が止まるまでリースは飲み続けた。それから、両腕に彼女を抱いたまま、ヘッドボードに背をあずけて、ジェインを見守った。その顔は美しく完璧な仮面のようだった。命を失い、空っぽになっている。リースの涙が、彼の頬を伝ってジェインの頬に転がり落ちた。

「どうか、ぼくのもとに戻ってきて」リースはささやいた。「頼む、戻ってきてくれ」

「起きて、ねぼすけさん」

ジェインの声がリースを包む暗闇を貫いた。リースが目を開けると、すぐ前にジェインの顔があった。リースの体に覆いかぶさり、ふっくらした唇に笑みを浮かべている。

リースはすぐに起きあがり、両手でジェインの頰を撫で、肩から腕と撫でまわして、大丈夫かどうか確かめた。

ジェインの笑い声が甘く美しくリースの耳に響いた。

「わたしは大丈夫よ。本当に、最高にいい気分なの」

リースは呆然とジェインを見つめた。いまだにジェインがそこにいることが、クロスオーバーに成功したことが信じられなかった。空高く昇った太陽のせいで、どうしても眠らずにいられなくなるまで、ずっと抱きしめていた。そして、目覚めたら死んだジェインを見つけるだろうと思いながら眠りに落ちたのだ。

「信じられない」

「何が信じられないの?」

リースはためらった。たぶん、ジェインは何が起こったか理解していないはずだ。理解してくれるだろうか? クロスオーバーさせたリースを憎むだろうか?

「ジェイニー、昨晩、きみはクリスチャンに襲われた」ジェインがうなずいた。「ええ、覚えているわ」

「そうなのか？」

ジェインはまたうなずいた。

「クリスチャンが何者かも覚えてる？」

「ええ。わたしも昨日の晩に気がついたの。ドクター・カートランド・ファウラーという人が書いたおもしろい本を読んで、その人が記述しているヴァンパイアとあなたのあいだにたくさんの共通点を見つけたのよ。といっても、クリスチャンが現れるまでは信じていなかったんだけど」

リースは声も出ないほど仰天して、ジェインを見つめた。「なんでそんなに冷静に事態を受け入れられるんだ？」

「だって……」ジェインが少し考えてから言葉を継いだ。「前に愛してくれたとき、あなた、わたしのこと咬んだでしょ？」

リースはきまり悪そうにうなずく。

その表情を見て、ジェインがにっこりした。「とてもすてきだったわ」安心させるような言い方だ。

リースはすてきという言葉に眉を上げた。

「その咬む行為によって、すでにクロスオーバーしてたんじゃないかと思うのよ」

リースは首を振った。「それはありえない。人間《モータル》は同意する必要があるんだ」

ジェインが肩をすくめた。「でも、あなたは昨日の夜にわたしを同意なしにクロスオーバーさせたんでしょ？」

ジェインの言うことには一理ある。

「なぜ、そう思うんだ？」

「浴槽よ」ジェインがくすっと笑った。「あなたの思っていることが聞こえたの。ただの人間《モータル》だったら、そんなはずないでしょ？」

たしかにそうだ。リースはジェインの考えを読めたが、逆は不可能だ。

ジェインがふいにベッドから下りて、扉に向かった。

「どこに行くんだ？」

「ドクター・ファウラーに相談しに」ジェインが廊下から叫んだ。

リースは頭を振り、枕に倒れ込んだ。まだ、ジェインを追っかけていく体力は戻っていない。それに、ジェインがやり遂げたことに安堵したせいで、まだ全身が震えている。

ジェインはクロスオーバーしたのだ。

ジェインがすぐに本を持って戻ってきた。ベッドに這いあがり、リースの横に座って、索引を調べ始めた。

「ほら、ここよ」ジェインが言った。

「クロスオーバーとは、ヴァンパイアが人間《モータル》をヴァンパイアにならせる場合についてのみ用いられる。基本的には、この目的を完了させるためには、ヴァンパイアが人間《モータル》の同意を得なければならない。ただし、まれな事例で」――ジェインが振り向き、リースに向かって意味ありげに目配せした――「まれな事例で、ヴァンパイアと人間《モータル》が運命的なパートナーであるときに、同意を必要とせず、ヴァンパイアがパートナーに最初に咬む行為を行ったときにクロスオーバーが始まる場合もある」

ジェインはぱたんと本を閉じて、自慢げな表情をしてみせた。

リースは思わず笑った。「ずいぶん誇らしげだな」

「そりゃそうよ」

リースは起きあがってジェインにキスをした。彼女の唇は甘く優しかった。

「怒っていないのか？」リースが真面目な顔になった。

「怒る？　なぜ？」

「きみはヴァンパイアだ」

ジェインは肩をすくめた。「たしかに、死ぬほど疲れることだったけど」

ジェインがその言葉を冗談として言っているのはわかっていても、リースの胸は罪の意識に痛んだ。「ジェイン、きみはずっと死に取り囲まれてきた。そのうち、この状態――

生と死のあいだという状態——になったことを恨むんじゃないかな?」

ジェインはリースの頬に手を触れた。「ええ、たしかにわたしは死に囲まれて育ったわ。そう望んだわけではないけど、死についてよく知っている。だから、わたしたちがなんであろうと、死人でないことははっきりわかる。そもそも、あなたに会うまでは、生きることさえ始めていなかった気がするの。あなたと永遠に一緒にいられるのに、恨むはずないでしょ? 愛してるわ」

リースはジェインを抱き寄せて、唇でジェインの首筋に触れた。もう傷は完全に癒えている。

ジェインは頭をまわして彼の唇をとらえ、キスを返した。独占欲に満ちた激しいキスに、リースはうれしくなった。

だが、ほどなくジェインは身を引いた。「クリス——クリスチャンはどうなったの?」

リースはジェインを見おろした。リースの中には、クリスチャンに対するさまざまな感情が渦巻いている。「彼は消えた。だが、もう二度と襲ってこないだろう」

ジェインはうなずいた。「よかった。実は、あなたが彼を殺したんじゃないかと心配してたの」

これは、リースが予想した反応ではなかった。クリスチャンはジェインを殺そうとして、ほとんど殺しかけた。ジェインがクリスチャンに同情することなど、思いもしなかった。

でも、ジェインは同情している。その表情豊かな緑色の瞳にはっきり表れている。

「ぼくがライラを誘惑したのではないんだ」リースはジェインに知ってもらわなければならないと感じた。「彼女は魔力を使い、ぼくをコントロールした。翌朝、ぼくは自分のしたことを嫌悪した。それ以降、クリスチャンをそうやって傷つけたことはない」

ジェインは黙って耳を傾け、彼が続けるのを待った。ジェインにはよくわかった。彼はこれを話さなければならないのだ。

「ライラはぼくに執着した。おそらく、ぼくが拒絶したからだ。拒絶に慣れていなかったからね。ぼくの拒絶に報復しようとしたんだ。ある晩、彼女はぼくの部屋にやってきた。怒りに駆られて、ヴァンパイアの正体を現したんだ。クリスチャンをすでにヴァンパイアにしたことを説明した。そして、ぼくにヴァンパイアにならなければ、家族を破滅させると言った」

ジェインはうめき声のようなものを喉の奥でもらすと、リースの片方の手を取って指を包み込み、そっと撫でた。

「彼女の正体を知ったあとでも、ぼくは彼女を拒絶できると考えた。自分は邪悪な魂よりも強いと信じていたんだ。翌日、エリザベスの具合が悪くなった。そうでなくても、体の弱い子だった。最初は普通の病気だと信じようとした。だが、何日かたって、ただの風邪でないことがわかった。あらゆる手を尽くしたが、治せる医者はいなかった。医者たちによれば、おそらく肺病で、打つ手はないということだった」

「でも、肺病じゃなかったのね？」

リースは首を振った。エリザベスの姿、ベッドに横になった小さくて弱々しい姿は、昨日のことのように脳裏に焼きついている。「ライラがぼくのところに来て、エリザベスの命を弱らせているのは彼女で、ぼくがクロスオーバーしなければ、エリザベスを殺すと言った」

「だから同意したのね」

リースはうなずいた。「翌日の晩、起きたらヴァンパイアになっていた。すぐにエリザベスのところへ行った。まだベッドに寝ていて、肌はシーツと同じくらい白かった。彼女に触れると肌は冷たかったよ。それで死んでしまったことがわかった。とても受け入れられなかった。ぼくは自分の魂をあきらめた。だが、ライラはどちらにしろエリザベスを殺すつもりだったんだ」

ジェインは両腕をリースの体にまわした。彼は目を閉じて、ジェインの頭に頬を押しつけた。

「ライラがぼくを創り出したわけだから、そのライラを、戦って殺せるほど強くなることは不可能だった。だから、彼女のもとに通い始めた。心を奪われたふりをした。彼女はそれを信じた。虚栄心が強く、うぬぼれていたからね。そして咬むことによって、彼女を何度も消耗させ、狂気に追いやった。彼女を懲らしめるためにはそれしかなかった。結局それがクリスチャンを傷つけることになった」

ジェインはリースの背中を撫でて慰めようとした。優しい愛撫によって、大丈夫だと伝えたかった。

「エリザベスが亡くなったのだから、償わせないまますませるわけにはいかなかったわ」

「だが、クリスチャンを傷つけた」

ジェインは首を振った。「いいえ、ライラがクリスチャンを傷つけたのよ。あなたは彼を守ろうとした」

リースは胸が締めつけられるのを感じた。ジェインがわかってくれた。自分を信じてくれた。この長い年月のあいだで初めて、リースは安らかな気持ちで家族のことを考えることができた。

「愛している」ジェインに告げる。

ジェインが彼にキスをした。「わたしも愛してるわ」唇を彼の首に移し、顎のすぐ下の肌を軽くかじる。

そして、リースを見あげて、いたずらっぽくにやりとした。「すごくすてきな牙が生えてきたって、もう言ったかしら」

リースは笑った。ジェインといるだけで、こんなにもすぐに満ちたりて幸せな気分になれるのは、本当にすごいことだ。

「そうなのか?」

ジェインはうなずいた。「さあ、横になって、咬ませてちょうだい」

枕に頭をのせて横になり、ジェインに咬まれるのを待ちながら、リースは、これ以上にいいヴァンパイア人生はありえないと確信した。

エピローグ

ジェインとリースは一緒にソファでくつろぎ、暖炉の中で揺らめく炎を見つめていた。リースがジェインの膝に頭をのせている。ジェインはその髪を撫でて、指のあいだからさらさらと絹のような髪がこぼれる感触を楽しんでいた。

「そのうちいつか、クリスチャンに会えると思う?」ふいにジェインが尋ねた。ふたりとも、すでにセバスチャンから、ジェインを襲ったあとのクリスチャンの反応について聞いていた。三人とも、クリスチャンが襲撃のあとに変わったという点で同意していた。なんらかの理由で、ライラの邪悪な束縛から自由になったに違いない。

ジェインは、リースが頭をかすかに振るのを脚に感じた。「わからない。そう望んではいるが。ライラにあまりに長くコントロールされてきたうえに、彼女の命令で、彼自身もひどいことをたくさんやってきた。その事実と折り合いをつけるにはかなり時間がかかると思う」

「かわいそうなクリスチャン」

リースが頭を上げてジェインを見た。「きみがそんなに簡単にクリスチャンを許せるのが信じられない」

ジェインは肩をすくめた。「彼は自分のしたことを反省したわ」

「遅すぎたとも言える」

「彼にはわたしたちの助けが必要よ。彼がそうさせてくれればだけど」

リースがジェインを見あげて笑った。琥珀色の瞳は愛情にあふれ、愉快そうにきらきら輝いている。「きみはおそらく、現存するヴァンパイアの中でただひとりのよきサマリア人だよ」

ジェインがリースに向かって舌を出した。「そして、あなたは人食い鬼よ」

「そうなるように努力しよう」

ジェインはほほえんだ。リースは今でも、ジェインと最初に会ったときの暗くてよそよそしいヴァンパイアであるふりをしたがるが、実は気高くて善良な人だ。そして、ジェインの手助けによって――と、ジェインは考えたいのだが――今は幸せで、過去とも向き合えるようになった。

笑うようになったし、すぐにからかう。ときどき、意味もなくにやにやしているのを見かけるときもある。

だが、それについてからかうのは難しい。ジェイン自身もまったく同じ笑みを浮べているからだ。ヴァンパイアの人生は、映画や伝説によって巷《ちまた》で信じられているような不愉快なものではない。ドクター・ファウラーの本のほうが、ヴァンパイアの叙述に関してははるかに的確だ。

ジェインは以前よりも感覚が鋭くなり、思考が明解になり、快感を覚える能力が強まった。もっとも、最後の点についてはリースが、自分の手柄だと主張している。

血のこと以外は、ヴァンパイアでいるのはすばらしいことだ。血が欲しくなることについても、予想していたほど不快ではない。ジェインとリースは、血液バンクの血液を摂取している。そのやり方を最悪だと思っているセバスチャンでさえ、以前にリースがやっていたように、悪人たちから摂取するよりはましだと同意した。それでも、ジェインたちの飲んでいる血液を〝袋入りジョーク〟と呼ぶのをやめようとしないが。

セバスチャンはプレイボーイで、牙を埋める相手に事欠かない。

リースとジェインは互いのためにしか牙を使用しない。

「何を笑っているのかな？」リースが聞く。

ジェインの笑みがさらに広がった。「自分がなんて幸せなのかしらと思っていたの」

「そうなのか」

「あなたは幸せ？」

リースが起きあがって座り、ジェインを真剣な表情で見つめた。「ジェイニー、きみはぼくが永遠に失ったと思っていたものをくれたんだ。ぼくの魂を」ジェインの手を取り、手のひらに口づけた。

ジェインはため息をついた。永遠に彼に触っていてもらいたい。

リースは片腕をジェインのウエストにかけて引き寄せ、膝の上に座らせた。両腕を彼の首にまわしてゆったりしたキスに没頭する。

自分たちは互いに生命を、そして、愛情に満ちた生活を与え合っている。

戸口のほうで咳払いが聞こえたが、どちらもキスをやめようとしなかった。今度は前よりも大きな咳が鳴り響き、さすがにジェインもやめるべきだと思ったが、リースの巧みな唇の下ではいかんともしがたい。

「おい」セバスチャンが、ついに声をかけた。

ふたりは、仕方なくキスをやめてセバスチャンのほうを見た。

「いい知らせを持ってきた」

リースもジェインもセバスチャンが言葉を続けるのを待った。「ふたりにはすごく喜んでもらえると思うんだが、婚姻予告がついになされて、教区司祭がやってきた」

そう宣言してセバスチャンが一歩下がると、ドクター・ノーが——名前がなんであるにせよ——ぶらりと部屋に入ってきた。

ジェインとリースはそろって、この男たちに不信感に満ちた視線を向けた。

「ついさっきわかったんだが、デイヴィッドが、まあ、彼は医者じゃないんだが、ふたりを結婚させる資格を持ってるってさ」セバスチャンがおもむろにふたりに告げる。

「そうなんだ、完全に合法。インターネットを通じて任命されたんだぜ」デイヴィッドが自慢げに言う。「結婚したいんだろ?」

ジェインとリースは顔を見合わせて笑い出した。セバスチャンも笑いに加わった。デイヴィッド――ドクター・ノー――だけが、三人の笑いに憮然とした顔をした。

その晩遅く、愛し合ったあとで、リースはジェインを腕に抱きしめてから、小さな金の指輪をジェインの指にはめた。

「母の指輪だわ」ジェインが驚いて言う。

リースはうなずいた。「あのとき、路地で見つけたんだ」そう言うと、ジェインの父親の指輪を差し出した。

ジェインはその大きな指輪を取って、リースの指に滑り込ませた。

「Rへ――永遠にあなたのもの、Jより」ジェインは指輪に刻まれた文字を声に出して読んだ。このイニシャルは、ジェインの父ロバートと母ジュリアの頭文字を取ったものだ。でも、今は、リースとジェインの頭文字を表していた。

「永遠に」リースもうなずき、ジェインにキスをした。

訳者あとがき

クリスマスイヴのニューヨーク。地方から出てきたばかりのジェインは、うらぶれたバーで黒ずくめの美しい男性リースと言葉を交わします。近寄りがたい陰鬱な様子のリースになぜか心惹かれるジェイン。その後、バーの外で悪漢に襲われたジェインは、危ういところでリースに救われ、宿泊先まで送ってもらって入り口で別れた……はず。ところが、翌朝、目覚めると、そこはなんと、リースのベッドのなかでした。なぜそこにいるのか、まったく思い出せません。しかも、かたわらでほほえみかけるリースは、昨日の暗い雰囲気とは打って変わって幸せそう。前の晩の記憶がないどころか、自分が十九世紀の英国の子爵で、ジェインを自分の婚約者だと思っています。前の晩にいったいなにが……?

二百年の記憶を失って、自分がヴァンパイアであるという自覚がないリースと、リースがヴァンパイアであることを知らずに、なにかおかしいと思いながらも急速に惹かれていくジェイン。そんなふたりを結びつけようと、兄の幸せを願って大奮闘する末弟のセバスチャン。リースに憎悪を抱き、復讐しようとつけ狙う次男のクリスチャン。

リースの記憶が戻り、ジェインが真実を知ったとき――ふたりの愛はどうなるでしょうか？　そして、きょうだいの確執はいかに？

ヴァンパイアと言えば、まず思い浮かぶのはブラム・ストーカー著の『ドラキュラ』ですね。本書でも、リースとセバスチャンの経営するクラブの名前は、ドラキュラ伯爵がロンドンで購入する屋敷の名前に因んで〈カーファックス屋敷〉と名づけられ、また、本シリーズ第三作でセバスチャンが恋に落ちる女ヴァンパイアの名前は、『ドラキュラ』のヒロインと同じウィルヘルミナです。でも、ご心配なく。本シリーズには、ヴァンパイアにありがちなおどろおどろしい雰囲気はまったくありません。一般的に信じられているヴァンパイアの特徴――太陽光に弱い、コウモリや狼、霧などに変身する、鏡に映らない等々――が巧みに利用され、ユーモアあふれるホットでおしゃれなロマンスに仕上がっています。なかでも、リースのジェインに対する熱愛ぶりは、女性にとってまさに理想とも言えるでしょう。みなさまは、やさしさを内に秘めた強面のリースと、いつも幸せそうにほほえんでいるリースのどちらがお好みでしょうか？

そして、本シリーズの魅力は、なんといってもこの三兄弟の美しさ。著者も実在のスターを念頭に執筆しているようで、ホームページには霊感の源泉となっている美しい男優たちが列挙されています。筆頭はもちろんジュード・ロウ。ジョニー・デップの写真もありました。映画化するとしたら、この三兄弟をどの男優にするかをイメージしながら読むのもおもしろいかもしれません。

ここで、作家について少しご紹介しておきましょう。キャシー・ラヴはメイン州の小さな工場町で育ちました。中学生のときから友人や自分の楽しみのためにロマンスを書いていたものの、片田舎に住む学生にとって出版など夢のまた夢。はなから諦めていましたが、進学、結婚を経て、夫の故郷メリーランド州に移り住んでから再挑戦を決意、二〇〇〇年から執筆に専念するとともにロマンス作家協会の地元支部に参加、二〇〇二年にケンジントンの著名な編集者ケート・ダフィーに見いだされました。しかも、最初から三部作の出版契約を獲得したシンデレラガール。田舎町の三姉妹のロマンスを描いて一躍好評を博したデビュー・トリロジーに続き、本ヴァンパイア・シリーズと、着実に作品を発表して、今後が楽しみな若手ロマンス作家です。

本書はヴァンパイア・シリーズ全四作の第一作目。本書の最後に自分の過ちに気づいて姿を消した次男クリスチャンが愛を見つけて生き甲斐を取り戻す第二作、お茶目なプレイボーイ、セバスチャンが恋に落ちる第三作と、フローラブックスでは兄弟それぞれのロマンスを順次刊行していく予定です。どうぞご期待ください。

みすみあき

フローラブックス

あなたの牙に首ったけ

著　者　キャシー・ラヴ
訳　者　みすみあき

2008年5月20日　初版第一刷発行

発行人　角谷 治
発行所　株式会社 ぶんか社
〒102-8405　東京都千代田区一番町29-6
TEL 03-3222-7744（第二編集部）
TEL 03-3222-5115（出版営業部）
URL http://www.bunkasha.co.jp

装　幀　高久省三
印刷所　株式会社光邦

定価はカバーに表示してあります。
乱丁本、落丁本はお取り替えいたします。
　ISBN978-4-8211-5158-5